金陵全書
丁編·文獻類

石門文字禪（一）

（宋）释惠洪 著

南京出版傳媒集團
南京出版社

圖書在版編目（CIP）數據

石門文字禪 /（宋）釋惠洪著. -- 南京 : 南京出版社, 2023.6

（金陵全書）

ISBN 978-7-5533-4161-3

Ⅰ. ①石… Ⅱ. ①釋… Ⅲ. ①宋詩－詩集②古典散文－散文集－中國－北宋 Ⅳ. ①I214.412

中國國家版本館CIP數據核字（2023）第055130號

書　名	【金陵全書】（丁編・文獻類） 石門文字禪
作　者	（宋）釋惠洪
出版發行	南京出版傳媒集團 南 京 出 版 社
	社址：南京市太平門街53號　郵編：210016 網址：http://www.njcbs.cn　電子信箱：njcbs1988@163.com 聯系電話：025-83283893、83283864（營銷）　025-83112257（編務）
出 版 人	項曉寧
出 品 人	盧海鳴
責任編輯	程　瑶
裝幀設計	楊曉崗
責任印製	楊福彬
製　版	南京新華豐製版有限公司
印　刷	南京凱德印刷有限公司
開　本	889毫米×1194毫米　1/16
印　張	77.25
版　次	2023年6月第1版
印　次	2023年6月第1次印刷
書　號	ISBN　978-7-5533-4161-3
定　價	1600.00元（全二册）

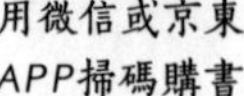

總序

南京，古稱金陵，中國著名的四大古都之一，是國務院首批公佈的國家歷史文化名城。

南京有着六十萬年的人類活動史，近二千五百年的建城史，約四百五十年的建都史，享有『六朝古都』『十朝都會』的美譽。南京歷史的興衰起伏在某種程度上可以説是中國歷史的一個縮影。在中華民族光輝燦爛的歷史長河中，古聖先賢在南京創造了舉世矚目、富有特色的六朝文化、南唐文化、明文化和民國文化，爲中華民族文化的傳承和發展做出了不朽貢獻。然而，由於時代的遞遷、戰争的破壞以及自然的損毁等原因，歷史上南京的輝煌成就以物質文化形態留存下來的相對較少，見諸文獻典籍的則相對較多。南京文獻内涵廣博，卷帙浩繁，版本複雜。截至一九四九年中華人民共和國成立，南京文獻留存下來的有近萬種，在全國歷史文化名城中名列前茅。以六朝《世説新語》《文心雕龍》《昭明文選》，唐朝《建康實録》，宋朝《景定建康志》《六朝事跡編類》，元朝《至正金陵新志》，明朝《洪武京城圖志》《金陵古今圖考》《客座贅語》，清朝《康熙江寧府志》《白下瑣言》，民國《首都計劃》《首都志》《金陵古蹟圖考》等爲代表的南京地方文獻，不僅是南京文化的集中體現，也是中華民族優秀傳統文化的重要組成部分。這些南京文獻，積澱貯存了歷代南京人民的經驗和智慧，翔實地反映了南京地區的社會變遷，是研究南京乃至全國政治、經濟、軍事、文化、外交和民風民俗的重要資料。

歷史上的南京文化輝煌燦爛，各類圖書典籍琳琅滿目。迄今爲止，南京文獻曾經有過三次不同程度的整理。

第一次是距今六百多年前的明朝永樂年間，明朝中央政府在南京組織整理出版了《永樂大典》。《永樂大典》正文二萬二千八百七十七卷，凡例和目録六十卷，分裝成一萬一千零九十五册，總字數約三億七千萬字。書中保存了中國上自先秦、下迄明初的各種典籍資料達七八千種，是中國古代最大的類書。

第二次是民國年間，南京通志館編印了一套《南京文獻》。《南京文獻》每月一期，從一九四七年元月至一九四九年二月共刊行了二十六期，收入南京地方文獻六十七種，包括元明清到民國各個時期的著作，其中收録的部分民國文獻今天已經成爲絶版。

第三次是二〇〇六年以來，南京出版社選取部分南京珍貴文獻，整理出版了一套《南京稀見文獻叢刊》點校本，到二〇二〇年，已經出版了六十九册一百零五種，時代上起六朝，下迄民國，在學術普及方面做出了一定的貢獻。

中華人民共和國成立以來，尤其是改革開放以來，南京的政治、經濟、文化建設飛速發展，但南京文獻的全面系統整理出版工作一直没有得到應有的重視，這與南京這座國家歷史文化名城的地位頗不相稱。據調查，目前有關南京的各類文獻主要保存在南京圖書館、南京市檔案館，以及全國各地的高等院校、科研院所、圖書館、檔案館、博物館，少數流散於民間和國外。一方面，廣大讀者要查閱這些收藏在全國各地的南京文獻殊爲不便；另一方面，許多珍貴的南京文獻隨着歲月的流逝而瀕臨損毁和失傳。南京文獻的存史、資治、教化、育人功能没有得到應有的發揮。

盛世修史（志）。在中華民族和平崛起和大力弘揚民族傳統文化、全力發展民族文化事業的大背景下，在建設『文化南京』的發展思路下，中共南京市委、南京市人民政府於二〇〇九年十二月做出决定，將南京有史以來的地方文獻進行全面系統的匯集、整理和影印出版，輯爲《金陵全書》（以下簡稱《全書》），以更好地搶救和保護鄉邦文獻，傳承民族文化，推動學術研究，促進南京文化建設；同時，也更爲有効地增加南京文獻存世途徑，提昇南京文獻地位，凸顯南京文獻價值。

爲編纂出能够代表當代最高學術水平和科技成就，又經得起時間檢驗的《全書》，我們將編纂工作分成三個階段進行。第一個階段爲調研階段，主要對南京現存文獻的種類、數量、保存現狀以及收藏地點等進行深入細緻的調研，召集專家學者多次進行學術論證和可操作性論證，撰寫出可行性調查報告，爲科學決策提供依據，此項工作主要由中共南京市委宣傳部和南京出版社組織完成。第二個階段爲啓動階段，以二〇〇九年十二月二十四日召開的『《金陵全書》編纂啓動工作會』爲標志，市委主要領導親自到會動員講話，市委宣傳部對《全書》的編纂出版工作作了明確部署。在廣泛徵求專家學者意見的基礎上，確定了《全書》的總體框架設計，確定了將《全書》列爲市委宣傳部每年要實施的重大文化工程，確定了主要參編責任單位和責任人，並分解了任務。第三個階段爲編纂出版階段，主要在全國範圍内進行資料的徵集、遴選和圖書的版式設計、複製、排版及印製工作。

爲了確保《全書》編纂出版工作的順利進行，中共南京市委、南京市人民政府成立了專門的編纂出版組織機構。其中編輯工作領導小組，由中共南京市委、市政府領導以及相關成員單位主要負責人組成；《全書》的編纂出版工作由市委宣傳部總牽頭；學術指導委員會，由蔣贊初、茅家琦、梁白泉等一批全國著名的專家學者組成，負責《全書》的學術審核和把關。

《全書》分爲方志、史料、檔案和文獻四大類。自二〇一〇年起，計劃每年出版四十册左右。鑒於《全書》的整理出版工作難度較大，周期較長，在具體操作中，我們採取了分工協作的方式。市委宣傳部和南京出版社負責《全書》的總體策劃，其中方志部分，主要由南京市地方志編纂委員會辦公室和南京出版傳媒集團·南京出版社共同承擔；史料和文獻部分，主要由南京圖書館承擔；檔案部分，主要由南京市檔案局（館）承擔。《全書》的編輯出版，得到了江蘇省文化廳、江蘇省新聞出版局、江蘇省檔案局（館）、南京大學、南京圖書館、南京市文廣新局、南京市社科聯（社科院）、南京市文聯、金陵圖書館以及各區委宣傳部和地方志辦公室等單位及社會各界的熱情鼓勵和大力支持，尤其是得到了中國國家圖書館和全國各地（包括港臺地區）高等院校、科研院所、圖書館、檔案館、博物館等藏書單位的鼎力相助，在此表示深深的謝意！

我們相信，在中共南京市委、南京市人民政府的長期不懈支持下，在各部門、各單位的積極配合和衆多專家學者的共同努力下，這項功在當代、利在千秋的傳世工程一定能够圓滿完成。

《金陵全書》編輯出版委員會

凡例

一、《金陵全書》（以下簡稱《全書》）收録的南京文獻，分爲方志、史料、檔案和文獻四大類。

二、《全書》按上述四大類分爲甲、乙、丙、丁四編，以不同的封面顏色加以區分；每編酌分細類，原則上以成書時代爲序分爲若幹册，依次編列序號。

三、《全書》收録南京文獻的地域範圍，包括了清代江寧府所轄上元、江寧、句容、溧水、高淳、江浦、六合。

四、《全書》收録的南京文獻，其成書年代的下限爲一九四九年。

五、《全書》收録方志、史料和文獻，盡量選用善本爲底本。《全書》收録的檔案以學術價值和實用價值較高爲原則，一般選用延續時間較長、相對比較完整的檔案全宗。

六、《全書》收録的南京文獻底本如有殘缺、漫漶不清等情況，必要時予以配補、抽换或修描，以保證全書完整清晰；稿本、鈔本、批校本的修改、批注文字等均保留原貌。

七、《全書》收録的南京文獻，每種均撰寫提要，置於該文獻前，以便讀者了解其作者生平、主要内容、學術文化價值、編纂過程、版本源流、底本採用等情況。

八、《全書》所收文獻篇幅較大時，分爲序號相連的若幹册；篇幅較小的文獻，則將數種合編爲一册。

九、《全書》統一版式設計，大部分文獻原大影印；對於少數原版面過大或過小的文獻，適當進行縮小或放大處理，並加以説明。

十、《全書》各册除保留文獻原有頁碼外，均新編頁碼，每册頁碼自爲起訖。

提要

《石門文字禪》三十卷，宋釋惠洪著。

釋惠洪（一〇七一—一一二八），字覺範，世稱洪覺範。本名惠洪，自號寂音尊者，又號明白庵、甘露滅、冷齋等。江西筠州人，俗姓彭，一説姓喻。十九歲至開封府，冒惠洪名，於天王寺試經得度。後南下隨其師真淨克文禪師七年。曾先後住持臨川北景德寺、金陵清涼寺。因冒名事發，入江寧府制獄。出獄後，宰相張商英當國，復度他爲僧，改名德洪。節度使郭天信爲他奏賜紫衣及寶覺圓明大師號。張、郭得罪，因受牽連，下開封府獄，刺配海南朱崖軍。後遇赦北歸故鄉筠州，冠巾説法。晚年住長沙南臺寺，潛心著述。他深受禪教合一觀念的影響，提倡『文字禪』。其生平事迹詳見本書卷二十四《寂音自序》、宋釋祖琇《僧寶正續傳》卷二、釋正受《嘉泰普燈録》卷七。據各僧傳、書志記載，惠洪生平著述有二十多種，一百多卷，今存《石門文字禪》《冷齋夜話》《天廚禁臠》《禪林僧寶傳》《林間録》《法華經合論》《智證傳》《臨濟宗旨》《雲岩寶鏡三昧》及《楞嚴經合論》（即《楞嚴尊頂義》）等十種。

《石門文字禪》爲惠洪詩文別集，編撰體例爲『分體』，卷一至卷八爲古詩，卷九爲排律、五言律詩，卷十至卷十三爲七言律詩，卷十四爲五言絶句、六言絶句，卷十五、卷十六爲七言絶句，卷十七爲偈，卷十八、卷十九爲贊，卷二十爲銘、詞、賦，卷二十一至卷二十四爲記、序、記語，卷二十五、卷二十六爲題，卷二十七爲跋，卷二十八爲疏，卷二十九爲書、塔銘，卷三十爲行狀、傳、祭文。共收古近體詩（含偈頌）一千六百五十八首，收各體文五百三十五篇。本書爲詩文合集，然而混收有詞二十六首，未標明詞牌。如卷八《雨中聞端叔敦素飲作此寄之》以下爲十八首《浣溪沙》詞，卷十七《述古德遺事作漁父詞》八首爲《漁家傲》詞。

惠洪詩文創作繼承了蘇軾、黄庭堅的元祐文學傳統，同時借鑒了佛教禪宗的思維方式，文字與禪雙向交流融會，使他成爲宋代禪僧文學書寫的典範。《僧寶正續傳》稱『其造端用意，大抵規模東坡，而借潤山谷。至於出入禪教，議論精博，其才實高』。其詩題材包括詠史、詠物、贈別、紀行、紀事、登覽、雅集、節序、讀書、論詩、題畫、談禪、說理、書懷等，尤善寫世俗與方外的日常生活。論體裁則包括五古、七古、五排、五律、七律、五絶、七絶，其六言絶句有九十首，數量居北宋詩人第一。宋許顗《彦周詩話》稱其詩『頗似文章巨公所作，殊不類衲子』。清吳之振、呂留良等編《宋詩鈔》稱其詩『雄健振踔，爲宋僧之冠』。延君壽《老生常談》稱其『今體七律殊佳』，『真能於蘇黄外，又作一種筆墨，讀之令人神清骨爽』。近代陳衍《宋詩精華録》稱其『古體雄健振踔，不肯作猶人語，而字字穩當，不落生澀，佳者不勝録』，又稱其所選數詩『何止爲宋僧之冠，直宋人所希有也』。惠洪之文深受北宋古文運動影響，以意爲主，擅長議論，不拘一格。陳振孫《直齋書録解題》卷十七稱『其文俊偉，不類浮屠語』。《四庫全書總目》卷一六四《北磵集》提要指出：『第以宋代釋子而論，則九僧以下大抵有詩而無文，其集中兼有詩文者，惟契嵩與惠洪最著。』稱惠洪文『多宣佛理，兼抒文談，其文輕而秀』。

惠洪詩文在他生前已被傳抄，甚至含尚未編定的《石門文字禪》，如本書卷二十六有《題佛鑑蓄文字禪》，卷十六《與法護禪者》更記載了僧人『手抄

《禪林僧寶傳》，暗誦《石門文字禪》』的行爲。本書由惠洪門人覺慈所編，覺慈，初字敬修，後改字季真，比惠洪小三十歲，南渡後曾在袁州仰山寺當書記。建炎二年（一一二八）五月惠洪卒於同安寺，本書卷十三有《夏日同安示阿崇諸衲子》詩，當爲其絶筆。故本書應是覺慈於惠洪死後編成。據其友人韓駒所說，見惠洪遺稿，本『欲删去冗長，定取精深數十百首』，然而『僧中初無具詩眼者，已刻版於書肆，每以爲恨』（《苕溪漁隱叢話》前集卷五十六引）。可知本書在惠洪死後不久就已刊行。陳振孫《直齋書録解題》卷十七著録《石門文字禪》三十卷，與覺慈所編卷次吻合，然初刊本可能因飽受批評而流傳未廣。今人祝尚書《宋人別集敘録》稱：『宋代各本皆久佚，刊刻情況不詳，疑由僧寺印行。』（卷十四《石門文字禪》敘録）其說可從。

本書今存最早刊本，是明萬曆二十五年丁酉（一五九七）浙江杭州徑山興聖萬壽禪寺（徑山寺）募緣刊刻的版本，即收入《徑山藏》支那撰述的《石門文字禪》三十卷，由明釋達觀（真可）作序。原書每卷下題『宋江西筠溪石門寺沙門釋德洪覺範著，門人覺慈編録，西眉東巖旌善堂校』。每卷末長方框中刊刻施主、校者、書手、刻工的姓名，如卷一末框爲：『刑部郎中金壇于玉立施刻此卷，了緣居士對，徐普書，端學堯刻。萬曆丁酉仲秋徑山寺識。』各卷刻工不同，卷二末爲『建陽鄒友刻』，卷三末爲『上元李燡刻』，卷四末則爲『溧水芮一鶚刻』，如此等等。此版本是今存最古版本，也是唯一傳本，中國和日本皆有著録。《四部叢刊初編》即據此徑山寺刊本影印。今日流傳的各版本皆出自此版本系統。《四庫全書》著録内府藏本，提要稱『此本即釋藏所刊也』，所謂釋藏，即萬曆《徑山藏》。清光緒二十五年（一八九九），錢塘丁氏嘉惠堂將此書刊入《武林往哲遺著後編》。民國十年（一九二一）常州天寧寺刻本，也出自萬曆徑山寺本。台灣新文豐出版公司於一九七三年影印此刻本，並將其納入新文豐影印出版的《嘉興藏》。天寧寺刻本將萬曆本所闕之文字全部補上，可惜所補皆無依據，多爲臆測，實不可信。

《金陵全書》收録的《石門文字禪》以南京圖書館藏《武林往哲遺著後編》本爲底本影印出版。

周裕鍇

石門文字禪

高安傅運生署

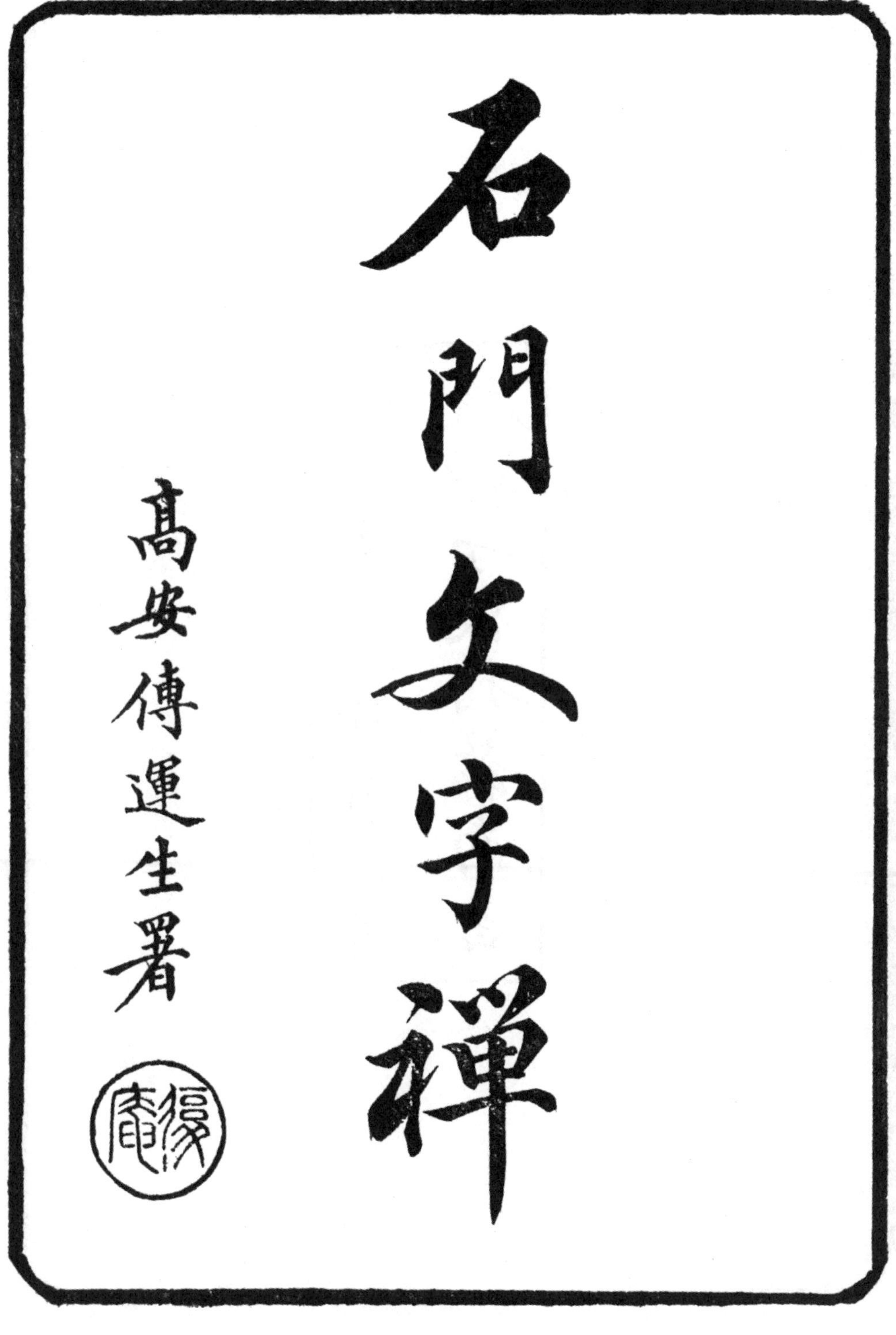

光緒己亥十有一月
錢塘丁氏刊於南昌

石門文字禪序

夫自晉宋齊梁學道者爭以金屑翳眼而初祖東來應病投劑直指人心不立文字後之承虛接響不識藥忌者遂一切峻其堰而築文字於禪之外由是分疆列界剖判虛空學禪者不務精義學文字者不務了心夫義不精則心了而不光大精義而不了心則文字終不入神故寶覺欲以無學之學朝宗百川而無盡歎民公南海波斯因風到岸標榜具存儀刑不遠嗚呼可以思矣蓋禪如春也文字則花也春在於花全花是春花在於春全春是花而曰禪與文字有二乎哉故德山臨濟棒喝交馳未嘗非文字也清涼天台疏經造論未嘗非禪

也而曰禪與文字有二乎哉逮於晚近更相咲而更相非嚴於水火矣宋寂音尊者憂之因名其所著曰文字禪夫齊秦搆難而按以周天子之命令遂投戈臥鼓而順於大化則文字禪之爲也蓋此老子向春臺擷衆芳諦知春花之際無地寄眼故横心所見横口所言闘千紅萬紫於三寸枯管之下於此把住水泄不通卽於此放行波瀾浩渺乃至遇物而吟逢緣而咏竝入編中夫何所謂禪與文字者夫是之謂文字禪而禪與文字有二乎哉噫此一枝花自瞿曇拈後數千餘年擲在糞掃堆頭而寂音再一拈似郎今流布疏影撩人暗香浮鼻其誰爲破顔者萬歷丁酉八月望日釋達觀撰

石門文字禪卷第一

宋釋德洪覺範著

古詩

謁狄梁公廟

九江浪粘天氣勢必東下萬山勒回之到此竟傾瀉如公廷諍時一快那顧藉君看洗日光正色甚閒暇使唐不敢周誰復如公者古祠蒼煙根碧草上屋瓦我來春雨餘瞻歎香火罷一讀老范碑頓塵看奔馬斯文如貫珠字字光照夜整帆更遲留風正不忍掛

謁蔡州顏魯公祠堂

開元天寶政多瑕孽臣姦驕濁清化尺八橫吹入醉鄉

國柄倒持與人把漁陽番將易漢官在廷之臣無諫者
錦光照眼更覺霓裳韻和雅叛書夜到華清宮
相臣骨驚天子訝二十四城陷同日長嗟乃爾忠臣寡
聞傳平原城壁堅穴鼻可以牿牛馬譬如灩澦屹中流
江勢遠來波倒射吾知守職事主耳行藏初不較用捨
公時風姿入睿想貫日精誠震天下我行上蔡黃犬門
驚風急雪吹平野嬌鵶暮集村不鄙古祠窈窕連桑柘
聖朝亦旌異代忠軒然眉鬚入圖畫和如戲泚盧杞題
儼若夢令希烈怕至今握拳透爪地想見怒詞猶謾罵
聲光自與日月爭事之成敗其天也此詩我欲掃東壁
大字端宜劈窠寫便覺雲收六合陰春隨喜色生晴野

同彭淵才謁陶淵明祠讀崔鑒碑

武王既伐紂乃不立微子雖有去惡仁終失存商義夷齊不肯臣甘作首陽死下視莽操輩欺孤奪幼稚汗面亦戴天特猴而冠耳桓公弄兵權劉裕竊神器先生於此時抽身艮有以袖手歸去來詩眼飽山翠追還聖之清太虛絕塵滓長恨千載心斷絃掩流水崔子果何人賞音乃知此與君讀此碑相視一笑喜

題李愬畫像

淮陰北面師廣武其氣豈止吞項羽君得李祐不肯誅便知元濟在掌股羊公德化行悍夫臥鼓不戰艮驕吳公方沈鷙諸將底又咲元濟無頭顱雪中行師等兒戲

夜取蔡州藏袖裹遠人信宿猶未知大類西平擊朱泚錦袍玉帶仍父風拄頤長劒大梁公君看鞬櫜見丞相此意與天相始終

同景莊游浯溪讀中興碑

上皇御天功最盛生民溫飽臥安枕醉凭艷姬一咲適薄夫議之無乃甚長安遮天胡騎塵潼關戰血深没人哥舒臣賊不足惜要斷國忠如膾鱗蒼黃去國食不暇馬嵬賜死謝天下反身罪已成湯心奈何猶有譏之者取非其子又遽怱靈武君臣無怍容何須嗚咽讓衮服自控歸鞍八尺龍誰磨石壁湘江上揩拭雲煙濺驚淚龍蛇飛動忠義詞顏元色莊儼相向與君來游秋滿眼

閒行古寺西風晚道人興廢了不知但見游人來讀碑

陳氏貫時軒

春風著萬物粉飾相明鮮雪霜摧壓之不情如世權問誰不可犯揖此蒼玉椽斫頭未易屈槍地猶傲然相逢凋零中秀色披晴煙陳侯我輩人逸氣傾羣賢開軒冷相向酬酢忘歲年我來作風聽夜雨雜山泉攜被願假宿與子對牀眠

洞山祖超然生辰

希郎眞吾道門友初見忘年今耐久天機深穩道骨清詩句誰令愕人口可憐佳處未全知但見茲篇氣渾厚我生癡魯人所棄洞視胷中了無有但忻所至有青山

依倚叢林遮百醜君才一籌勝却我胡爲包腰反隨後人生嗜好調自殊海上舊聞人逐臭江南長憶好雲泉今日雲泉長入手萬頃蒼然几桉間作詩舉以爲君壽理毫聊爲試冰華小字明牕看揮肘

懷慧廓然

蕭蕭暑雨過空山成夜晴月出東南峯娟娟風露清飛螢自開合寒蟬亦悲鳴興來忽獨往聽此落澗聲永懷西湖上絶景玉壺明松際翛然姿振策自經行卽欲呼就語忽隔千里程何時徑尋子夜航過臨平呼猿何足道摩雲亦虛名未若擇法眼能識廓然兄應知像教末大法欲攲傾談笑復一出要使萬世驚燈火作朝夕已

有相似情願隨人天會仰看辯縱橫

同超然無塵飯栢林寺分題得栢字

沙村宿雨餘炊烟淡寒色山墟蠶市休野飯漁舟隔忽逢柳際門知有道人宅扣扉山答響童子出迎客空庭竟何有凍死千歲栢鐘鳴食時至老僧揖就席香秔定宿舂露葵應曉摘充飢一飯美何啻萬錢直風軒納山翠引手捫石壁愛此玉崔嵬歲久自崩拆下有泂渦泉甘涼冰齒頰勿輕一脉微去漲萬頃澤吾行無疾徐佳佳去亦得欲收有聲畫絶景爲摹刻興來勿復綴轉顧成陳迹

次韻超然游南塔

遶塔不忍去新涼生早秋不見江西月一水空悠悠龕燈耿晝影遺像青雙眸永懷皇祐問曾此狎沙鷗往事已陳迹豐碣撐高樓公昔從吾祖來往亦風流但餘松菊在井臼遺林邱高風不可攀落日令人愁倚杖哦清詩溪風披白頭脈脈不能語歸心浩難收今已不如古無復相綢繆何當効船子華亭從釣舟

大雪戲招耶溪先生鄒元佐

昨夜顛風吹裂石曉來雪片大如席耶溪先生醉不知擁絮雷霆喧鼻息癡奴搥門呼不譍但聞含糊語呵叱先生行世如行川虛舟觸人無怨言逢人覓錢卽沽酒得錢不謝猶傲然我欲看君墮幘醉便覺兩頰微渦旋

欵段自能馱醉起歸路逆風吹凍耳入門兒女啼飢寒瞪目瞠然作直視

送英老兼簡鈍夫

靈源道價壓四海骨相正似陳睦州去年龍山同坐夏時君亦來從我游閙傳詩膽抵身大時吐佳句凌湯休故山歸去恰千里藹足過我不肯留行看海上荔子熟落枝丹顆無人收應共鈍夫行樹下未輸分柿獨風流

次韻龔德顏柳帖

顏柳以字名晝畫法可究後世何寂寥此輩了無有皆云學未至妙不應心手那知斯人徒德高名往就字工德不修名與身俱朽吾子佳少年俊氣駒方驟新詩作

行草開軸龍蛇走坐客口爲愕我亦知肯首積墨如陂池積筆高隴阜學之不至顏要亦終至柳此詩聞東坡請君書座右

神駒行

沙邱牝黃馬已死俗馬千年不能嗣忽生此馬世上行神駿直是沙丘子紫燄爭光夾鏡眸轉顧略前批竹耳雪蹄卓立尾蕭梢天骨權奇生已佀綠絲絡頭沫流觜繡帕搭鞍初結尾决驟意態欲騰驤奔逸長鳴抹千里

桐川王野夫相訪洞山旣去作此兼簡直夫

野夫加於人一等玉骨春容含秀整已驚詞源倒三峽會看聲名重九鼎江南盡處山作堆雨餘青碧數峯開

那知萬壑千巖處風帽蹇驢能獨來鳳凰鸑鷟未入眼
今識鵷雛猶恨晚興闌掉頭不肯留出門去袂聊一挽
君家富貴若騎虎擁鼻未免非虛語何當解帶食太倉
時時擕被宿玉堂

贈范伯履承奉二子

大范風月湖小范煙雨柳清明與秀徹風度隨付受醉
闌看落筆已覺風助肘聲名定追尋公卿在懷袖江湖
方縱浪第未一唾手乃公幹國器讜論在人口謫居長
閉門藥方曾校否著書亦細事用舍付杯酒君看雨園
鳩雨晴定呼舊

贈汪十四

石麒麟兒天上物英姿秀徹氣超忽我非寶公亦識君
嘉期半千知一出五色毫端欲飛動萬卷胷中正撑突
會當談笑取卿相先看唾手斫月窟詞鋒堂堂無筆陣
人笑我頑取纓紱昨日賡酧一百篇遶紙風雷出倉卒
我詩拙惡未全貧君語定知窮到骨朝來爽氣西山高
倚杖風流如拄笏祗恐與君汗漫游共跨長鯨過溟渤

贈蔡儒効

我家與君鄰屋居君昔未生先長我君髮齊眉我總角
竹居讀書供日課君誦盤庚如注瓶我讀孝經如轉磨
長老奇君王佐才拭目顒顒觀長大十三環坐同賦詩
出語已能驚怯懦風雷遶紙成千篇棄遺不惜如零唾

神思義表文融明清絶如珠不受涴江左相傳紙價增
東坡一讀不復和懷高識遠不可屈功成回首破甑墮
家貧口衆難自安出圖斗粟充飢餓鬧閒筆陣掃萬人
上國英雄膽先破殿前作賦聲摩空盛名四海爭掀播
華裾如葱馬如龍九衢熒若流星過我經憂患早衰微
生怕虛名招實禍方衣童首住江村飽飯愛尋閒處臥
睡餘信手摸書看會意起來行復坐林泉成趣亦題詩
年來藁帙成堆垜仙郎開卷面發光誇我雄詞驚李賀
相期他日同此遊先買鄰庵山數朶青松白石問此言
共作廬山二十箇

豆粥

出碓新秔明玉粒落叢小豆楓葉赤井花洗秔勿去萁沙瓶煮豆須爾日五更鍋面漚起滅秋沼隆隆踈雨集急除烈焰看徐攪豆才亦趂洄渦入須臾大杓傳淨甕淚寒不興色如栗食餘偏稱地爐眠白灰紅火光濛客金谷賓朋怪咄嗟蔞亭君臣相記憶我今萬事不知佗但覺銅瓶蚯蚓泣

十二月十六日發雙林登塔頭曉至寶峯寺見重重繪出庵主讀善財徧參五十三頌作此兼簡堂頭

十年懷石門今日石門去雙林動曦光跋河開宿霧力微藉古藤泥軟脫芒履風泉白雲壑夜雨青松路我生

百事廢齒髮行衰莫但餘愛山心不逐年華故此山甲天下自昔家吾祖峯如青蓮花千葉曉方吐煙雲浮香色清涼洗肝膈異哉萬木間白塔巋然古此老無恙時超放殊媚嫵萬象供談笑大千爲戲具我曾從之游絶塵追逸步誰云今已亡塔開全體露永懷憑妙觀此意竟凄楚那知深林間聊與故人遇電眸霹靂舌咳唾成妙語筆端撼江海千偈浩奔注人間有此客自可忘百慮堂頭百衲師嶷嶷法王輔君看說禪口未肯讓前古夜闌對昏燈豪邁激頑魯相逢俱偶然此生眞逆旅何當各努力業已共騎虎詩成對軒渠一笑小天宇

留題三峯壁間

三峯稜層如削玉一派懸泉瀉寒綠平生山水性貪婪
聊與白雲相伴宿松風竹露有餘清夜伴孤月依簷楹
神凝氣爽睡無夢不聞樓上霜鐘鳴庵頭禪翁頭雪白
麻衣草屨提笻策謂予久與世緣疎青眼逢迎喜詩客
三峯高兮溪水深造物留之無古今新生松竹不須剪
四時風露常蕭森粥罷收盂知我去殷勤乞與題詩句
山頭塵土任茫茫白雲自在來時路

華光仁老作墨梅甚妙爲賦此

雪裏梅開何草草欲問清香無處討回看水際竹叢邊
寂寞閑愁洗粧早東坡戲作有聲畫竹外一枝斜更好
但恐金鬚容易墮額黃雖妙難長保笑笑先生獨愛竹

雪壁風梢辭煤掃應爲冰姿不可傳醉裏相忘亦顛倒慚愧高人筆下春解使孤芳長不老從來病眼錯黃昏隔霧相看更相惱

仁老以墨梅遠景見寄作此謝之二首

荒寒掃橫斜稀疎開未徧煙昏雨毛空標格終微見吳姬風鬟亂睡色餘妬面誰令種性香風味極不淺道人三昧力幻出隨意現塞管玉纖寒無勞寫哀怨

數筆何處山領略分樹石遠含千里姿間見復層出我本箇中人慣臥蒼崖側借路行人間勃土相欺得那知一幅中見此晚秋色悠然欲歸去遠壑誰同陟旁人笑絕纓捲卷成陳迹

上巳日有懷昔從雲庵老人此日山行

今年上巳日久客望江南雙林接脩水石路入煙嵐千峯出雲雨空谷呑寒潭蒼杉鬱童童秀色動雲庵不見庵中人青燈耿塵龕空餘行樂處攀翻聞笑談風光與節物觸愁味參參臨高望煙靄哀涕落春衫

次韻胡民望小蟲墮耳

先生素坦率元日慵拜賀獨從耶溪翁掩門作清坐一尊對喧譁酒酣巾幘墮忘形到挽鬢困倒相枕臥一蟲輒墮耳忽覺風雨過隆隆竟不已亟起呼燈火頗疑含沙流射影陰中禍蟲亦意墮井咨嗟恨坎坷豈曰無意出欲出但未果驚憂發清詩怨語終婀娜夫子英偉姿

奇韻出覊鎖那知乘一醉遭此微物挫鬭蛩眞鬭牛此事古亦髟置之勿復疑自可平物我我詩無好句聊復相唱和恐亦有佳處一笑千愁破

贈歐陽生善相

薛公衣尙僘飢腸轉鳴雷天子征遼東細君笑靨開吾夫雖奇蹇要是高世材發必藉時耳今豈其時哉往見張將軍喜曰眞吾儕三矢定天山英聲馳九垓房杜未肉食席門蒙積埃但餘王氏子文字相追陪賢哉太夫人智鑑照襟懷嘗自撫其子國鼎眞鹽梅但未識其友試與俱而來窺窗見之喜亟使羅尊罍果見貞觀間相遂登三台予嘗閱舊史至此嘗徘徊數子初未貴踽踽

蒿與萊而彼一女子底蘊遭窺猜何如妻師德碩大非
栽培譬之萬頃波但見瑠璃堆倔强如粱公包撫等嬰
孩掩卷發長想鄙吝爲崩頽吾今著田衣百念如冷灰
功名一破甑掉臂首不回頗怪歐陽生訣語坐差排人
生如逆旅歲月苦逼催懸知賢與愚終作土一坏美惡
何足道君亦眞恢諧愚賢君勿取吾肯罪形骸不肖君
謂賢是適爲吾咍重輕甯在子意子定癡獃所喜亦清
散時時過茅齋明日念當行引紙研松煤詩成極醕釅
蒲萄初撥醅

贈許邦基

邦基今年方十九美如濯濯春日柳龍章鳳姿絕世無

金馬玉堂如故有酒闌愛捉玉麈尾玉色正同批誥手
高燒銀燭擁新粧看君落筆龍蛇走欲驅清景入秀句
萬象奔趨不敢後人疑錦繡纏肺腸不然筆端應有口
謫仙風流今復見況亦彷彿外塵垢但恐功名纏縛人
未放青山掛窗牖

送正上人歸黃龍

道人泉南來音姿頗純美觀其略笑語亦自飽風味相
看坐終日孤月墮止水但見篆畦間青煙行未已朝來
忽去我秋風動衣袂試問安所之笑指千峯裏秋晚當
相尋結伴入層翠

贈吳世承

吳郎氣高明溫然見標格文章當世家風流走上國清談落玉塵醉袖餘詩墨一種富貴韻緑髮映坐客便覺儒生寒枯衰酸凍色解來古招提爐香伴禪寂宗之果瀟灑壁門應夜直歲晏或來歸共理登山屐

次韻寄吳家兄弟

朱門連屬南昌郡東湖褒賢拔高峻西山卷簾入欄楯富貴遮人不容進我初見之不敢瞬吳家諸郎特風韻戲語嘲之終不愠筆鋒落處風雷趂冰華百沓一揮盡紅粧聚看眼波俊一堂喧闐客懽甚大厦吞風簷月近君看渥洼本龍孕俗馬那能著神駿

香城懷吳氏伯仲

西山遭霧雨形勝久抑鬱雲開誰使令千峯爲子出骨
瑛淡如秋談笑極强倔扶提登高閣慷慨問陳迹特欣
曇顯醉不受澄觀律加額想諸郎豪氣洗寒乞新莊花
成輪春生夢蝶室清境乃不游萬壑同稱屈洪崖清不
殺笑傲時出没路逢騎雪精挾以兩橘栗

大雪晚睡夢李德修插瓊花一枝與語甚久旣覺

作此詩時在洞山

窮年踏黄塵旅臥每自鄙此山頗岑寂飲食亦清美瘦
藤當一折且作終老計曉堂看春雪秀色淨窗几爐暖
倚蒲團頹然成坐睡君從何所來會我清夢裏瓊花斜
裊帽幹子湛秋水伊予雜懽笑膺阿竟何事忽然長揖

去驚覺在千里人生孰非夢安有昏旦異心知目所見歷歷皆虛僞他日或相逢何殊開睫寐此詩當見渠一展笑相視

汪履道家觀所蓄煙雨蘆鴈圖

西湖漠漠生煙雨浦浦圓沙見鴈聚今日高堂素壁間忽見西湖最西浦翩翻兩鴈方欲下數隻飄然掠波去獨餘一隻方穩眠有夢不成亦驚顧蕭梢碧蘆秋葉赤青沙白石紛無數我本江湖不繫舟爾輩況亦江湖侶令人便欲尋睿郎呼船深入龍山塢

蘇子平汪履道試李潘墨

南陽國師古禪伯玉殿以棊聊戲客客雖四海棊絕倫

我解兩奩俱用黑侍臣大驚帝微笑客亦袖手吁莫測
黑中優劣自能分正似蘇汪今試墨老潘氣韻凌阿寬
二李不平有矜色坐令好事旁舍郎瞠視無言受巾幗
我非南陽不能辨以手捫頭空嘆息徑當相攜詣瞽叟
夜半一辨須明白

隆上人歸省覲留龍山爲予寫起信論作此謝之

芙蓉阿隆耽兩耳急性天然緩如葦懷親徑歸不肯留
少留龍山今月矣新交未數故人稀睡足明窗臨棐几
管城落帽爲微笑便覺金光走龍尾試校鶖經拂硬黃
傳此寶書千餘紙紙光葉葉揭鈎膜字工戢戢行凍螘
勝公昔讀龍宮文百本妙談此其髓流落人間今幾年

此去西天十萬里我寄問房古寺中閬風著氈自當止
自非道人三昧力此書何以能至此炷香一讀萬緣空
海印發光初按指願君垢盡雞出燖亦於此法信根起
生生要續無盡燈照了無明癡種子

送元上人還桂陽建轉輪藏

趙州飽叢林懶惰亦慣便起步作欠伸藏經終一遍投
子猶可駭手足未舒展但於數字中演出五千卷兩翁
古禪伯措置令人羨安知塵塵中法輪常自轉無數妙
章句函匭金碧眩芥子瑠璃瓶歷亂齊發現頗怪老龍
華底事別營建幻出諸鬼物奇狀分百變疾馳並推轂
過目等飛電萬衆初錯愕熟視生悲戀譬如觀[illegible]照筆

下出眉面爭貴紙上容活者反棄賤乃知像教未妙理
蔽浮淺要令齒髮輩種性受熏煉元禪今南歸酬此夙
所願我作送行詩敗墨磨破硯詩成一大笑相顧春風
軟會看出談笑錯落照深殿想見午梵清隨喜時遠遊

贈淨上人

金華上人牧羊伴來尋江南好山看西湖毛骨漱秋光
野鶴精神照冰段嗟余塵事苦相羈槁項蒼顏老路歧
二年來往南州浦古寺閒行三見之生涯初不受塵垢
到客跏趺聽秋雨玉軸巳閒經半掩銀葉未寒煙一縷
雲泉佳處包當解未暇從人覓錢買不嫌高笑常垢汙
與子俱載歸東吳

贈器之禪師

器禪鄱水來一鉢自笑傲偶然家此山十見青林槁寒骨聳詩律枯筆作行草韻如絳闕容日月不能老伊余曾聞名再見遂傾倒情高付無求語妙知有道兹山得君居便覺山愈好何時卜東巖隣徑雲共掃時時從君游吐詞覓遺藁

秀上人出示器之詩

川原積雨收餘陰閣新晴一宿古蘭若歸夢有餘清清辰起危坐笑看煙縷横讀此阿師詩秀絲出盆明中有泉谷髓氣和李騎鯨遥知落筆處遠紙風雷生世無歐陽公意氣相倒傾豈當棄置此終老黃茆坑雲居道疑

大上藍持簡精藉渠一笑起頽綱相拄撑秀也舊不識一見氣不矜索詩亦不惡寫此抑鬱情持以示流輩試令俗眼驚

送雷從龍見宣守 并序

韓子蒼少時從雷從龍先生游子蒼已入館而從龍尚高臥廬山之下六喪未葬特詣宣城謁知府舍人劉公袞公袞僉判在府中作此詩送之

子蒼布衣昨日脫今日便校秘閣書勿驚韓雷相隱顯今來古孫名姓俱君看守道已華國先生徂徠猶把鉏嗟君六喪寄空館富人滿前那可揀壞衣懸鶉無一錢想像郭公四十萬青雲故人氣如春解令寒谷生和珍

江浦買舟春水生片帆何日到宣城府中若見空青老
從渠爲覓詩遺藁

予在龍安木蛇庵除夕微雪及辰未消作詩記之
二首

終夕不自寐老逐客愁長寒威正折綿歸夢不成往蕭
驚聞打窻氣勢頗春撞地爐對殘釭尾溝集清響起看
雪覆砌秀色動屏帳歸來簷溜滴生席初未暖乃知春
草微已出巖凝上但餘薝蔔林落花和月賞
元朝喜見雪一室譁少長新年方下車故歲已長往和
詩如弈棋時時作頭撞知誰徑尋我東墻屐齒響正當
穩靠蒲移几就紙帳宿硯已生冰呵筆藉和暖一片忽

飛來墮我詩卷上爲置石鼎烹茗飲聊同賞

龍安送宗上人游東吳

淮水送君春雨餘刺舟斷岸歸匡廬江南别我秋天遠輕囊瘦策游西湖君去復來如社燕我獨留滯如賈胡牽衣覓詩亦不惡怪君兒戲忘髭須平生千偈風雨快約束萬象如驅奴飢來一字不堪煮乃知弄筆輸耕鋤不如尋我舊游處武林清境天下無耐清不得却來此作詩送君游上都

送充上人謁南山源禪師

老源縛屋磯山側廬山對門江水隔單丁住山二十年一等栽田博飯喫諸方說禪如紡車我口鈍遲無氣力

屋頭枯木自安禪生鐵脊梁釘樁直我昔東遊曾見之
兩頰溫然笑渦出到今持夢渡楊瀾浪花漫天浩無極
紛紛衲子飽眠臥面如梔子衣領白年年江北與江南
誰肯端來尋此客愛君今人肺腸古毛骨含秋眼睛碧
能知此老端往尋處處好山留不得作詩贈君終自愧
君去我留空歎惜

石門文字禪卷一終

石門文字禪卷第二

宋釋德洪覺範著

古詩

高安會諒師出諸公所惠詩求予爲賦用祖原韻

黃塵踏遍江南岸矯首無言對河漢故山有屋埋深雲
一夜歸心挈不斷山舟日夜去無休挽繩欲繫慙無由
紛紛世態眞一夢顧我所爲如直鈎緣錦江頭識諒禪
傾坐高談象帝先疑君卽是僧太白不然無乃眞彌天
仙風襲人欲輕舉天容道氣出眉宇擁坐衣裳墮不收
山水懷雲經百補我今老倦亦慵參去死正如三眠蠶
相看一笑有佳約他日同歸五老庵人生眞若屈伸肘

萍浮梗泛因邂逅料君有膽大於身未應搜索因詩瘦
閒亭夏木初垂陰相逢還得同攜手未見千首萬丈光
先看七步才八斗

次韻汪履道

老來漸覺朋儕少夜室孤禪還自照惟詩垢習未全除
賴有汪郎恰同調嘗聞從來以類從谷風忽作虎應嘯
交道今嗟張紙薄老人嘗乖少年約與君一笑似三秋
此道長令洞開廓

次韻李商老匡山道中望天池

幽人修水上春漲冒陂田時時想見之笑頰微渦旋往
來柴桑間妙語生雲煙廬山自高寒青碧開晴天倚藤

望絶頂風味如斜川我思從之游子亦當勉旃詩成聊假寐歸夢歷層巔

至豐家市讀商老詩次韻

楊柳護橋春欲暗山茶出屋人未知冒田泱泱走流水小夫鏟塍翁夾籬雪晴春巷生青草煙濕人家營晚炊心疑輞川摩詰畫目誦匡山商老詩夜投村店想清境蛙滿四隣簷月移臥看孤燈心耿耿呼童覓紙聊記之

送子美友

曉痕翠浪行將遍掠面柔風初剪剪梅頰欺寒底死香柳眼窺煙皺未展相看感此故意長欲別忍看春尚淺離情惱人深造次撩我小詩弄清婉腸斷江頭無語中

謝郎匹馬嘶風遠

謝安道花壇

三月江南春不淺謝家池上開花苑層壇迸破碧瑠璃嫩蘂簇成紅婉孌一枝兩枝和霧白素娥月下逢姑射十朶五朶照水紅仙姝並立瑤池東人生遇景須行樂莫使餘香散簾幕白雪難逃鬢上斑金樽且對花前酌醉則傲羲軒醒則歌堯舜榮辱是非都莫問風雲際會自有時忠義果然天不困君今還作天涯客憑闌正過羣芳坼不揷羣英醉上林人謂少年眞可惜明年再獻平戎策順風高舉摩天翼大手親提却日戈刈除天下閒荆棘古人養花如養賢我今說花心亦然栽培直欲

助眞宰扶持造化工陶甄時人莫以花爲渙大都自是人情改若使人情長似花相看顏色年年在謝安道輩眞難得不容蒿艾生墻側不勞巧手寫丹青不學世人畫墻壁靈苗自有天然格門外溪光長瀉碧更向溪光種碧桃宛然便是神仙宅謝家池館勝瑶臺淺白深紅次第開爲報賞花君子道何須東海覓蓬萊

送覺海大師還廬陵省親

老蹤滄海珠道價壓千古莫年還東吳豈不以親故世衰道陵夷學者例頑魯處處如塵沙紛然不容數但詫謝公子乃翁墮江渚坐令乳臭兒高論不少懼安知覆漁舟甚媿編蒲履大師京國來秀色見眉宇笑談出流

輩亦自有佳處懷親不能休飲食忘匙箸醉翁鄉里賢
安角誦翁語人老尙康健春寒與秋暑㑹之凭高樓白
雲入瞻顧浩然有歸與掣肘徑馳去遥知到螺江杜林
聞布鼓迎門一調笑讙極但摩拊童頭想懷橘衣椹應
戲舞聊用慰其心高追古人步此詩語散緩細讀有奇
趣譬如食橄欖入口便酸苦勿示癡道人被罵吾累汝

送瑜上人歸筠乞食

蜂房蟻穴天魔宮青蓮忽生樓閣重升堂撾鼓集衲子
爭看掣電飛機鋒耆年過憂食時至欲學遣化毗耶翁
瑜禪聞之粲一笑此老變怪驚兒童我當乞行等貧富
欲使勝利傳無窮出門掌鉢何所詣胡馬舊聞嘶北風

霜清月冷動歸思已覺荷山生眼中會看對衆捧瓔珞
平等心華含太空

伉彥和佐邑崇仁有白蓮雙葩並幹芝草叢生於
縣齋之旁作堂名曰瑞應且求詩敬爲賦之

宰肉杜樹陰豈無天下志用材樸樕間已有經綸意欲
覩臨大事必自小者耳彭侯偉傑姿要是千乘器小邑
試牛刀不滿一咲喟伉亦何所爲睡足時隱几原多深
夜耕門有晝眠吏三年愛等母百里平如水政化不自
知草木發奇瑞論人或多舛唯天不容僞耿泉豈知忠
元乳豈知義應之捷影響物有固然理此堂濕青紅賓
從時畢至應爲文字飲硯席生佳氣

華裾翠吏民起獻觴願酬太平醉

居上人自雲居來訪白蓮社話明日告歸作此送之

浮雲山盡際花木迎春暉佳人殊方來見之消渴飢藉草坐松影粉香時落衣氣貌秀可掬出語超幽微巖壁鐘聲寂山陰花發稀去袂挽莫留又作甌峯歸

次韻汪履道

君去中秋猶一缺爽氣洗開倍明徹昨夜宵晴獨倚欄露冷鳴廊卷風葉百年容舍熟黃粱夢境偶逢還偶別謝安擁鼻公豈免百年死灰我何說故國天涯眼力衰

飛鳥當還倦始知可憐此別秋方壯未審重來是幾時

予與故人別因得寄詩三十韻走筆答之

天不逸羣君獨立洞徹心胷秋色入於中推積萬卷餘筆力至處風雷集刃游理窟無全牛端與腐儒到固執昔年囊綻露微鋩已陟雲梯最高級縱令大醉賦凌雲立珠閉眼從頭拾森張秀骨眞神駒顧盼絕塵那可縶

亦是個中流恨不識君只依挹西園道人工文章覽詩愧歎不復習野僧頑鈍誰比數而得聽君論輙伋別來三月鄙吝萌鬧聞傳習新詩什翻瀾妙語驚倒人氣欲霜鋒光熠熠此詩初得喜未展烏鳴下啄雞得粒初如積水窺落霞淺碧穠紅相間輯又如霜曉聽邊風

十萬軍聲何翕翕筆鋒正鋭物象貧降旌狼藉詩魔泣
嶔嶔太白不得儔偪强退之自莫及蠅頭細字好生書
爲君卷束藏幽笈嗟予衰老百無能園圃自鋤瓶自汲
人間萬事一笑空流年忽忽將三十形骸念念非昔人
暗中負去何其急揭來蹇剝猶可哂兩眼欲昏愁淚澀
擘盂專作口腹謀骨立侯門聽與給舊山歸去成蹉跎
半年飄泊留城邑詩源荒涸如廢池淺穴敗隄微有濕
不量更擬和陽春枯木鑽膏竹瀝汁夜樓無語立西風
月華如水清堪挹君居若耶溪水東我舍秋河半山隰
露冷亦應思故人篋有緹衣餘十襲碧光當戸應可掬
顛翠撐天空業岌撚鬚落日意無窮片片催詩暮雲歛

知君今作蟠泥翁頭角那能久埋戢妙齡素有廊廟具
破衮煩君重補緝我亦東西南北人從今預可揩杖笠
早晚風雲際會時雷震一聲龍起蟄

蒲元亨畫四時扇圖

畫工妙物無不可誰能筆端自忘我醉蒲睡著呼不聞
但見解衣磐礴臝起來潄墨滋破硯霜綃只尺開紈扇
點綴四時無不有但覺眼前紅綠眩雲破連峯青碧開
林梢時復見樓臺斷橋落日空流水爲問秦人家在哉
春山杳靄知何處夏木森森蔽雲雨秋陰未破雪滿山
笑指千峯欲歸去看山對客憶蛾眉客去愁多自不知
滿眼匡廬看畫軸平生坐媿虎頭癡萬事浮雲定何有

白鶴歸來千載後江山長在身世忙歲月不移舟壑走
對此未歸心欲折借君玉斧修圓月會看談笑滿清風
詎使人間畏炎熱

贈閻資欽

名都大藩地英俊蔚如林烏靴青衫中時見閻資欽風
度若英特杳然自清深借無軒冕意功名亦相尋合是
廊廟具下僚那敢沉郵亭欵夜語霜清特擕衾篝燈伴
清對商略雜古今譬如武庫開錯粲森球琳詩工出奇
麗寫物意在琴絕如歐陽公但欠雪滿簪句法本嚴甚
頗遭韓柳侵願爲匿盆爵恥作躍爐金世無子期耳廣
陵誰賞音何當學梅福九江歸雲岑

次韻見寄二首

心親出傾蓋氣合論夙因久已仰高誼竊伏淮海濱夫子眞自重不減南國珍笑談帶富貴翰墨生精神譬如千江月處處能分身而予續高韻坐客譏效顰安知磁石針妙處無陳新思君欲夜話痛嗟隔城闉熟讀寄來詩秀色摩清春便覺海棠雨圓吭爭滑唇游絲登百尺飛絮沾泥塵要當爲設榻敷以白氎巾看君把麈尾抑氣思舊中涼肝藉苦語激烈敢不遵

次後韻

平生邁往氣醞造次公狂才高簿書縛貌和無歎傷君看此風味自是萬夫望利害方焚和唾笑皆清涼穎皐

舊廬在項稻連畝桑時以匆挂頰阻隔如澗岡少陵功
名念看鏡毛髮蒼長哦和秋雨旁林更聞螢人生行樂
耳萬事付一觴淮南謫天厨大言忘巽牀吾儕本踈拙
閱世忘否臧顧言置此喙無咎持括囊桂賢供火浴龜
虛得刳腸一蓑煙雨蝸兩角我耕南畝君開荒

送通上人游廬山

少年四方志一杖餘氈巾朝來過微雨扁舟買南津廬
山冠天下況復當青春遙知泊星渚雲開蒼翠新相看
發一笑瀑布垂天紳虛漢清月上山空無四隣應懷千
載姿坐榻空埋塵與來得好語錄寄北山人

夏日西園

晚庭一霎過暑雨高林相應山蟬鳴南窗夢斷意索寞
牀頭書卷空縱横蔬畦日涉已成趣起來扶杖園中行
葵莢豆莢小堪摘矮榆高柳陰初成野禽啄果時落地
池塘蓋水新荷平歸來西屋斜陽在原舍尚聞春簸聲

廓然送僧之邵武頗敘宗族以自激勸次韻

道人秀傑僧中龍揮斥八極轉蒼穹雖然削弱不勝服
童稚亦可堪其胷世人徒見例禿髮安知璞玉混鈆銅
顧君自是無營者千山何事來忽忽山衣一拔出松際
蕭然自有清散風我狂如君不知恥駑力亦須追高蹤
作詩頗亦敘宗祖秀氣傑句爭豪雄讀之吐舌頸爲縮
忠義能爾形於中初如迷徑失向背忽得車首分西東

從來惷直失計置蝟頭但可衲帔蒙飯餘便寢百無事
可以傲視金蓋重乃今得名齊物志潄快如鳥初出籠
願君勿復忘此語他年吾欲觀事功

自豫章至南山月下望廬山

扁舟秋晚離南浦片席搖風望星渚揚瀾大浪晴拍天
南山窈窕開蓮宇倒牆散策一登臨便擬掩關深處住
吾生飽食隨東南去亦無求住無取江山得意且題詩
從游況復皆眞侶青燈灼灼夜窓深對牀臥聽風颼語
忽驚憂患一笑空便覺此生眞逆旅隔岸廬山金碧開
月明尚記曾游處何當乘興更一游興闌却向鍾山去

送德上人之歸宗

溢江萬朶眞藍潑寒空翔舞狂如活白龍擘開蒼翠飛
爛銀鱗甲千尋發春巖觸石聲震山金石鉷洞奏深壑
野風吹斷蒙山雲松端彷彿遺樓閣中有道人如嬰兒
頹然一身無所爲而今妙譽走天下衲子向風爭奔馳
自嗟匏繫天一角睫交去夢渺難追何時再拜覲珠玉
激昂吐我胷中奇上人今向山中去明年應到雲生處
紫霄峯下如相逢持我此詩煩寄語

夏日陪楊邦基彭思禹訪德莊烹茶分韻得嘉字
炎炎三伏過中伏秋光先到幽人家閉門積雨蘚封徑
寒塘白藕晴開花吾儕酷愛眞樂妙笑談相對與無涯
山童解烹蟹眼湯先生自試鷹爪芽清香玉乳沃詩脾

抨紙落筆驚龍蛇源長浩與春漲激力健清將秋炁嘉
須臾沓幅亂書几環觀聞誦交驚誇一聲漁笛意不盡
夕陽歸去還西斜

贈李敬修

荷山錦水靈秀鍾半千嘉運生英雄李郎年少韻洒落
天容道骨軒仙風下帷默與賢聖對鈎深索隱皆旁通
肝腸盤屈疊麗錦心胷洞徹光玲瓏文章氣燄長萬丈
那應筆夢生春虹桂枝未折白月窟麻衣尙走紅塵中
巖僧素有孝基眼觀人雖衆無如公昂霄聳壑跬可待
行行不用啼途窮

贈王性之

性之自是英特人唯恐富貴來逼身我非寶公亦識子地上復見天麒麟眉間爽氣照秋色山水頓覺生精神胷中撐拄萬卷讀對客傾瀉如崩雲不恨子未識和仲但恨和仲未識君道山歸計儻可綴且復白帢拖紅塵他年攜我渡弱水僥倖一看瀛洲春詩成笑答千巖響東崦峯頭湧玉輪

次韻性之送其伯氏西上

乃翁純孝曾種玉一雙秀榦森如束憶昨同舟游鄴都鬢鬚尚帶廬山綠只今追想如夢魂更堪哦子陽關曲霜蹄暫蹶堪一笑連璧終當照金屋且醉山中浩蕩春錦繡誰同賞雲谷

次韻余慶長春夢

阿環夢回如墮雲硯中玉纖如醉文香囊翠被不復見
華清草木猶醺醺仙郎春光洗懷抱柔情不斷如芳草
軟風細漲玉橫斜一尾追風北山道詞鋒落紙磨秋霜
千首今餘萬丈光從來支遁識神駿歲月不知君意長

讀慶長詩軸

韻如春水初含風秀如蘭芽新出叢人間何從有此客
坐令衰老忘龍鍾新詞鏘金紛滿眼妙語屑玉霏無窮
讀之置卷欲仙去風度絶似歐陽公儒生寒酸不上眼
江南風流翻手空那知此郎蹶然起筆端五色回春工
只今陛下固天縱文章星斗懸高穹天生堯舜稷契主

君宜置在明光宫雪中呵手研破硯詩成一笑天開容

同慶長游草堂

萬株蒼煙間杳然出微徑相逢知有得一笑洗孤憤蕭蕭半窗雨終日滿風聽綠雲到巉絶小立鋭清興約公我輩人發此一區勝春工自無私風力亦强敏柳垂拂掠黄溪作揩磨淨籬間殿寒梅吳姬發微哂已忻鳥聲樂更愛游絲遡余郎妙天下氣與山嶽峻春光纒肺腸騫月磨風韻詩如畫好馬落筆得神駿日斜興未闌山窮春不盡更爲明日游踏遍鍾山頂旋汲一人泉峰頭煑春茗

慶長出仲宣詩語意有及者作此寄之

我有忘年生氣韻亦秀拔豈惟有詩癖亦醉凌波韈平生愼許可期期不忍發但餘說仲宣十常在七八袖中出新詩韻字清到骨遙知亦說我喜氣見鬢髮相思一水間楚岫出毫末昨夜西風高凭欄暮天闊識君定何時目送孤鴻沒

送慶長兼簡仲宣

君詩秀氣終不沒長吉精神義山骨諸公貴人亦識面想見宗之雙鬢綠嗟予棄置臥空山索寞何人著眼看高軒一日肯過我誇聲萬口鋒刃攢當時見君喜不徹喜中便知有此別秋風雲帆十幅開石城浩蕩天水接淮南不獨江山勝國士英才從古盛期與高人馮仲宣

小字同聯寄我篇

吳子副送性之詩有老子只堪持蟹螯之句因寄之

秋來殘暑猶頑賴推擠不去吁可怪哦君妙語齒頰清冰壺照人吐精彩絶知此公風味高想見尊前持蟹螯說蟬不用朱藤杖看月却披宮錦袍大藩衣冠蔚城市君所過從天下士忘懷一笑餞年華醉裏千篇是生計相知何必蓋須傾此語荒唐却甚眞人生懷抱要磊落他年相逢是故人

高氏釣魚臺

當時呂望要周室渭水垂綸淪遺佚後來嚴陵傲漢家

七里灘頭釣月華二賢一旦辟隱淪當年平步升青雲
至今蹤跡耀經史千載何人能繼此宜陽高人真賢族
構亭仍以釣魚目時人盡詠釣魚詩獨我來歌釣魚曲
君不見吳山青湘水綠唯愛夏絃春誦聲相續以軻雄
百氏爲絲綸以周孔六經爲餌屬遇時伸不時縮人言
君釣魚我言君釣祿盛代兒孫滿場屋前春舉手得鯨
鼇猶恐主人心不足

李德修以烏蘭河石見示 并序

予友李德修少豪逸有美才工文章一時輩流推之
聲稱著場屋紹聖初選於廣文至禮部好惡不合有
司棄去游邊往來蘭會甚久晚屏跡田園然覗其氣

猊精特功名一念未置也政和七年上元前四日過予袖中出美石一掬大小二十八枚有紅青碧綠色細視之有旋螺紋如人指紋以誇予曰吾嘗與諸將至古烏蘭大河河中有洲隣夏國此石得於大河洲中其爲我賦之予爲大笑曰君同時輩流皆踐清華爲顯仕躍馬食肉久矣獨從予山中食脫粟玩朽石不亦大迂闊哉然德修以予言爲非作詩以還其石

烏蘭洲塞夏國口大河天來箭激溜排空但聞地喘吼勢撞石壁欲穿透石堅捍之不肯受攧雷濺雪喧夜晝千年石骨亦不朽碎爲青紅雜怪醜疆埸久空爛甲冑舉觴天子千萬壽李侯横槊千騎後望雲賦詩劒礙肘

徐涉河流馬俯鴃下馬得之等瓊玖萬里來歸亦何有
出以示我爲拊手笑君兒嬉忘白首李侯氣如春在柳
大河西虜置懷袖君徒自珍世不售敲門那能易升斗
功名偶然夢豈久道人乃爾自薄厚此石笑汝汝慚否

次韻君武中秋月下

秋光一半去無迹萬里陰晴占此夕書生醉語哦月詩
想見看朱眩成碧白公初携佳句歸便覺草露寒霑衣
夜晴蘭室亦懷古領略太白懷玄暉千字一揮纔瞬息
流珠走盤紛的皪故應奇韻自天成此詩如女有正色
風鑒從來別俗氛吐詞句句含煙雲坐令一日傳萬口
不滅長吉題高軒君家客皆天下士放意高談飲文字

江左風流掃地空今日追游可無媿嗟予禿鬢欲逃名朅來百慮霜雪凝世間垢習揩磨盡但餘猨鶴哀吟聲劉生餐痂亦何美玄德結氈應有旨平生清境吾所嗜正如翔鸞飲須醴君看清河夜升鏡微雲滅盡如磨瑩定當先生度青冥思冷魂澄亦幽興笑中筆陣橫詞鋒照人秀色煙茸茸調高未數紫芝曲酒美且臥黃金鍾人生一笑如電掣豈特山舟藏歲月自慙陋句類無鹽敢並高人天下白

七月七日晚步至齊雲樓走筆贈吳邦直

錦江風晚吹征衮幽人詩思過不休心知無處可告訴掉臂直上齊雲樓凭欄展目時一快萬山奔走趨簾鉤

回頭下視茫茫者龜因蠶縛令人愁樓中夫子神仙流
道容玉頰紅光浮少年讀書浩江海回春妙語生筆頭
致君終使堯舜上大作一雨蘇林邱深山野僧拙筆語
作詩欲贈煩冥搜艱苦思索得箇字謹用持上君牢收
謝安昔與支遁游及其貴也加綢繆高風氣識正相侔
他年身退百無憂復來把臂登此樓軒渠一笑三千秋

王表臣忘機堂次蔡德符韻

風埃九陌吹冠巾凍蟻旋磨無富貧憂患著人骨肉隔
奔勢熏天吳楚親何妨社櫟神其拙埜舟不暇供歲月
句法不醫霜鬢秋邇來覽鏡莖莖雪蔡侯大家言不誣
筆端五色圖空虛酒闌耳熱題詩處豪放超逸先鋒車

古來百局坐奇智並頭暗中爭射利對人含笑眞含沙
幻影浮屠同一世世味甘於涴蜜刀舐之割利那可逃
癡兒坐守忘啼哭乃欲避就空勤勞君看秋風秀江叟
枯木形骸外塵垢屋下沙鷗交友同耳邊勝利蚊雷吼
水光綠靜山青葱意行回反遭路窮莞然一笑答山谷
忽見幽林小徑通我詩贈君無傑句碧灣明月不可取
游人欲上忘機堂請哦蔡侯醉時語

贈巽中

道人少小來廬山水光山色供盤餐坐令山水秀傑氣
繚繞胷中成塊摶我初未識巳嗟駭誇聲萬口鋒刃攢
故人坐上適相值妙語生我世間歡新詩脫口劃如霓

奮毫狂赴龍蛇鑽翩翩奕奕出意外慓然茅屋翻狂瀾
切疑湯休蹲舌底又疑醉素戲筆端作詩問君覓奇字
留待老年假日看

寄巽中

熏風度南枝餘芳委紅綠微雲生晚陰梅雨淨林麓穿
花鸎語遲翻泥燕飛速遐想幽人居夢過剡溪曲清聲
久絶耳斯懷抱煩燠仰道思彌高哦詩出凡俗脱屣滿
戸外輪蹄日相逐吾徒不得人大法世陵叔智刃剪蒿
蓬利鋒揮樸樕念往造前席初筵不我卜别來空相思
徙倚蒼山木懸知清與多銀鈎墮盈軸願得三百篇遺
我藏諸櫝如彼知音知價不低金玉

次韻聖任病中作

君詩素雄放出語秀不俗更讀病中吟清婉猶可錄自愧魯鈍者文字每見辱有取定鄉閭餘事亦何足夫子飽書史屢驪便便腹蓄深故發遠詩成驚衆目我詩雖不少俗馬空多肉賴遇禿毛髮苟仕安得祿所至有青山是處堪藏育行當拂衣去此志吾已卜君須更勉旃當以謙自牧功成還故鄉竹杖巾一幅亦從林下游此詩無厭讀

何忠孺家有石如硯以水灌之有枝葉出石間如巖桂狀爲作此

君不見海門比邱海爲家說法光明生齒牙坐令十二

緣生泯幻出定慧青蓮華又不見佛圖澄師氣邁往披
拳山川俱在掌從來身世無二法勿作情與無情想何
如巴邱老居士聲名雷霆喧一世邇來趣味等頭陀山
中見嬉雜童稚宅相天藏公發之卷簾萬山登睫眉糞
除得石大如硯中有傲霜巖桂枝婆娑望之花六出熟
視直氣終不屈言不得意以象傳桂枝馨香石介然

余方登列岫愛西山思欲一游時阜上人來覓詩
作此

西山層翠長倚天我來正及社燕前城中高閣時縱倚
妙語已復淩芳鮮方將結伴未有侶而子乃敢犯衆先
會當披雲亂峯頂却下濯足寒澗邊遥知笑語山答響

詩句時作何必編就巖折桂亦細事海棠爛熳燒晴川
歸來仰屋念清境夜未央兮猶不眠此詩未到已如見
戲爲圖畫人間傳

饒德操營中客世與淵才友善有詩送之予偶讀
想見其爲人時聞已雉髮出家矣因次其韻

吾聞彼上人不惰不精進觀其吐詞氣人品極爽俊邁
來效丹霞裂冠鏟鬚鬢高才固難容世議久迫窘想於
龍象羣眉宇發奇韻淵才幹國器美若兵厨醞平生至
孝節初不愧虞舜相逢大粱城連榻盡底藴如開衡嶽
雲仰此摩天峻此詩爲渠作崖略見筆陣把玩立東風
料峭應花信明窓小字臨握管腕不運愛君透眞境邁

往無顧徇脫身索寞濱洗我岑寂憤掉頭一長哦語卒意未盡

次韻平無等歲暮有懷

文章有神驚頴脫風雷先聽毫端落窮年秀氣不知休此蓋道餘德之粕大人見世當有馭一枝區區何足托此語令君意自消雙眸新退重重膜鼻端餘地大於天揮斤請看無沾堊吟詩寫字到骨清寓意乃佳工折莫我年十五恃豪偉廢食忘眠專製作人令瑕玷混吞聲將使駭世驅時惡那知任已返吾病邇來猛省能自薄黙唇僻處兀聾癡十問煩人慵一答聚呵隨駡嗟愚狂不祥乃背初心約我不怪君亦不嗔君獨何心惟喜躍

人生異趣各有謀分定那可相更博君不見謫仙歷落解全眞月下一尊堂獨酌又不見淵明坦率從所好悶遣五斗相纏縛矧予於世百無求紛紛固可俱拋却歲月更如秋晚池草木向枯泉欲涸行看東風顛沛來又麗繁紅入斜蕚

送濟上人歸漳南

密林影草陰露葉光翻夕幽人獨經行滿院許秋色幾年涉嶺海頗亦歷佳席邈來寄江寺癡坐室生白吾家在漳南萬頃蒼玉壁何當附船歸重拂林下石此生一夢耳夢覺試尋繹倚筇作長嘯萬事付鳥迹若有間中吟無惜寄飛翼

送能上人參源禪師

我昔游東吳曾過南山寺一識山中人知是黃龍子超然精悍姿曉日出塵滓坐令平生懷未吐心已死别來今十載歲月乃如此近聞歸南都老色更豐美遥知君見時機妙乳生水道眼眞鷲王揀辨不容擬應怪納飯師趕逐倒脱屣萬象爭驚吁虚空笑啓齒却歸下板頭破衲蒙凍耳他日重相逢煩君再指似

夏日雨晴過宗上人房

仲夏林木深古寺雨初足殿閣風颾鳴閒庭草空緑小軒試凭几解籜愛新竹點筆記題詩粉色不受觸道人有佳處面數頁以熟翛然亦無營來往相追逐此時偶

相值一笑天宇局何當烹壑源看此粟米粥

次韻權巽中送太上人謁道鄉居士

我讀瘦權詩起舞忘華顛疑與雪溪畫句法爭後先遙知清嘯處逸氣生雲泉聊將笑時語乞與人間傳思君發遐想瘦坐如癡禪便覺香爐峯青碧開蓮天太禪十年舊生計艮蕭然清辰一鉢外臥有三根椽偷笑癡種子夢幻供肥鮮鍾山領略遊相值衡門前將謁道鄉老巨浪翻吳船想見笑撫掌衣裾雪花濺

南昌重會汪彥章

彥章退然才中人譏訶唾笑皆奇偉看君落筆挾風雷渙然成文風行水坐令前輩作九原子固精神老坡氣

儒生寒酸不上眼此郎要是天下士嗟予生計等飛鳥翩翩吳頭復楚尾去年興發看京華笑傲清狂人背指君獨折簡坐致我迎門歡笑自挈履舊聞牛鳴馬不仰女逐臭夫那有理今年黄花南浦岸忽然見君失聲喜僧房借榻營夜語燈火照人如夢寐懷中卿相且袖手翰墨風流聊戲耳行看上書苦塊中凛凛范公只君是

贈王敦素兼簡正平

空山無人舟壑移坐看香燒行篆畦兄弟華軒背過我墮甑與箒生光輝著屐登山亦不惡攜被假宿良幽期燈前綠髮映玉頰風流未數崔宗之夜談詞辯出神駿頓塵赤兔眞權奇我欲置君帥河朔軍前千騎紅粧隨

望雲題詩付橫槊玉帶錦袍英特姿又欲置君玉堂臥霧窗棐几春晝遲醉中草制敏風雨諸公堵立相嗟咨微吟擁鼻笑不語恐未免爾無多辭爲君張燈掃東壁他日重來讀此詩

贈黃得運神童

君初髮齊眉玉頰照秋光誦詩巨萬紙一目俱五行不偕同舍兒所閱隨廢忘姓名入清禁詔落銅山陽十三見天子奏對允且詳纚纚誦五經如水傳觥觴環觀共嗟異朱紫如堵墻華裾小旋製初掛頒宮粧歸來汝水濆夾道萬夫望指目無雙裔吟嗄有此郎異態懸膺想行看登廟堂那知事齟齬放浪魚稻鄉顧我與君別忽

忽移十霜更逢石門下美髯如許長抵掌話夙昔夜語
響山房古人當大謬噪索失其常夫子獨何得坦率追
羲皇乃爲任重器愈抑道愈昌作詩以壽君他日未易
量功成徑歸來復此山水傍幅巾靑杖竹卒歲以徜徉

石門文字禪卷二終

石門文字禪卷第三

宋釋德洪覺範著

古詩

秀江逢石門徽上人將北行乞食而予方南游衡嶽作此送之

筠袁唇齒邦一水連清碧朝行筠溪邊莫見秀江色忽聞兒童音乃知身是客獨歸江上寺杖笠倚空壁犀顱會四海香火自朝夕相逢作熟視面數心莫識但記石門時笑頰清光溢驚定喜失聲卒語成小立是時夜氣清隙月金蛇擲念君當北行鉢飯從誰乞我雖能少留秋燕社已逼一懽偶然耳分首成陳迹他年何處逢話

此空歎惜

游南嶽福嚴寺

生計居然成脱略投老南來看衡嶽禹谿久留困霖雨低摧悶若剪翎鶴朝來南尋度坡壠針水秧齊鳥聲樂風光融融一都會鬼祠雄深抱山脚梯空延緣止巉絶瘦策扶衰意超豁拂雲蒼杉雜錦石紫藤緑蔓相連絡石橋下視隔人世但覺嵐光翠如潑亭泓無波自紺碧澗草有香空錯莫忽驚梵宇墮林梢寶勢飛翔照深壑欹斜萬礎盤蒼崖十步一樓五步閣冰柱瓊窗不知數旒蘇一一垂簾箔犀顱道人相笑迎冰雪形容無住著午梵清圓林葉動天花細雨無時落凭高且復息疲脛

心清別殿鳴風鐸雲開千里上眉睫吳楚江山見濃薄崷闍如有女正色春不洗粧秋拂掠紫蓋頎然似矜姤半出晴煙翠稜抹永懷堂堂武津老天骨開張耳垂郭三生來游等兒戲靈山一會儼如昨他年遺跡舊巖下拴索猶存衆驚愕解云此山增智力鵬飛天風轉羊角江西駒兒快騰踏青原麒麟亦超卓折足鐺中過一生野蔬數根陳五合故庵遺塔尙依然行誦神交付冥漠影不出山豈難事准擬茅齋就林縛退之南遷嘗過此好語誇詞雜嘲噱自謂忠誠動嶽靈望碑字字猶精確但餘佳處不可狀浪禿霜毫秋色闊東坡唾笑成文章山川勝處多奇作莫年亦爲儋耳游不一過山山愧怍

爲君試將說禪口掉頭長吟擁山衲心胷便欲揑荒怪
落紙雷搥散風雹要將傑句酬佳景未怕山容作顰頞

福巖寺夢訪廓然於龍山路中見之

山高夜氣摧煩暑竹風爲作南軒雨夢隨柔櫓到西興
艤舟步入龍山塢蕭蕭松下逢睿郎問信遠來亦良苦
覺來但記談笑歡不省懽時竟何語臥看篝燈一點明
嶺海茫茫隔吳楚安得却如淸夢中杖屨追隨長爾汝

乾上人會余長沙

兀坐思歸不舉頭窗風爲我翻書葉衆中聞語認鄉里
便覺石門寒疊疊雲庵已作白塔新當眼風枝心欲折
道人叢林十年舊古寺青燈夜相接失聲方欲問江南

忽憶去年淮上別逃空跫然聞足音見子令人解愁結地爐火冷霜月苦一室諠譁終暖熱湘山破曉立傳停秀抹鉛華餘積雪故應山亦爲余喜隔岸遥看圓笑靨千巖佳處可同游明日波晴當理楫

黄魯直南遷艤舟碧湘門外半月未遊湘西作此招之

江夏無雙果無雙子雲賦工未必爾那知一飯在家僧眞是潛山癩居士春湖白鷗未入手衣冠林中作蟬蜕平生俯視造物兒兒頑不省猶相戲羅浮舊游今再游一念去來開眼睡泊舟隔岸望湘山應愛煙霏浮幕翠快當著屐上千巖要看松風迎笑齒公雖妍媸付一目

定自胷中有涇渭我非破頭山下人聞絃賞音亦風味
知君不傳西土衣一龍一蛇聊玩世

魯直弟稚川作屋峯頂名雲巢

只今海上青石牛曾卧天子黄金屋下看朱紫如堵墻
上前諸公遭牴觸眼高四海鏡面空潛山歸來巾一幅
慚愧君家小馮君自是河東眞鸑鷟文章五色體自然
秋水精神出眉目人間不識但聞名水非醴泉石非玉
江南一峯獨高寒時時笑語雲間宿弟兄出處兩相高
故作雲巢對山谷

陪瑩中由左司諫謫廉相見於興化同渡湘江宿
道林寺夜論華嚴宗

范韓醉倒眠荒邱撼之不應民始愁天生公副天下望
雷霆聲名塞九州立朝嚴冷傳鐵面坐令鼠輩驚魚頭
上前論事傷太直逆鱗投笏來南陬長沙共渡一水碧
中流笑語驚沙鷗湘西古寺夜對榻高論自破千人浮
華藏法界在掌握遇緣卽宗甘自由世驚海隅在萬里
我視閻浮同一漚坐中忽舉毗盧印印海印毛皆徧周
大哉此法本無礙從公一游容我不

贈石頭志庵主

陜西道人最聲價自與老南相逼亞常恐清塵補綴難
那知乃有如君者爭傳絕似餘杭標十年夢想空飄飄
邇來衡嶽祝融下一見便令人意消道骨清間神秀徹

湛湛光風磨霽月高談未了山日斜篆煙已滅灰如雪
平生安得情相似可憐投分今如此且作山中盛事傳
我忘樸陋君忘年

遇如無象於石霜如與睿廓然相好故贈之

西湖睿郎最高道思之不已令人老道人相逢吳楚間
聞說絶與睿郎好年來學富身轉貧豈特詩膽大於身
法朋半是奇逸者我亦放浪無羈人霜威折綿寒人頰
長廊無人風卷葉寒窻誦讀夏日吟和氣坐令寒妥貼
筆端解語敏於口綱牋時作龍蛇走煩君清哦當少休
萬象乞憐爭叩頭

石霜見東吳誠上人

我尋流水行忽入霜華谷山陰見幽人身帶湖山綠語温如春風韻秀自拔俗暗驚枯木堂栖此一枝玉遥知夜窓深雪響亂脩竹寶書掩殘釭佳眠正清熟逸想在西興清夢不容逐覺來念行處小詩欲收錄詩成寫烏絲銀鈎奪人目棐几著牙籤興來還自讀

洽陽何退翁謫長沙會宿龍興思歸戲之

何郎西州來逸氣掃秋晚平生貯書腹中有文武膽材如駱賓王其直亦不減上書論國事忌諱失料揀居然爲逐客安免投手板世方側皮相我亦作白眼閉門古寺中一榻聊醫懶邇來偶病渴意緒覺蕭散頗懷當壚人楚岫屢欲鏇我從山中來攜被夜假館地爐擁紅金

妙語容細欸凜然忠義氣不肯受盤綰正恐復一吐與民作温煖坐覺舟壑走歲月不可挽人生一夢耳勿作鏡中歎何當結後期相攜游汗漫

次韻道林會規方外

湘山半夜雨斷我西湖夢臥看讀書燈花作扶頭重曉窻晴潑眼倒挂聞么鳳起尋殿寒梅小立幽香噴柳絲不勝綰筍庭春脉動春色已如許樂事非一種平生所懷人忽此笑語共雲軒爲誰停危坐山衲擁眼高空叢林志大骨森聳開懷見赤心亹亹飽談誦坐客鵠腦側我亦快心孔袖中出新詩筆力發豪縱風日麗醇釀黃泥初揭甕舌根有滄海潮辯自掀湧何當橫枯藤齧鏃

追雨本吾宗欲顛覆支者例闒茸君能爲我起逸足王良控我詩如石田疏理終無用朝來强鉏墾秃筆時呵凍摩挲銅鍱腹博君一笑捧

致遷善石菖蒲

溪毛數葉一寸碧風姿底事能清癯戲將紅玉旋螺石共置雪色花磁盂沙泉甘滑見毛髮時時酌以澆根鬚蒼然棐几明窗下五月秋色磨肌膚已忘身世在南獄忽覺夢寐遊西湖遥知夏木午陰静篆畦半破煙舒徐莫翁睡足百事懶相看微笑依圓蒲

余作進和尚舍利贊遷善見而有詩次韻

進公事業頗拔俗欲憑妙語招遺魂文章種性久疎理

焦芽故態何足論心知高人笑訣墓抱羞無地容逃奔
佳章忽來生喜氣風輪載我登崑崙徐觀筆力作波險
正與醉素爭弟昆山高水深世聽瑩愛子賞音知道門

次韻莫翁豐年斷

此山分得僧中龍獨論懸斷今年豐定知胷次有造化
是非飽更田舍翁清晨一雨符君說喜如初得丹砂訣
精神矍鑠口垂涎一飽可期扶病劣老來百事不如人
但願耙秠秋如雲莫如往年水車聯龜兆坼出生黃塵
莫翁心地絕榛鹵圓中規而方中矩千偈平生如建瓴
此詩可意眞時雨我詩脫口酬未嘗只欲與君凴閣望
萬頃連天綠錦光舞浪崩騰似春漲

喜會李公弱

韻如風蟬蜕塵垢氣如春容在楊柳風流翰墨俱細事自是吾家道門友十年契闊挂夢寐一見令人忘白首况在祝融眉額間青碧連天雪晴後冷齋撥爐聞夜語雪灰消盡紅金斗君才合在臺閣間簿書堆中不應有且置玉堂風雨筆來試牛刀霹靂手民姦吏滑本有神到君難藏如鼻口臥駝忽起便過人再拜當爲乃翁壽此詩乘怒勿示人願君低回爲遮醜

次韻超然送照上人歸東吳

蕭寺霜晴日初吐曦光煙翠横深塢經行遲立望吳山氣勢飛翔争入楚山中有客冰雪姿十年不聽吳邦鼓

忽然曳杖出山去安禪後夜知何處石龕看月莫降龍
栗林暮過應銜虎此生聚散等浮雲可憐俯仰成今古
吴江一色軟瑠璃有寺正臨江上住他年法眼照人天
贈詩記取南州祖

金華超不羣用前韻作詩見贈亦和三首超不羣

剪髮參黄蘗

胷中蓄奇爲誰吐問臥湘西雲一塢興來落筆如崩雲
五字憑淩氣吞楚我詩望見倒降旗攻之何必更鳴鼓
獨對湘山夜色晴萬壑千巖最幽處臥要明月聽松風
爲君哦此文中虎此生身世付一戲安用聲名照千古
知君大用參黄蘗三篾束腰隨處住何當峯頂結茅廬

要看掀髯呵佛祖
道人秀發蘭牙吐家在金華最西塢不從大士擕畫軸
一節千里來游楚評詩結髮師浣花論字童牙誇石鼓
我皆不能但知愛亦似胷中有佳處氣韻脩然松上鶴
意態索寞穽中虎却於脩然索寞中詩句時時出奇古
乃知筆力有神助三峽迅流輒於住疑非蓬髮休上人
定是禿頭楊德祖
赤河沙泉自吞吐北崦疎鐘答南塢凭欄試誦鵩鳥文
洛陽少年亦翹楚當時七國犯謀議睢陽不復聞鼙鼓
時更事往空流水豪魂英魄知何處金華衲子如玉清
温粹愈恭如履虎明章秀句出倉卒慷慨山川弔前古

篇篇秀發春欲釃便疑造化毫端住不須衆口誇畫公

若溪君作中興祖

復用前韻送不羣歸黃蘗見因禪師

幽尋忽覺暗香吐竹西知有梅花塢一枝試摘與君看

念君明日當離楚戛然飛去若驚鴻棄擲自嗟如臥鼓

遥知旅枕生清夢夢到江南春好處蒼杉拂雲煙翠深

爲弔大雄山下虎我識山中因褊頭骨目清堅貌湻古

便欲閒提折脚鐺栢子庵邊結茆住行看談笑起雲門

海上横行如迺祖

送瑫上人奔毋喪

黃梅爲法去睦州縁母歸兩事世難兼二老其敢違君

看去留意日月爭光輝子方童牙中已喜家翠微旣長游四方萬里孤雲飛方將追新豐冰雪橫鋒機訃音輒僵臥聲吞淚沾衣平生哺烏情棲風無定枝大江浪如山飛棹不可追要當濟安流龍神嚴眞威一盃春露香仰薦天地慈更期辨白業慰此罔極悲

送朱泮英隨從事公西上

文如水行川氣如春在花挾書隨乃翁千里游京華人生少年樂於子何以加上庠閱英俊過目知等差君才固逸羣如金渾泥沙明年對殿陛落筆翻龍蛇遙憐綠槐陰絳帳張紅霞金門看躍馬蘆韉作橫斜滔滔九衢中懽情浩無涯馭吏亦傲睨隱語相嘲誇紅粧鬧燕語

拭目興歎嗟知誰乞佳句駿墨字如鴉

贈王聖侔教授

汝江軟碧搖寒空環江玉色羅五峯神奇融結孕千載於是代出文章公荆公道德輩孔孟致君勳業伊周同君侯才氣眞不滅行看接武隆休功妙齡人誇好風節氣壓潁汝何其雄曾經大筆戰文陣豪俊莫敢攖其鋒老師碩儒玉堂上爭看灑筆回春工果然一日蓋天下聲名熠燿馳華戎都城立石傳萬口士林矜氣橫長虹巖僧廢棄誰比數亦復誦詠懽塡胷迹微自恨不及識向風每覺勞雙瞳天公恤此慕善者固遣識面山水中坐令平昔心變滅譬如塵淨餘清銅自誇問道陝西老

道人況亦參禪宗與君於法實昆弟姑留十日游從容拙詩別君無嶮句何從賞我雙頰紅他年揖讓對明主回顧此會成虛空蹄輪冠蓋塞門巷容我劇笑應無從

臨川陪太守許公井山祈雨書黃華姑祠

臨川富山水井山最深幽愧我今日來自非清散游試問井中龍吾行汝知不高秋嗜酣臥此計非良謀晚稻已及穗一雨足可收曷不躍而起霈然瀉南州要看賢使君放衙擁黃紬

寄蔡子因

平生閱詩如閱馬自憐雙眼如支遁子因句法馬羣空爽氣橫秋太神駿上苑花光纏肺腸西湖霜曉磨風韻

較君年少翰墨場賈生仲舒覺寒窘醉中逃禪亦不惡
況復機鋒類龐蘊奉身一飯聊自珍富貴功名苦尋趁
鳳巢定生五色雛文章從來論種性嗟余索寞臥空山
多生垢習消磨盡但餘欲識天下英甕蛇脊尾猶一振
歲月去人江浪翻何時仰此摩天峻

驟雨

雷挺雨骨天爲低行雲趨走不敢遲桐英滿地誰拾去
花態正顰魂欲飛紫金蛇光誰掣斷墮空萬點跳珠亂
須臾井滑紺無泥瑠璃骨軟爭道馳亂紅殘蕚驚千片
可憐憔悴哭姬面林光草色自遠天殘香依約知誰怨

臨川康樂亭碾茶觀女優撥琵琶坐客索詩

小槽橫捧梳粧薄綠羅綰帶仍斜搭十指纖纖葱乍剝紫燕飛翻初弄撥梨園曲調皆品匝歛容卻復停時霎日烘花底光似潑嬌鶯得暖歌唇滑圓吭相應啼恰恰須臾急變花十八玉盤蔌蔌珠璣撒坐客漸欲身離榻裂帛一聲催合殺玉容嬌困撥仍插雪梅一枝初破臘

南豐曾垂綏天性好學余至臨川欲見以還匡山作此寄之

我生少小秀不叢題詩落筆先飛鴻一從廢棄脫毛髮乃與石田樗木同平生百慮湛古井無復掀湧波春風尚餘覷書舊垢習終日伏案如啞聾默觀前古忠義輩光明碩大皆人雄聞之恨未目親歷周行四海如萍蓬

猛聞君侯富道義浩然養就如嬰童筆端五色藻造化
經綸事業羅心胸揚清激濁出天性英聲不減狄梁公
一節直走汝水上回首敝帚香爐峯徘徊一月不及見
癡坐掩扃知命窮霜清昨夜與飄忽匡山落我清夢中
吾身去住本無繫便欲登舟而向東再惟君侯未我識
恨遺他日山水重作詩願見亦不惡谷風從虎雲從龍

再游三峽贈文上人

肉身大士延平公眉毛如雪聲如鐘東坡醉眼亦多耳
信口呼作僧中龍坐令玉色煙巒裏晨鐘暮鼓三千指
而今骨冷撼不應青燈白塔臨寒水上人談笑有精色
聞是延平坐中客紫霄峯下曾相逢別來幾何頭已白

地爐夜語尋前事當日交游半生死與君等是三眠蠶浮世百年那免此我尋舊游聊自娛忽然見君懽有餘一笑且從吾所適後會重來知有無

泊舟星江聞伯固與僧自五老亭步入開先作此寄之

煙霏含空青向晚望逾好欲行落瀑邊俊鶻屢側𥈭偶攜白髮禪步盡青松道孤鴻聊送目瘦筇自扶老甚欲東澗陰縛屋安井竈我亦個中人歸計嗟不早永愧巖上僧松鬣和雲掃

會蘇養直

方忻望廬山忽見蘇養直向來敗意事捉手一笑失瀾

翻誦新詩與山爭秀色歸來對青燈危坐口挂壁翰林謫仙人隱顯吁莫測正恐騎魚去千里作一息

贈瀨可

可師有奇骨吐語愕衆口秀如出盆絲媚若春月柳舊詠雪梅詞便覺落渠後抱痾亦同粲覩身一塵垢臥看東溪雲懸瀑激窗牖廬山久無僧殿閣空華構誰知千巖勝竟入此郎手我癡世不要冷落如倣帚但意君可奪獨能容我不

福唐秀上人相見圓通

廬山萬木春已透滿目春光迎馬首北山攫飯借榻眠一任春山穿戸牖道人鬧是福唐來石門曾結游山友

相逢未説一笑懽且忻春色濃如酒何當瘦藤上孤絶深谷忽驚如錦繡人生超放當趫健東風已暗藏鴉柳

飛來峯

意行忽出門欲留聊植杖雲開飛來峯巋然眉睫上氣勢欲翔舞秀色無干嶂萬物皆我造何從有來往大千等毫末古今歸俯仰心知目所見皆即自幻妄如窺鏡中容容豈他人像頗怪胡阿師乃作去來想此意果是非一笑聲輙放且復臨泠泉舉手弄清漲

崇因會王敦素

眼高四海語英發自應文章有家法金陵地胏山川驕要君詩句時彈壓東來藉甚名譽傳景星瑞鳥人爭先

忽驚華氣傾坐客但覺人品春湖前一盃春露容同啜更看歸舟登一葉遥知笑語散驚鷗萬頃煙波上眉睫念君懷中有卿相何時摸蘇一唾掌要看儒林萬口誇文公諸郎能世家

聞端叔有失子悲而莊復遭火焚作此寄之

一子被奪去囷廪遭火焚冷官寄僧舍僮僕卧朝昏平生五色筆落紙生煙雲文章竟何用袖手聲一吞東坡昔無恙豪俊日塡門君如汗血駒膽氣終逸羣坡今騎魚去衆客亦繽紛翩然淮海上霜鬢此身存我亦識坡者一見等弟昆乃知水與乳自然和不分心期營一笑發君雙頰温那知墮機穽面上餘唾痕我公佯瞌睡嘲

詣了不聞遙知讀此詩拊手鬚一掀

七夕臥病敦素報云道夫已至北山遲遲未入城其意耽酒用其說作詩促之

去年鍾山今夕晴二豪興發來扣扃開軒咄嗟辦法供一味萬壑松風聲頹然意適相枕臥便覺語笑紛喧爭我方小立倚風檻君忽蹶起孤髻撑今年此樂墮渺莽維摩臥疾毗耶城烏衣郎亦憎俗子閉戶臥看星河橫美髯和易坐畏暑扁舟散髮歌月明遙知君定宿浮玉詩狂欲跨橫海鯨傳聞已至蔣陵塢留滯未歸宜一抨連床夜語久不理硯席忍垢蛛纖生乃爾彌日復信宿不爲萬頃無濁清推擠不去有深意戀此百甕郎官清

甕邊被縛眞有道酒後耳熱巨高情不嫌折簡苦招喚要看欹段兀醉醒

冬日顯甯偶書二首

山舟不肯留白髮日夜益曉窺青銅光乃覺朱顏失故人半凋零行吟百憂集舊山天盡頭歲晏衰眼力高枕此山泉比興復何日百年暗相驚奔忙如瞬息喬松亦已塵仙術無煩乞

禮法日荒蕪坦率日增益唯餘枯藤枝起坐不相失山枕孤雲歸林寒倦鳥集愛此亦題詩鈍澁見才力乃知衰老來全殊少年日勞生知幾何萬事歸嘆息鉏斧好當就阿誰乞

和靈源寄瑩中

此來漸覺身無累欲學潙溪諱名氏鍾山萬頃獨經行
山日松風吹凍耳聞有僧從法窟來當鋒戲作橫機試
探懷示我妙伽陀兩翁回互偏中至乃知道德無貧賤
　相求亦相契妙談何日看揮斤此老鼻端有餘地

王敦素李道夫遊兩翁軒次敦素韻

茅簷分首纔信宿佳句俄驚照雲谷兩翁誼閧姑置之
銀鉤勒出鬼神哭識君筆力回春工妙語天成絕雕斵
是時秋陰潑庭戶微月瓏璁隔寒竹便覺玉川照映人
譬如六月失三伏深雲開軒亦不惡窗戶清紅照林麓
方欣杖履日追隨漸喜並崖村路熟平生與山實神會

戲語嘲詞雜山緑要當終副此軒名絶境於君豈宜獨懸想青燈夜對床香火淨緣期昔夙此詩煩寄謫仙看要使軒渠笑捧腹

奉陪王少監朝請游南澗宿山寺步月二首

朝爲北山遊暮作南澗宿此生亦何幸稱心良易足青燈委昏花笑語暖幽獨月出東南峯升此一輪玉開扉發清嘯意行無澗谷勝韻高摩空妙語清到骨親朋萬石門門吏千鍾祿如何飯薇蕨衲子相追逐明年守北屏夜直黄金屋應懷此夕游夢想亦清淑定有寄來篇吳牋煩自錄

單衣喜和風詩眼愛空翠野亭亦翛然散坐聊倦倚坐

久忽聞樵見覗一笑喜那知深林外曲折見流水幽光弄紺碧春色潑秀氣去爲千頃澤隄柳相嫵媚月光方下徹浮空見賴尾投礫戲鷺之撲擁沙禽起歸途望林壑煙靄隔山寺便如斜川游歲月亦相似

浙竹

龍孫初長浙江曲疎影蕭蕭濯寒玉平生知愛足風流只有山陰王子猷而今流落蒼崖頂暗換年光鄉路永冰敲雪壓未應哀鸞鳳不棲空故枝堅榦猶堪製長笛最合宮商勝金石爲君吹動鏡湖秋驚起雙龍翼小舟

觀山茶過同龍寺示邦基

北窓賞新晴睡美正清熟竹雞斷幽夢朦朧不能續臥

聞故人家山茶已出屋欣然一命駕姸暖快僮僕千朶鶴頂紅染此一叢綠坐客例能詩秀句抵金玉攜過回龍寺掃壁爲君錄逸筆作波險欹斜不可讀坐驚殷床鐘暮色眩雙目入關更清興市井亂燈燭人生分萬途稱心良易足時平且行樂餘賓非所欲

次韻葉集之同秀實敦素道夫游北山會周氏書房

王郎本豪放富貴纏縛之頗復厭絲竹來聽松風悲葉侯須似棘談兵輙紛披恃此文武膽英氣吞北西亞直威鬼神動欲焚淫祠道夫憂國心造次常念茲事功未入手憤酒誰共釃正恐追老范一吐胷中奇秀實氣剛

大歸宿未易期新詩弄清婉霜曉臨湘湄鍾山冠世境登賞乃所宜林間見隱者面有無求姿不必問賢否但讀諸公詩我無支遁才敢逐王謝爲推擠幸不死豈非憐其癡一昨閲詩戰望見仆旌麾今能犯矢石居久氣自移

洪玉父赴官潁川會余金陵

迂疎世不要冷落眠山寺空山斷往還落花自流水平生所懷人那料千里至懽極看屋梁通夕不成寐曉從城郭來山亦爲余喜登門見眉鬚已覺增爽氣洪徐皆人龍論議例英偉君於二老間妙語發温粹胡爲下僚中混此萬乘器攝衣願從君舉步懼椎鄙安知出愛忘

劇談略勢位便欲攜與東載我以船尾子生分奇蹇事
事得敗意獨於天下豪未識已神契天公亦見憐以此
厚我耳西湖今古勝前輩風流地風月久乾沒畫舫誰
料理行當入君手想見飽風味不得陪清游起坐終夜
喟定有湖上詩無辭遠相寄

珪粹中與超然游舊超然數言其俊雅除夕見於
西興喜而贈之

蜀客快劇談風味出譏誚衆中聞巴音必往就一笑道
人西州來風度又高妙吾家長頭郎高蹈萬物表平生
少推可說子不知了吾必意魁梧一見殊短小篝燈欸
夜語每每犯吾料貌和苹林風氣爽霜天曉坐令學寂

中絶塵追騕褭君看顯與訥出蜀亦同調竟如衆星月聲光潑雲嶠子亦當加鞭歲月一過鳥

陳瑩中自合浦遷郴州時余同粹中寓百丈粹中請逕之以病不果粹中獨行作此送之

我懷希夷老如啞無處訴忽聞得生還失聲喜能語想見如鏡中仙風拂眉宇欲問華嚴宗忽覺隔吳楚攝衣出從之久疾恐頓仆佳哉蜀道人精爽馳健武殷勤願偕行得書即徑去我生百無求青山滿門戶公卿一掉頭不回顧斯人獨難忘自不知其故夙昔當問佛亦法侶達書理故事已辦住山斧太虛吾斧柄能收取

石門文字禪卷三終

石門文字禪卷第四

宋釋德洪覺範著

古詩

同敦素沈宗師登鍾山酌一人泉

鍾山對吾戶春曉開煙鬟白雲峯頂泉紺碧生微瀾經年未一酌對客愧在顏兩翁亦超放瘦策容躋攀大千寄一瞬境靜情亦閒是時天慘憺佳處多遺刪立談共嘲謔豪氣破天慳臨川冰玉清風流繼東山玆游適所願但恨無弓彎東陽邱壑姿癡絶膽亦頑孤坐巉絶處掉頭不肯還天風吹笑語響落千嵒間歸來數清境但覺毛骨寒從君乞秀句端爲刻斕斑

敦素坐誦公袞烏白樹絕句嘆愛不已其詩云三年逐客弄湘流華氣遮欄兩鬢秋秪有荒寒江上樹倘成詩句聚眉頭成此寄之

我不識公袞時時見醉墨愛其吐詞氣人品極英特君看句中眼秀却天下白前輩風流盡倘復餘此客世議隘不容道山歸未得三年謫湘楚妙語敵山色歸來大江南聲價長籍籍我亦不羈人夢境聊戲劇要當徑尋君已辦登山屐想見一禿翁攫攘吾輩側

提舉范公開軒面鍾山名曰寸碧索詩

湖山煙翠層千葉青蓮坼公家蓮葯間如眼不自覿一登功名途富貴相追迫開軒延爽氣拄笏望秀色鍾山

盤萬丈雲破見尾脊殷勤度邑屋分此一寸碧升空帶
青小撑漢螺髻出我亦個中人登覽增眼力知公寓逸
想喧不礙岑寂給札令賦詩相顧愕坐客愧無莫雲詞
涴公雪色壁

次韻彦由見贈

華亭富文物最後機與雲妙年翰墨場唾手立奇勳萬
物鼻一至馳掃數揮斤道人出塵者一見過所聞置之
緇衣林玉石宛自分能將霅溪畫解追青龍氳超然勁
高節冰雪看此君故應知見熟玉骨久受熏天眼覩浮
俗爭奈空煎焚我尋住山侶識子吳江濆人生各有適
未易分黠囂風物亦自私草木俱忻忻何當斷岸塢廣

歌蒼石垠我詩無傑句愧子才逸羣此篇頗倘有句意
雅而文把玩值清月林影白紛紛高懷亦自放豈以我
輩云君看功名事真如過耳蚊行將挂社籍蓮沼開奇
芬勞君讀此詩正如蕕與薰

與嘉父兄弟別於臨川復會毗陵

君家兄弟萬人傑何止才容誇兩絕憶昨江南山盡頭
西津渡口曾相別君時慘然纏制中行將扶護歸吳越
我亦買舟還故山社燕秋鴻那忍說客中不覺舟壑走
邇來飄忽經歲月毗陵那料又相逢喜君美髯冰玉頰
竹軒堆髻話臨川清論無窮如鋸屑意消已覺在秋鄉
坐令五月失炎熱歸來喜甚不成寐起步空庭聽風葉

念君姓名懸睿想吳江未可停舟楫欲看騕褭付王良相鼎頻君爲調爕平生無求任所見往往撩人面紅洌恃君猶作故人看此詩聊當名紙謁

法雲同王敦素看東坡枯木

此翁胷次足江山萬象難逃筆端妙君看壁間耐凍枝煙雨楂芽出談笑想當卻立磅礴時醉魂但覺千嵒曉恨翁樹間不畫我擁衲扶笻送飛鳥併作玄沙息影圖禪齋長伴爐煙裊王郎自是玉堂人風流合受鶯花繞何爲愛此枯瘦枿嗜好果超凡子料爲君援筆賦新詩詩成一笑塵寰小

送訥上人游西湖

西湖招提三百六佳處如春在眉目一番雨過吞青空萬頃無波鴨頭緑望湖樓閣獨自登煙霏向背攢寒谷想見襄陽孟浩然此中有句不容續道人生長西山阿骨清氣明韻拔俗久居京國厭塵土一夕歸心俊如鵠明窗爲君研破硯落筆轉頭風雨速龍山深處如定居就彼結隣容我卜

送僧游泗洲

濁流一千里快瀉如建瓴解舟東灣橋晝夜不得停忽驚萬頃碧一舉當眼青自推舴艋窗出步楊柳汀精神覺蕭散鶴雛生翅翎僧伽坐閲世層崖登青冥生涯亦何有隨處懸盂瓶洗心依老宿湛意終殘經回頭大梁

夢塵迹俱凋零余亦厭久客行趣東揚船會宿淮山陽
話此遭熏蒸看君新句法霜刀新發硎

余過山谷時方睡覺且以所夢告余命賦詩因擬

長吉作春夢謠

芭蕉莫寒心欲折密燭華光清夜白春風吹夢正扶搖
■高墮落銀蟾穴青鸞睡穩雲委地桂葉初齊香不滅
千門萬戶金碧開時時忽見如花妾心清別殿閒■
■來般枕哀怨聲月廊花影無人問金鴨香消風下闕

郭祐之太尉試新龍團索詩

政和官焙雨前貢蒼壁密雲盤小鳳京華誰致建溪春
睿思分賜君恩重綠楊院落春晝永碧砌飛花深一寸

門下賓客還畢集碾聲驚破南窻夢高情愛客手自試
春霧脚縈雪花湧聚觀詩膽巳開張欲啜睡魔先震恐
我有僧中富貴緣此會風流真法供定花磁盂何足道
分嘗但欠纖纖捧七杯清風生兩腋月脇澄魂誰與共
戲將妙語敵甘寒詩成一弔盧仝塚

戒壇院東坡枯木張嘉夫妙墨童子告以僧不在
不可見作此示汪履道

雪裏壁間枯木枝東坡戲作無聲詩雲川謫仙亦豪放
酒闌爲吐煙雲詞閙傳秀色絕今古正如四月出盆絲
老僧遮護不許見敲門游客遭慢欺我來擬看亦乘興
興盡却還君勿嗤

次韻太學茂千之

君詩清絕若冰壺讀之六月失煩暑我雖好吟無逸才空有千篇俗於土料君肺腸飽清秋馭風騎氣無何游投毫欲和先噪吻詩源慳澀勞披搜吾廬題者徧今古今古當以君爲優我今即死且無愧先生未識眞吾羞

蔡老有志好學識面于京師作此示之

道人西嶽來氣與秋爭曉讀書如壁月罅隙必委照當從賢俊游運斤端得妙儻明句中眼王良控騕褭嗟余老漸衰綠鬢亦加少喜君解妙處見博而知要錄余一千篇正可付一笑同歸漳水垠乘月答清嘯睡起山花開脫履萬事了

金陵吳思道居都城面城開軒名曰橫翠作此贈之

醉隱琴無絃乃得琴中意詩髯軒無山而有看山味青山隨意有那復問城市醉眼看雉堞便覺是橫翠因以名吾軒坐臥增爽氣春花解言語風松中宮徵我來不能辨夕陰滿窗几頗怪靈鷲峯顛狂復飛至清嘯呼白猨愧我非慧理戲題五字詩平淡出奇偉君應意挑戰詎敢摩其壘大勝賦子虛誇詞託亡是

余將北游留海昏而餘祐禪者自靖安馳來覓詩

莫煙重山翠微風壯松悲吾爲五頂游稅駕脩水湄阿餘幽國來細路盤顛危畏飯夜兼程杖笠寒相追入門

一調笑如獲璧與珪問來何所欲雅意在詩詞念余緣髮日不減子輩癡是中有何好迷著不自知敗煤磨破硯涷筆時呵之詩成思掀髯熟讀忘倦疲乃知少年病根蔕老未移雙林古禪宇檀越多孝慈明年東游還買山縛茅茨市蔬近易致紅飯熟夜炊得飽卽甘寢萬事付兒嬉子輩當從我林麓相追隨十年何足道樂死以爲期

游薦福題淺沙泉

六月稻田龜兆拆十日愁霖潦翻室試來嵒下酌此泉澄寒一泓無減溢以杯浮之著沙石戲投鮒魚露尾脊誰令空堦響環珮臥聽洽然心境寂詩成窗戶濕空翠

便覺西山排闥入

獄中暴寒凍損呻吟

由心有癡愛癡愛乃有業因業疾病生痛此百骨節聲
相成呻吟齒頰空咬齘側眠看圜扉以手枕匣楔觀此
心無形安得有業結業結如空華病甯有枝葉方作是
念時顛倒想即滅心造古佛様路入法界輒稽首甘露
味銷此煩惱熱

御手委廉訪守貳監勘劉慶裕二十三日夜收入
禁將入獄憂無人供飯有銀一兩錢六百以付
來勝甫勝甫曰此止可辦半月過此如何余默
計曰有官飰耳

出獄未兩月單身寄孤館別甑容搭餾酬以滌椀盞那知復入獄親舊無半眼但餘半月糧何以供歲晏摩娑没柄杓准擬喫官飯來生空歛眉其室亦喟嘆叢林明白老寰宇洪覺範所至神物護爾輩見不慣我說此偈已萬象俱稱賛

與黄六雷三

我覓應傭者忽得黄與雷結束頗精悍拱啫駭吾儕從余今幾日臨事見肺懷立身守中直勿自無疑猜爲奴不欺主乃是廊廟材何必弄筆語然後爲賢哉紛紛貴與賤百年同一杯弛擔坐亦汝萬事付浮埃

超然攜泉侍者來建康獄慰余甚喜作此

堂堂福德相凜凜龍象威天神護戒足山鳥曾巢衣彌天並輿載清涼七帝師其徒今日榮渠心終笑之一鉢游人間不言行四時胡爲肯至此驚定心愈疑乃知明月淨曾不憎污池異哉月旁星隨逐相因依群四手加額雀息瞻梵儀吾亦失沉痾一笑歡解頤

次韻雲居詮上人有感

招謗坐多談近稍遵寡語仰嗟濁惡世友道終愧古君獨淡無營誦經如布穀見人作白眼此意吾亦與十年雲水間所至每同處舊游雖陳迹歷歷倘可數更期秋風高結伴湘山去我生無寸長百事仍莽鹵不知獨何修得與君輩伍無乃造物者不殺念癡魯雲居無所爲

粥飯聽鐘鼓不材獲飽暖此德荷佛祖詩成自誇笑聞者亦驚顧已決寡語隄事過乃知誤畢卓臥甕邊謝琨挑隣女見之獨傲然眞情人不怒君能識此意吾語亦可恕

大圓庵主以九祖畫像遺作此謝之

大圓庵中亦何有但有草座枯藤枝朝來壁間亦圖畫何從貌此甯馨兒髮光抹漆膚琢玉坐睡俛然方拄頤當時兩脚不肯舉今雖有口如當時知誰逸想寓此意必也高人非畫師我遭俗瞋坐多語坐客厭處終不疑與來曳杖出門去路窮回反無澗谿見之心怍有愧色君以贈我聊鍼之亦知禍心當服韋命車何必先鋒爲

從今靖然痛堅捍正恐習氣時決隄細看忽憶孔北海
曾讀曹瞞禁酒詞

　送凝上人

我生風韻無塵埃揚清激濁心不同少年不忍混白黑
出言動輙爲身災突汀出岸水必拍喬木穎林風必摧
乃知此世要不免毀譽於吾何有哉君今欲脫此等憂
獻君一策眞良謀人言白璧爲石頭唯唯愼莫分劣優
坐中亦復發一語衆將環視如仇讎此策簡截君牢收
飽食熟睡且隨流泛然四海無不可人將愛與君同游

　謝李商老伯仲見過

破屋如馬廐楚四亦王尼名士連璧來下馬氣吐霓論

高玉屑鋸意妙雞駭犀君看八尺委一尾抹萬蹄弟昆清淨妍俱當藉金闌胡爲披白恰作隊趨塵泥漏風駝止臥跨海鶻方棲何時對陛下道與稷卨齊功成歸脩水春風雨一犂嗟余世不要所至值澗溪願從諸郎游日涉長灌畦

別潛庵源禪師

寶公禁鎖尋常事形如聚墨非寶然潛庵去眼十五白再見敬仰加拳拳黃龍今代南陽老而公不滅眞耽源眉鬚俱荒氣深穩幻滅都盡光渾圓公登八十我纔半道義乃爾相忘年西山無時渡漳水洞壑儼在眉目前祝公勿學亮座主興來徑往呼不旋

宿宣妙寺

銜虎困頓歸投枕眠爛熳夜晴霜月苦睡美不知旦日高披曉綠萬事付衰懶百年炊黍久强半得憂患起臨清淺流白髮不可揀此生終一壑形勝已入眼明年定來歸茅屋並崖瞰掩門無營爲一味工寢飯

次韻

我昔度瘴海夜浪光熳熳經旬困掀簸飲食借日旦動輒值墻壁更覺歸心懶平生百念灰但有身爲患臥看生與死兩者無可揀那知故園山秀色長在眼愛此洌崖中有山房瞰會當持老齒嚼此無沙飯

三月喜超然至次前韻

楊柳風蕭蕭芙蕖晴熳熳水閣試新涼披衣快清旦幽居非養高一榻聊醫懶嘿觀四大空吾復有何患上人超詣姿叢林得精揀勿嫌白兆村眞是人天眼穿雲得得來其他空非敢遂爲信宿留與予同朝飯

謝忠子出山

道人棄家年最少毛骨稽山冰雪妙爲余遠出仙廬峯雲晴水寒秋自曉孤風峭世鳳增擊高誼映人珠自照嗟余苦遭夢幻纏龜四蠶縛何時了明朝定向舊廬歸想見盤空雲露小當期半夜立西風月中拾取吹來嘯

示忠上人

啞羊苾芻紛作隊口吻遲鈍懶酬對猛公來自知足天

南山爽氣增十倍爲公放意談海山神頎透出形骸外八月中秋滋露華千嵓尺璧生光彩正當刻志從爐峯看子穩騎元氣背

懷忠子

昏花委篝燈夜雨集梧井空房嚙飢鼠壞壁咽寒蚓有生獨多艱念極淚殷枕親朋勢宜絕醜惡諱聞聽棄遺等苦李零落如斷梗忠也新數面義已到刎頸願留廣推擠守護輕軀命逐臭甯有理嗜痂亦天性人情骨肉離道義燕秦并相逢百憂中如熱啜甘冷氣清秋潑山韻勝月夕鏡何時一丘壑攜子脫塵境風林作清歗追步千峯頂

次韻彭子長劉園見花

我昔海山度寒食雖有花看非故園今年寒食花又見已在故園疑夢魂虛弦喪氣念前痛瘴面敢辭增唾痕此生流落坐曠達晚悔坦率加辛勤覺城老子天乞我人品秀拔高摩雲定應分身在絳闕想見珮璫裙褶纁君看翰墨吐秀句綠楊春重含朝暾袖中功名未暇探且復行樂追幽欣陋邦忽見洛陽面爲誰扶頭清露翻殘春風日太醇釀發粧初罷爭迎門豐肌忍調獺髓醫笑渦尚初紅潮溫謫仙點筆風雨疾少陵眼寒煙霧昏公獨寓之一戲耳甯用解語方佐尊夜深秉燭花不睡飲到落月窺金盆情鍾耳熱意一折賦詩遠紙風雷奔

詩成我讀輒起舞自忘首秃衣紲袢泠然馭風欲仙去
引手便覺天可捫歸來偃臥數屋角萬象困頓天不言

石門中秋同超然鑒忠清三子翫月

三年竄南荒兩過中秋夕月不棄覊囚高義照罅隙凜
如寢雪霜但覺炎瘴失夢清不敢歸鯨浪濺天白中原
一轉首心折數弟姨遙知亦念我看至玉輪側有生窮
至此甘作死生隔今年又中秋氣味如夙昔筠溪遶茅
廬波影登几席危磴通石門高眺屢顧陟空山夜氣升
草木正蓊鬱超然凜清癯可郎不可及華紛落無餘但
見霜露實三子新聞舊學問川增益駿氣不受覊奔飆
初伏櫪人生一大夢聚散兩戲劇境豈妍鄙哉而心自

南北忽驚西樓高含光下注射林葉動流水楯瓦粲佳
色翩然步脩徑杖屨草露濕地坐間無人但聞蟲唧唧
清境難抱石秀句爲收拾明年當復和勝踐要綴續晴
陰萬里同世路致欣戚付與市朝人舉酒相歎息月雖
默不言涇渭視喧寂

見蔡儒效

一昨海外歸盡見故山侶夫子獨未見夢想識風度今
日復何日乃獲抵掌語猶疑是夢中驚定無所覩欣然
誦新詩句法雜今古初如涉微波沙石俯可數忽驚鋒
刃攢凜然爲毛豎可讀不可識森嚴開武庫百態出俄
頃春破賴綴補詞高殆天得那借江山助人間有此客

而使衣沆土君看絳闕姿嬌不受控御大言惷上帝坐此得齟齬天公聊戲之一官艮蹇寓天風吹綠鬢醉眼蓋寰宇閻浮一漚耳是身等唾霧功名付揶揄富貴我劇具道山弱水上凝睇隔煙雨夜晴覺天多月好笑起舞引手挽醉袂恐騎紫雲去

余自太原還匡山道中逢澤上人與至海昏山店
有作

凶衰不祥憂患變臥念餘生眞自厭向時衣祓識天香揭來唾痕餘瘴面故人訶譏豈忍聞新交推擠不容喘子獨心翔異衆人追逐南來不辭遠垂逢難取夢中物一懽且喜身俱健忽憶南荒海外時敢料北山松下見

鶯唇清滑柳困頻醉人春色初醇醲莫涼香霧滿村落軒包到榻眠山店我已歸休萬事足但餘老眼遮黄卷静時頎紹痛誠我先須從此焚破硯念子懷親渡大江枝葉行復登淮甸分擕一語有精神行藏直使珪無玷

十六夜示超然

山深久不晴領略三伏暑夜涼聞風泉疑作空堦雨但覺紙窗明不知山月吐堦除偶獨立滿庭浩風露室閒門未掩時有飛螢度餘生願俱子萬壑千巖處艱難百憂中長恐此心負今宵復對榻樂事遽如許地偏心亦遠喜俗憂自去風光如輞川窈窕辛夷塢以短暴弟長正坐功名悞何如廬山陰一水斷世路持遠兩鏡臨於

中可無覩此詩若散緩熟讀有奇趣便覺陶淵明彷彿
見眉宇

瑜上人自靈石來求鳴玉軒詩會予斷作語復決
隄作一首

道人去我久書問且不數聞余竄南荒驚悸日枯削安
知跨大海往反如入郭譬如人弄湖覆却甚自若旁多
聚觀者縮項膽爲落僻居少過從閒庭墮鬭雀手倦失
輕紈扣門誰剝啄開關忽見之但覺瘦矍鑠立談慰良
苦兀坐敘契闊誰持稻田衣包此剪翎鶴遠來殊可念
此意重山嶽悃愊見無華語論出稜角爲余三日留頗
覺解寂寞忽然欲歸去破衲不容捉想見歷千峯細路

如遺索相尋固自佳乞詩亦不惡而余病多語方以黙爲藥寄聲靈石山詩當替余作便覺鳴玉軒跳波驚夜壑

余所居寺前有南澗澗下淺池每至其上未嘗不誦柳子厚南澗詩又恨東坡不和乃和示超然

晈雲漏微日諸峯猨曉時飛檐寄木杪晴瓦暗差差意行愛蒼涼地坐休頻疲哀蟬倚泣露積水欲生漪瘴痾餘睡色破衲老垂垂心事世途悞風神丘壑宜高標誰對我白鳥深自知重來應邂逅歸去不須期

追和帛道猷一首并序

山陰帛道猷詩寄道一有相招之意曰連峯數千里

脩竹帶平津雲過遠山翳風來梗荒榛茅茨隱不見
鷄鳴知有人閑步踐其徑處處見遺薪始知百世下
亦有上皇民政和六年正月十日余已定居九峯而
超然輩皆在已無所羨特味猷詩追繼其韻使諸子
和之
永懷山陰老漱流味餘津幽尋見蘭叢蒼然出荆榛便
欲即之語忘其千歲人歸休正吾志理順如析薪夜舂
博飯喫猶勝海南民

次韻公弱寄胡强仲

念昔謫海南路塵吹瘴風未即棄溝壑倘在拴索中親
朋半天下萬里不一逢髯胡豈有罪乃肯與我同情親

等昆弟使令惟西東時爲解我語道大自不容卲陽雨中別涕淚落無從我件有形影渠歸無僕僮三年鍛百巧遂成瘖與聾今日復何日嶽寺聞樓鐘聚觀迎萬指登睫排千峯黃泉天復見白骨肉已重髯雖未對面音問已喜通夫子佐岣嶁有道如葛洪筆力扛九鼎奇語出遽怨長篇春爭麗送我歸新豐且約老南嶽幅巾追瘦筇捫手輒大笑此計隨虛空山林當付我君事俟與公麒麟未易系健鶻那可籠

重陽後同鄉天錫登滕王閣

問中過却重陽節江城風雨吹黃葉與君來游亦偶然聚立西偏讀豐碣凭欄眼界得天多雨脚明邊飛鳥滅

西山向人亦傾倒犯雲爭來獻層疊未歸負負無可言
相視心知慚在頰會當却立雲生處縱望晴江生雉堞
尙喜清游不屬人故作此詩相暖熱

次韻天錫提舉

攜僧登芙蓉想見綠雲徑天風吹笑語響落千巖靜戲
爲有聲畫畫此笑時興夙習嗟未除爲君起深定蜜漬
白芽薑辣在那改性南歸亦何有自負蘆圖柄舊居懸
水旁石室如仄罄行當洗過惡佛祖重皈命念君別時
語皎月破昏暝蠅頭錄君詩有懷時一詠

次韻吳提句重九

朝來多爽氣拄笏望西山看君此標致合在臺閣間賴

有宗之輩文字相往還遥知醉九日紅潮生玉顔嗟予抱瘴痾古寺長閉關亦復把霜蘂行嗅賞餘閒琢詩債清境索句常苦艱愛君吐雲詞端爲破天慳氣勝起疲墮語妙鎸老頑正當作小字明窗寫斕斑

勸學次徐師川韻

揭陽濱瘴海苦霧搏蠻煙自古無衣冠安得禮義傳韓子見而歎豈是終棄捐選士得趙德講學與周旋遂爲鄉里榮士慕舊而先却後三十載才者森排肩東甌贅華夏西漢爲邊沿民俗號殷富亦有佳林泉黠者事商販朴者工力田自惰迄于唐稍知慕華軒乃有歐陽生粹然而出焉古文有師法學問知淵源其後賢者至雜

遥盛中原至今號多士富貴爭熏天江南佳麗地南昌富山川幽谷抱歐峯西山秀氣逋地盡祕奇運當有命世賢山輝玉韜石水媚珠懷淵君看烏衣裏俊雅爭清妍治朝開三舍精揀無遺篇幸當勤燈火無忘臨簡編會看起白屋甯遭犯青錢大當到三事小當步八磚趙德歐陽生豈獨令居前努力各自勵請視徐子言窮耕有惡歲惰農無豐年言小可喻大歲晏宜勉旃

送文中北還

瘴海夜成焰鬼關晝常陰柵廬餘百家閒見椰子林居人俐椎髻豹狼而衣襟語言不可讀冥目以意尋居然不可解欲問返如瘖君持使者節風彩動雲岑軒渠笑

時語萬籟轉笙琴余方臥圜土跫然欣足音相逢春脫手歸意不可擒便覺暮雨山掃空煙翠深袍袴洗羊負項背逃芒針乃爾徑去亟翩翩出籠禽津渡已撾鼓高帆摩天心行矣勿作惡萬事付醉吟當會西林下相對說如今

次韻彭子長僉判二首

我窮親舊絶君來殆天遣度關一句妙不撥機自轉令人意頹然盎如醉黎衍（黎人謂飲酒爲衍也）新詩麗吳姬霧鬢風前卷細看發豪放川犇驚地喘才高那可妬默念耳自反不禁數餘年三眠蠶欲繭思君誰與同月度微雲淺愁如羊公鶴氄氀費推遣心如旋磨驢日夜團圞轉夫

子爲譏訶譬説頗蔓衍愁心得少休忽作象鼻卷出門無所詣地坐息疲喘路窮輒一笑興盡復回反風光聞布穀人家初煮繭倚藤望九峯層疊分濃淺

重會大方禪師

霜顱玉骨眉有稜孤風照人虔敬增寒松撼空夜瑟瑟古井吞秋波不與天柱峯前額加手一别十年彈指久嗟予塵土化征衣愛君坐中舟壑走繩床爲拂兩頭塵響答空巖笑語新人間何從得此客解令寒谷夜生春

大方寺送祖超然見道林方等禪師

道林一身渾是德别來遥知領髭白尙記山房夜語時睡笑訶譏盡秋色黄龍開二甘露門靈源方等眞弟昆

道林眞珠撒羅帳昭默霧豹方理文鶩王自應能擇乳
飛黄頷得王艮馭東風吹散嶽山雲道人明日當歸去
故人若問老垂垂爲言肘骨露麻衣赤頭已作齊眉雪
自提風帽海山歸

義牯

怏山山淺亦有虎時時安尾過行路一豎地坐收兩牯
以箠捶地不知顧虎搏豎如鷹攫兔兩牯來奔虎棄去
回往荷庠挨老樹牯相喘覛同守護虎竟不能得此豎
豎雖不救牯無負一村囂傳共鳴鼓而虎已逃不知處
嗟乎異哉兩大武高義可與貫高伍令走仁義名好古
臨事眞情乃愧汝此事可信文公語爲君落筆敏風雨

石門文字禪卷四終

石門文字禪卷五

宋釋德洪覺範著

古詩

謁嵩禪師塔

吾道例孔子譬如掌與拳展握固有異要之手則然晚世苦淩夷講習失淵源君看投跡者紛紛等狂顛韓子亦儒衣倔强稱時賢憑淩作訶語到死不少悛後世師韓輩穴壤猶可憐走名不自信逐隊工語言譁然皇祐間飛蚊閙喧闐田衣動成羣怒瘦空自懸縮頭不敢息兀坐如蹲猿堂堂東山公才大德亦全齒牙生風雷筆陣森戈鋋隱然湖海上長庚横曉天作書肆豪猛揮斤

莫敢前羣兒雖貌敬臆論已不專書成謁王子一日萬口傳坐令天下士欲見嗟無緣功成還山中笑語荅雲煙我來不及見山水自明鮮入門寂無聲脩竹空滿軒永懷儼然姿骨目聳清堅僮奴豈知此住此亦彌年指余以石塔草棘北峯巔再拜不忍去聽此遠澗泉吁嗟末運中那復斯人焉文章亦細事清苦非所便但愛公所守遠相諸祖肩遲遲哦公詩落日滿晴川願攜折脚鐺結茅西澗邊歲時邂松檜來此掃頹磚

補東坡文三首題武王非聖人論後

青燈照華髮掩卷成嗟咨事有世共見而意復難知殺父子受封殆非人所爲孟津觀兵者非天尙誰欺孔子

蓋周人而爲殷宗枝欲辨則不敢亟口稱夷齊使彼果聖乎古今無異詞則其罪武王明甚無可疑呶呶與世辨泛濫驚羣兒惜不經柳子爲一掊擊之知誰千載下擊節讀吾詩

食菜羹示何道士

窮冬海道絶瘴雨晴墟里何以知歲豐未卯炊煙起先生清夢回科髻方隱几獠奴拾墮薪發爨羹藷米飽霜闊葉菘近水繁花薺都盧深注湯米爛菜自美椎門醉道士一笑欲染指誡勿加酸鹹云恐壞至味分嘗果超絶玉糝那可比鮮肥增惡欲腥膻耗道氣畢生啜此羹自可老儋耳錄以寄徐聞阿同應笑喜

己卯歲除夜大醉

昔聞安期生以術干項羽羽無人君量佯狂輒遁去又聞魯仲連舌有濟世具人君欲祿之高視笑不語吁古列僊人萬事不干慮乃肯入世紛豈非以民故翩翩遙增擊悠然知事俟道合人所難一律無今古我生飽憂患晚有二子慕骯髒刺世眼甚宜著閑處一篇引一杯舉杯揖黎母

次韻李太白

我讀謫仙詩句卒意不盡層峯俯絕壑可望不可進忽如登旋雲便覺星斗近濁醪世間義糟粕眞典墳先生瓊液口不飲嫌其村只今牛渚春盎盎餘醉魂昔醉過

汗漫褱袖揣崑崙爾來頳櫓下負日虱自捫

次韻蘇東坡

先生謫儋耳一葉航渺茫褊心隘世議怒罵成文章昆蟲伏孔垤仰看青鸞翔世欲覊縻之凡慮不自量瓊山遶珠淵寶光夜煌煌我曾至其舍月出波心房追惟對遺編燈火夜初涼麗詞有逸韻文君方小妝便覺胷次開八窗玲瓏光似聞青冥上幢節鳴珮璫先生應過我衣袖識天香

餽歲次東坡韻寄思禹兄

我來客湘江獨泛無人佐封疆接南越都會列百貨方嗟歲除矣仍喜此月大思歸姑置之且枕曲肱臥餽問

亦未能起看燈照座念貧米無春笑富粉轉磨二者分劣優等是一年過唯有東坡翁作詩今續和

守歲

除夕自不寐守歲驅睡蛇念此歲月往嗟哉難蔽遮舊歲幸無疾新歲知如何此夕且相守拊掌一笑譁靜聞閙市中夜鼓不停撾弟兄醉酩酊冠巾墮攲斜我居巖壑中不覺日蹉跎和詩無好句其敢對人誇

別歲

新歲壓已至舊歲去不遲我尚留不住石火那能追不知歲所在梟雛喧水涯父老相邀迓年年如此時梅花只落盡又見春水肥我本無欣喜何嘗有戚悲想見君

飲酣一舉時一觴春容尙能老此身那不衰

仙廬同巽中阿祐忠禪山行

好山不知源勝處藏疊嶂輿來理清游意適爭勇往事異傾同識顧語山答響野泉行淺沙脫屨屢植杖相羊木陰下喘坐清相向阿祐華林風媚秀得姸狀忠禪等鵠清精神照冰段住山異比丘韻出羲皇上風度太清癯吐語極豪放擺置形骸外卸褫藉草莽獨余衰遲癸面色餘煙瘴勝踐偶獲陪兹樂非夙望一笑粲姸鄙散坐推少長媿無斜川詩苦語出牽強讀之輒自差幸君一捬掌

送稀上人還石門

海昏石門在深谷排闥千峯如觸鹿崫然獨秀一峯高自與千山作眉目曾學關西一味禪衆中雜遝多豪賢如今此老成新塔但有樓閣如當年道人今作石門客鬚眉尙帶芳鮮色冷齋說我舊游處夢魂夜渡脩江碧朝來秋聲發舟樹羨君先我山中去故人問我歸何時試令哦我送行詩

寄題彭思禹水明樓

議郎詩眼發天藏咄嗟辦樓臨汝水遙知殘夜笙歌散月出東南人獨倚纖雲滅盡光下徹微波不興天著底忽驚白晝在軒窗試數游魚見鱗尾平生骯髒笑伊優官冷對人言少味但余清境得厭飫天應用此相償耳

我當興發竟相覔一棹西風健行李登臨尚能爲君賦
要使江山增勝氣
復次蔡元中韻
江樓爲誰構想見晴瓦碧夜讀樓中詩終疑筆五色氣
方吞劉備和不以口擊麗如傲梁公正恐是花魄君才
比西子果識天下白我句陋無鹽筆硯焚欲亟吾家犬
馮君酒酣頗自適書來誇壯觀盈紙濺醉墨初無萬錢
念脫帽見禿筆時時及少年追逐寄夙昔誡勿效寶公
清狂挑鏡尺
次韻思禹思晦見寄二首
新詩夜讀寒更盡兄弟盡容窺所蘊此詩未暇數奇趣

談笑先看押難韻家在筠溪白石灘後堂分得玉千竿
遙知華屋青燈夜想見對牀風雨寒湘山曉學愁眉淺
思歸凭高意凝遠貫珠妙語肯寄我暴富人驚呼北阮
何時促詔紫宸對草制千言倚馬待才高合在明光宮
忍令流落江湖外我漁意不在金鱗湘浦華亭一樣春
苑頭佐舟未乾沒問法僧來寂寞濱古師政與人意合
有問自應忘所答一波纔動衆波隨光徧千燈無壞雜
多生垢習消磨盡一念定光空五蘊尚能弄筆戲題詩
如鐘殷牀有餘韻南臺煙靄隔重灘城郭遙應認刹竿
湘西六月失三伏一枕窗風午簟寒年來懶復嫌山淺
更欲移庵藏僻遠又思喧寂不相妨臥念當年三語阮

鏡裏朱顏豈長對歲月去人甯少待是身已作夢幻觀肯復經營此身外議郎材志堪逆鱗笑談解生寒谷春會看爲天作喉舌願聽高風淮海濱要知未必與世合載之詣世世不答譬如甁中有澠淄雖與世混終不雜

戲廓然

入不對脣語便覺牙頰强獨行谿山間清鶻失羣伴温軟聞吳音攀翻忽東向試問識脣否客曰甚無恙但遭吕吳輿拽手不少放欲使開笑齒說法人天上掉頭掣肘去不顧西興浪登舟翻然行萬衆皆目斷平生勇於道氣韻眞邁往安肯逐兒輩低首投世網但恐吕望之追法薛廷望茶鹽以加之趣出白雲嶂要看呵佛祖瘦

拳捉藜杖

清臣先臣過余於龍安山出羣公詩爲示依天覺韻

隨軒文字海異寶羅周遭忽見張公詩雪浪翻驚濤坐令千巖秋萬壑風怒號如君閱縉紳異材雜蓬蒿我公廊廟姿王室久勤勞只今天下望北斗太山高驗君平生術月脇窺秋毫嗟余人世外靈臺閟鑰牢行將侶白鷗浩歌作遠逃已作華亭叟月明水一篙

器之喜談禪縱横迅辯嘗摧衲子叢林苦之有詩見贈次其韻

彭侯慣法戰機鋒吸西江衲子畏面目望見投矛鏦叢

林眞一害斯人喧此邪我雖耐矢石貌抗心已降霜鐘但摩挲豈敢施微撞時來奮棘髯劇談對閑窗初見搖心樹久則摧慢幢遂使澆薄態琢磨成敦厖吾志苟大法君欲揷手扛從來內外護劉遠名亦雙斯道久破碎百孔而千瘡要當共補綴追配能與龐

春去歌

杏子生仁桃葉長西園日脚蹁女墻墻陰嬌語誰家娘涼涼作隊來採桑玉纖拾礫抵翠羽鶯燕笑語殊不忙吳蠶睡起未成繭肺腸已作金絲光歸來遠山堆莫碧無端野李嬌春色辛夷花零愁更多熏骨眞香無處覔

贈雲道

道人有奇骨野鶴在雞羣十年江北南高蹤等浮雲朅來國生紛埃涴衣裙西山遶漳水玉澗連石門中有唐朝寺禪誦度朝昏正當袖手去坐對栢子焚君看市朝間湅蝗旋磨輪何當作高笑視世一虻蚊

贈少府

每欲一醉竟未嘗今朝杯翠如桄榔須臾耳熱仰天笑氣吞萬里駒方驤何從人間有此客杜門忽見車軒昂與來對我弄絃索妙觀隨指追文王絕學子雲不汲汲頗許叔度能汪汪何當萬事付一笑臥看天雨雲飛翔

次韻明應仲宗傳送供

老住江上村隨分亦迎送陪堂一鉢飯不得日日共唯

無清淨福正坐失脩種後身老湘麗側然施心動妙語
俱積香把玩廢吟諷才高氣駿特飛兎不受控天與洸
妬慳何止愈頭痛吾聞佛事門同宗而異用甘贄打粥
鍋應[illegible]獨送供

七月十三示阿慈

寺已餘十僧田不登百數何以常乏食强半了租賦今
年失布種正坐無牛具六月始分秧江流冒塍路水退
秧陷泥經月已無雨枯根圻龜兆瘦葉壓勃土降家飯
早占我方質袍袴此生爲口腹夢幻相煎煮阿慈佐井
臼事衆耐辛苦今朝質且盡父子屹相覷頹然輒坐睡
欠伸久不語只箇甘露滅可質請持去

予頃還自海外夏均父以襄陽別業見要使居之後六年均父謫祁陽酒官余自長沙往謝之夜語感而作

一昨游京華壞襪變塵土思歸念雲山夜夢亦成趣故人驟登庸時時宿西府如鳥得所棲倦適忘飛去從中奇禍作失聲驚破瓮三年在海南放意吐佳句歸來駭叢林冠巾呵佛祖突兀刺世眼所至遭背數夫子獨凜然高誼照寰宇哀憐欲收拾奮髯排衆怒豈惟子義世獨有孔文舉此恩無陳鮮歲月有今古揭來湘楚遊坐閱六寒暑今年中秋夕水宿青蘋渚誰持一紙書剝啄叩蓬戶呼燈得欵識扶牀喜而舞開書有新詩喜事遽

如許麗如春湖曉月映薔薇露筆力回春工彷彿識風
度湘江三百里欹段沿江路嶽色滿征鞍疾驅那敢顧
朝來眞見之子非夢時遇堂堂千人英要是幹國具龍
蛇吁莫測涔蹄聊蹇寓道固有晦顯會看跨雲雨天下
張荆州四海陳合浦當時寂寞濱皆獲陪杖屨今又從
公游楚山更佳處詩成倘唔臺天風吹笑語

次韻陳倅二首

夢幻有貴賤譬如綿與蘆美惡俱一暖未易相賢愚我
少懷毛髮倦禪輒逃儒投老加冠巾舞笏師道吾世事
幾時畢雲山何處無何爲聚落中滯留如賈胡溪聲替
說法聚石爲講徒拊手笑遠志甘爲小草乎霜清已高

揭水清見游魚橘洲頽晚照屬玉行烱如我窮世不要
老並湘江居君獨念故舊時時容借書我亦循陳迹驅
犇如磨驢詩成輒自省壁月掛清虛

余游侯伯壽思儒之間久矣而未識季長昨日見
之夜歸作此寄之

公家兄弟俱秀傑人言不減河東薛鳳皇鸑鷟雖見之
聞有鵷雛更超絕周郎坐中見新作天葩奇芬衆口愕
君看氣焰遮紳縉想見精神映臺閣我窮歲晚猶奔走
小邑那知相邂逅堂堂合置明光宮簿書堆中不宜有
功名偶然耳是寄故應隨流坎而止且置袖中批詰手
下簾絃歌聊爾耳此詩摹寫見標格晴湖無風照春色

滄海遺珠果見之邵陽他日如彭澤

季長見和甚工復韻答之

翰墨場中見奇傑行書半雜歐與薛此詩押韻如射鵰應弦而落人驚絶詞惟達意非有作公雖不怪傍人愕嗟余平生事苦吟吟筆今眞爲公閣渙然成文自湍走如水與風初邂逅順然絲髮映華裾人間此客何從有我誦此生眞一寄禪林枝穩容棲止敢將醜惡酬絶倡狗尾續貂堪笑耳坡谷淵源有風格光芒萬丈餘五色吾聞龍蛇所由生必也深山并大澤

季長賞梅使侍兒歌作詩因次韻

年來槁項皤鬢髮世眼憎嫌遭棧絶君獨照人如冰輪

洗盡宿雲寒皎潔今日層樓空獨倚天高袞袞飛鴻滅
掉頭哦此賞梅詩如對北窗香噴雪愛君語妙蛻塵埃
道骨自能逃歲月玉兒豈是解清唱想見笑中呵手折
嗅看應作小顰嬌關心不與年時別一懽紛然雲雨散
落英滿地蛙聲歇可憐城郭都不知新詩一出人爭說
和羹他日願如君長紅裊花歌壽闋

次韻見贈

樓鐘尚殷牀密室僧定後窗風鳴摵摵黃落知榆柳蜘
蛛忽墮絲燈花亦駢秀人從城郭歸村落聞夜嗾讀詩
映檐月兩清俱頓有斯人太白豪醉裏詩千首腰宜萬
丁帶肘合黃金斗袖藏批誥手却作僧扉扣玉堂未放

君此物君家舊飽承仍父職人望亦天授懸知夜直清
應念山中友莫以晼脫俊嘲我飯山瘦

季長出示子蒼詩次其韻蓋子蒼見衡嶽圖而作
也

曉烟幻出千萬峯個中我曾如懶融天公亦妬飽清境
戲推墮我塵網中人生萬變無不有道士甯知爲老楓
去年雪夜宿絶頂笑聲響落千巖風今年千巖在掌握
煙雨又復分西東磨錢作鏡照千里必也高人非畫工
季長胷中自丘壑吐辭便覺春無功韓侯玩世難共語
精神滿腹仍疎通酒闌耳熱眩紅碧醉語撼子崔嵬胷
遥知墮幘笑不答但見玉頰囘渦紅

子偉約見過已而飲於城東但以詩來次韻

一杯愁倡低眉峯不平萬事都消融嗟余分身處處有
遥知到子談笑中平生蹤蹟亦可笑以醜見傳如瘿楓
而公才大置閑地正坐道骨含仙風頗聞少年類豪俠
臂鷹走馬王城東爾來閉門看脩竹藉甚但傳詩句工
懶於能琴稽叔夜癡於戀酒王無功明朝此樂墮渺莽
路隔關河魂夢通付子後堂以清夜料理絲竹圍酥胷
曲音少悞即回顧笑看盃面微波紅

季長出權生所畫嶽麓雪晴圖

湘西今日雲生早嶽麓雪晴看愈好朱欄青瑣寄木杪
下臨絶壑青松道知誰沙步泊漁舟舟中應容寂音老

愛山誰復如君者，一幅湘西和我畫。分身亦欲看京華，要使癡兒鷩羽化。

季長盡室來長沙，留一月乃還邵陽，作是詩送之

邵陽歸去知幾里，萬頃斜陽渡湘水。一葉扁舟共看山，伯鸞德耀俱風味。山中信宿不忍去，班草松間呼不起。波心月出臥不知，但愛松風吹醉耳。朝來拾得浩蕩春，雪英紅雨紛桃李。大鐘橫撞山答響，遥知有寺藏層翠。想見道人出迎客，犀顱戢戢三千指。王事得從方外樂，佳處遲留固其理。何當更和宿山詩，要看雲泉生逸氣。

送季長之上都

十年不踏黄塵路，老盡歸心餘一縷。因同夜語想京華，

歸心百尺游絲舉前年別我楚山邊解鞍班草弄雲泉
今年送公古城北花發水流聞杜鵑眉間秀色照春晚
青雲故人紛滿眼門前車馬氣如雲知誰倒屣迎王粲
行看腕脱供十吏玉堂風景非人世萬乘扣扉宮月斜
夢驚呼燭燒窗紗

西湖寺逢子偉

我行猒風埃日莫休逆旅疲坐捫蚤蝨呼童洗袍袴起
尋古招提思與幽人晤忽覺華氣生乃與周郎遇笑談
傾坐人我亦爲停塵袖中出新詩貫珠穿妙語麗如花
林風清甚空堦雨坐令覊旅情掣肘棄余去太平疆埸
空英雄功業悮如君文武姿其可著閑處霸陵舊將軍

月黑射猛虎夜歸逢醉尉頗復較勝負丈夫有用舍世態度今古何時紫泥書夜半搥門戸邊風吹塞塵千騎紅粧女横槊賦新詩唾手取黠虜麒麟入圖畫佩劒横白羽

和曾逢原試茶詩韻

霜鬚瘴面谽齒牙門前小舟嘗自拏茅茨叢竹依壠畬君來游時方採茶傳呼部曲江路賖迎門顛倒披袈裟仙風照人虔敬加秀如春露濕蘭芽和如東風吹奇葩馬蹄歸路衝飛花青松轉壑登龍蛇路人聚觀不敢譁詩筒復肯來山家想見戟門兵衛遮湘江玉展無纖瑕但聞江空響釣車嗟予生計唯摝蝦安識醉墨翻側麻

喜如小兒抱秋瓜宣和官焙囊絳紗見之美如癢初爬
愛客自試懽無涯身世都忘是長沙院落日長蜂趂衙
園林雨足鳴池蛙詩成句法規正邪細窺不容銖兩差
逸羣翰墨爭傳誇披谷非予前身耶沅湘萬古一長嗟
明年夜直趨東華應有佳句懷煙霞

次韻曾嘉言試茶

不嫌滯留湘水涯時作新詩誇露芽此篇醉墨翔龍蛇
雷鎚雨雹飛塵沙開卷疾讀喜欲譁此郎眞是能世家
氣如橫槊萬騎遮妙如琢玉無玼瑕搢紳傳觀衆口誇
矧余禿鬢纏袈裟崔嵬胷次書五車於人豈止一等加
坐令應手開天葩不因筆端夢生花何時詞刃誅姦邪

世途嗜好紛萬差風流掃地吁可嗟十年去國道路賒
兩手未忍置所拏賈生豈欲從蟦鰕淵明但愛談桑麻
湘西有舍如藏蛙年來頗種東陵瓜愛君才宜踐清華
妙年聲譽聞童牙君看愛客自煮茶紅粧聚觀爛朝霞
撑突萬卷遭捜爬職宜蓮燭燒窗紗不宜槐笏趨早衙
老甘終老勤山畬倘能見予昂胥耶想見霧窗煙縷斜

次韻許叔温賦龍學鐵杖歌

君不見楚竹虛心勁如鐵上有娥英灑清血歲寒姿含
悽愴情亂點餘花泚高節又不見南山紫藤亦清雅過
頭標致宜老者一簪華髮烏角巾瘦拳扶之立松下何
如我公蓄神物鏗然振之露風骨横拈倒用驚老禪勁

如紫藤節如竹個是雲門眞正脉不學芭蕉空指月十方都在此杖頭覻之不見纖毫隔說禪游戲時卓地魔外狐禪俱膽碎仙郎聞是旌陽孫文章自官掌帝制從來詩句人爭說時出一篇慰衰薾此篇秀如望秋山奇峯自獻晴雲滅搨來酬唱已厭飫與公傾倒良有素豈惟但和鐵杖詩追蹤已辦登山屐

復和答之

君不見功名欲致硯磨鐵桑公人間駒汗血五季干戈爭奪中低摧幾不保臣節又不見相如賦工合騷雅九重偶有賞音者及見但爲上林令斷國反在淄川下長笑兩事俱外物自憐不是封侯骨獨愛華亭百衲師小

艇橫蓑一竿竹久住湘江諳水脉揭篷慣看湘西月聞道公眠晝戟叢相尋長恨城闉隔去年卜居城北地容心每有悲笳碎慚愧詩筒走老兵病眼那容見新製老來情緒那忍說夙瘴乘之覺疲薾此生夢幻姑置之半掩殘經香篆滅湘中清境亨已飫湘山多情慰心素年來更欲學睦州古寺閉門工織屨

次韻題顒顒軒

睡覺飛蚊繞鬢聲讀書偏愛小窗明梧陰滿地方隱几想見搜詩毛骨清誰教風鑒在人間眉宇淵然如魯山指點虛無數歸鴈摩挲香滑寫琅玕舊聞五色筆如椽平生醉裏傲羲軒登軒不解顒顒意幽鳥自啼華不言

賈生憂鵩入其居子美亦遭牛酒污仙郎兵衞森畫戟
風調特與前人殊杖屨相從年可忘不羞蒹葭玉樹旁
青眼特開浮世少白頭相逢故意長尙記垂髫秀發時
神彩不異崔宗之此生流落天一角敢料長沙再見期

贈別不愚首座

道人貂蟬後骨面遠瞻視少年憎俗子竟以鬚髮毀形
骸已變盡終不沒豪氣君看談笑時時復出奇偉湘西
松下見班草問行李問儂歸何許披鬚開笑齒名山皆
吾家況復生如寄意行吾車馳身止吾駕稅吾生天地
間大倉一稊米只今相會面盌知非寄耳思歸固偶然
吾詩聊一戲

題王路分容膝軒

詩眼愛雲泉玉骨含富貴精神晝牒開怒威亦和氣材宜侍至尊廣殿儼劍履胡爲簷隙間僅止容膝耳譬如橫海鱣蛣屈見脊尾卷而爲一髮寓此涔蹄水何當黑月夕戲逐風霆起懸知王氏軒又補湘中記

次韻游石霜

霜華舊游秋正深澗風落日寒蟬吟歛眸黙數曾到處笑看碧煙浮水沉揭來大旆爲山至山綰煙鬟三十二當時老宿契新豐坐令衲子如雲萃眼前無復見此公歎息叢林掃地空空餘樓殿出雲雨塗金間碧光巖叢卧聽松風難比擬個中佳句誰宗旨賴公摹寫入新詩

公不作詩山媿恥

次韻登蘇仙絕頂

平生合腰萬丁帶誰使天涯宿溪瀨曉驅部曲上香山路人如堵看飛蓋桂環卷舌嘯雲煙右轄風流是謫仙輞川草樹入畫圖此風頹落今追還散髮巖阿聊一快世議從來嗟迫隘為君戲語敵山光棘句鈎章窮嶮怪詩成便覺王公輕整頓道山歸去情子廉未必山林見市人中有安期生

次韻謁子美祠堂

心許房次律神交郭元振人品如奇峯橫秋聳孤峻筆陣工斫伐志義見詞刃仕如上瀨船饒力挽不盡酒狂

誇嚴武登高呌虞舜大愛淮南王甘作天厨擯死猶遭謗誣謂坐酒肉饉荒祠叢篠間下瞰湘流浚夫子縛富貴高韻洗驕吝詩清如玉珮中節含温潤並轡揖此老讓驅不肯進嗟予固瞠若却立那敢睟

次韻雪中過武岡

今年湘山三尺雪大松夜倒蒼崖冽曉驚誰推華藏界墮我坐前光不滅馳裘右丞鄣泥馬壯士甲趨花灑鐵空齋夜對故人榻妙語霏霏如鋸屑窗寒霧暗日生東恍疑珥筆明光宫蹁躚欲點朱藍袂一聲雲斧山玲瓏明年麥秋歌歲豐夜香横目祠上穹太平無象天有道塞塵鑾雨長濛濛歸來笑卧北窗下侍兒簇花鬧清夜

老尋清境幾成癖一觥滿引酬譏罵應思和月踏層冰快意暗驚夢猶怕詩成字字如貫珠乞與人間不知價

次韻連鼇亭

危亭爲誰小臨此一泓碧晴天戲投餌戢戢見尾脊而以鼇名之相顧愕坐客昔人醉魚海六鼇曾偶得歸來眉目間津津有矜色安知華藏界持取等戲劇納之芥子中不見有迫窄巨細何足較未出是非域夫子忻然笑請以書屋壁

同游雲蓋分題得雲字

公才如天驥超絶氣逸羣低摧簿書中一笑置勿論我如剪翎鶴俛啄窮朝昏生涯無容予乞食嘗扣門但爲

口腹累乖隔如參辰此夕復何夕共宿湘山雲境清藏勝氣情高發幽欣天風吹笑語乞與人間聞念公翰墨場少年策奇勳世味如嚼蠟喜著磨衲裙裴公師黃檗圓澤友李燈因法偶相逢則以法爲親安知我與子夙昔非弟昆吾聞三生石曾歌舊精魂他年葛洪陂相尋定煩君先當理故事過山專老仁要同夏口村發甕驚前身

治中吳傅朋母夫人王逢原之女也傅朋作堂名養志乞詩爲作此

少節暮年名太重詔書致之堅不動當年捧檄貝爲親安知坐中有張奉茅容避雨依樹叢旁人夷踞渠獨恭

朝來殺雞本供母從教牀下拜林宗兩翁高行今誰繼
吳侯作堂深措置鏡中勳業姑置之自廣其心養其志
傳聞絕似廣陵公從來孟陶風味同未能侯門傾倒屐
想見窗戶開青紅夫人年高視聽捷扶持不用如華妾
十分金葉壽千齡笑看醉紅潮玉頰

石門文字禪卷五終

石門文字禪卷第六

宋釋德洪覺範著

古詩

寄彭景醕奉議

我庵湘山麓君家湘江尾共看湘山雲同飲湘江水君有負郭田飽食驕稺子小兒探井臼大兒了租稅我獨生事拙饘粥每不繼君如李大夫時時容乞米永懷湖山堂風物自間美楞嚴初讀罷篆冷空窗几微風拾殘紅幽鳥妨春睡蒼苔滿門巷榆柳陰覆砌杖策亦窺園悠然望層翠歲時無營爲祭奠修家禮自覺去幼安正復不遠耳遙知讀此詩忻然開笑齒

宿湘陰村野大雪寄湖山居士

夢回聞打窗曉起喜覆瓦江山驚晝永秀色元相借升鞍風便旋浩蕩春隨馬不憂江瘴生更喜麥連野湘山宜可老慶弔同里社乃爾廢推擠眷此多賢者湖山詹蔔林爲我花連夜想見老居士擁衲清入畫山陰興未盡玉麈思對把政恐觸機鋒怒遭握拳打遥知和此詩呵筆意閒暇妙語鬬清妍正圍紅粉寫

景醖見和甚妙時方閱華嚴經復和戲之

夫子和雪詩放意如注瓦手搏華嚴界笑中巳見借高詞師棗柏甯暇數班馬如登妙高峯如游廣莫野怪公個中人亦入此保社朝來誰扣門寂音老尊者扶筇坐

山堂詩眼不知夜不入人間世誰將作圖畫但欠維摩女玉骨無一把紛紛散奇英梨花風雨打湖山晚多態應接殆未暇此詩聊戲公詩成還自寫

雪霽謁景醕時方築堤捍水修湖山堂復和前韻

築堤蓋南堂雪霰響新瓦我踏雪泥至自攜雙不借愛公有俊氣句法洗凡馬清婉繼彭澤寒陋笑東野願爲西崦隣投名入詩社餘年吾事濟過從有公者何時聞折竹燈火共清夜曉堂人未掃如開輞川畫平生學牧牛鼻索嘗自把而今失所在甯復事鞭打吾詩一寄耳雕琢特未暇且欣兩俱健意氣要傾寫

和景醕從周廷秀乞東坡草蟲

周髯迂闊亦自笑安樂飢寒奈嘲誚東坡壘戲偶得之保藏更作千金調自言吾富可埒國癡病已深那可療坡初畫此適然耳髯以夸人無乃勦彭侯滿腹是精神翰墨行藏兩俱妙應嗟玩物非尚德未欲奪攘投火燎乞之如易紫香囊豈弟高風珠自照此詩醅釅等佳醞爲君滿引那辭醻

題萬富樓

賢爲萬人英筆力挽萬牛寶帶腰萬丁封及萬戶侯彼富一二數其實富未周君看清曲江傑立萬富樓山川占形勝佳處横高秋丈人披白帢憑欄清兩眸凛然無求姿一洗驕氣浮郿塢癡肉鬻金谷酒色四名均謂之

富涇渭實異流余窮蓄一喙得飽事事休貧富若天淵飽豈有劣優此詩如橄欖初嚼欲棄投終然成可口味永當見收

湘西飛來湖

武林散煙鬟一峯螺髻孤煙雲有奇態華木秋不枯理公何許來望見輒軒渠曰此靈鷲峯何年來飛乎個中有白猿爲子抵掌呼至今呼猿澗飛波跳碎珠朅來楚國南萬山爭走趨精廬開横塘清可照眉須高人家武林致此從東吴那知湘水西乃有飛來湖連蕩滿秋色小艇藏菰蒲間來倚危檻對立鷗烱如我與湘峯色俱堪入畫圖

次韻周達道運句

問人欲買山便應知官情詩眼艷秋水袖手望空青家蓄不貪寶寸田常自耕永懷柴桑歸悠然見真誠不甘口腹累折腰求乳腥偶題五字句醉墨半欹傾麒麟入圖畫鼎彝書姓名何如瘦瓢中獨酌郎官清鳥啼春寂寂院靜花冥冥懸知睡足處衾暖紙窗明朱門連大藩知是故人宅登門一笑懽忘其身是客叢林斷岸西聚落一水隔欲知往來數雞犬亦相識人情改朝夕世議苦迫窄公輩月輪高不涴濁流色撥書卧清曉井汲聞餘滴職嚴寘謁少境靜意自適嗟余眢閭里邊風馬嘶北公賢義當親此外吾何擇癖痾蘇晝簟小寢喧鼻息

夢驚哦公詩清懽洗岑寂

大雪寄許彥周宣教法弟

湘西雪連日荒寒發明鮮誰持華藏界墮我宴坐邊遥知毘耶老薝蔔開滿前想見散華女笑頰微渦旋不受禪律縛尙遭富貴纏遊戲翰墨中骨清聳詩肩白灰紅麒麟玉液黄金然醉眼艷秋水落筆驅雲煙放意吐秀句與雪爭清妍我詩出寒餓苦語秋蛩煎定作笑拊掌望空鬚一掀

臥病次彥周韻

臥便午簟祛殘暑誰令殿閣風鷗語君來談笑破岑寂慰此經旬攜手阻湘山解事不須招數峯入座爭翔舞

心知清境世不要勝踐從來數支許戲將平時說禪口
貶剝諸方呵佛祖眼高叢林不見人但許南臺稱法乳
忽驚詞鋒亂斫伐披靡千人如項羽詩成相對兩咨嗟
此生俯仰成今古

次韻朝陰二首

轆轤曉汲罷幽響聞餘滴不知雨毛空但覺炊煙濕閑
居少過從屋角寒藤入夫子獨念我問訊常絡繹時來
歎柴扃飢飽共休戚此詩麗如春姸暖破岑寂如追薊
子訓可望不可及

稻田翠浪翻風葉朝露滴挼行阡陌間歸來袍袴濕駮
雲漏日脚窗戶空翠入當年走京塵日莫馳山驛此生

彈指間强半是悲戚竭來效支遁買山老閑寂君真許詢輩詩語時見及

余病脾氣李宜中教余服仙茅乃從彥周乞之彥周祖肩荷臨濟呵余鈍根敗闕病輒服藥是以生死爲二耶得藥作此謝之

嗟余早衰人多病艮業疾脾勞禁晚餐腿重怯下濕爾來又增添冷氣攻脇脊愁坐如蹲猴呻吟喧四壁聞世有仙茅温中等金石恐能祛吾疾僥倖延餘息我家小郎君道眼窺罅隙恐余偷心在指數煩口擊負負無可言頹然慚道力檢蜜念慧遠誦呪憶羅什兩翁俐一笑顛倒不足惜世尊病須乳侍者遣行乞達摩五遭毒知

毒乃敢食佛祖豈貪生避就唯恐失二者如不坐吾罪
亦可釋想見讀此詩笑中和易色

　彥周見和復答

旣有疾可示非是都無疾如春有陽餤渴鹿想爲濕以
君足疾苦徇我痛腰脊忍痛而曰空觸牆爲無壁此論
蓋四座聞者皆屏息吾聞有漏軀有病資藥石漏盡病
乃除其神則無隙譬如出鑛金萬鍛受鎚擊妙哉迂開
老辯博見才力種性能文章怒罵成詩什荆山玉抵鵲
而爲路人惜此詩不辭和而藥不厭乞又如夢中人飢
而獲飲食覺來輒大笑飢飽兩俱失以是知法空妄盡
方自釋解空如佛言不許離聲色

彥周以詩見寄次韻

兩詩護宗旨，萬仞仰峻嶺，攀緣不可及，妙語出鋒穎。鈍根遭譏訶，正坐不勇猛，譬如策疲羸，強以扛九鼎。頑冥雖難化，豈不發深省，坐令跛驢心，奮迅起馳騁。愛君辯縱橫，又畏面嚴冷，直諒有如子，敢不加虔詗。倘記笑語時，水軒同煮茗，池閑如鏡空，倒蘸垂楊影。歸來渡湘江，一葉浮萬頃，舟中亦曬藥，欲以駐頹景。君儻終不瞋，藥盡更當請。

送彥周

虞卿脫魏齊，捹意與俱去，公卿一破甑，掉臂不復顧。蕭何追韓信，棄車遂徒步，貪賢如攫金，不見市人聚。會合意傾寫掩書想風度彥周雖綠髮風味映前古高論傾座人能破萬毀譽獨立傲世波屹然如砥柱令人每見之不敢發鄙語推墮吾法中偃蹇揖佛祖死生人所怖玩之於掌股此生幾離別此別覺酸楚夜寒衆峯高獨看霜月吐明日解歸舟西風白蘋浦君去我獨留蒼茫煙水莫

長沙邸舍中承敏覺二上人作記年刻舟之誚以詩贈

道人天姿心匠妙漆瞳含秋看飛鳥氣和不滅華林風韻高勝却霜巖曉心胸冰壺不隔塵爭傳落筆如有神不畫淩煙大羽箭來寫山林夢幻身清秀摩雲洞冰雪

更將巳素稱三絶不作能癡顧虎頭定爲露頂王摩詰傳神寫照誰與功吾聞成在阿堵中擬將萬匹鵞溪絹爲寫漚中勝義空

王仲誠舒嘯堂

隔岸莫山秋翠重少焉月作冰輪湧閑披白帢登此堂絳闕神清氣深穩齒應銜環舌卷桂兩鬢西風心一寸此中不著絲竹耳但覺清圓林葉動餘韻夫須百里聞風露清冥人跨鳳恐君夜殘亦仙去棄米叫雲空目送

贈周廷秀

周郎南州俊毛骨特英拔結髮翰墨場聲光先逸發上書論國事人危泰山壓居然寘南陬風埃到鬚髮平生

拙生事寒饑坐曠達相逢湘水湄清甚等茗雪書近庾西臺詩如王右轄解尋磨衲禪仍領淩波襪春露試晴窗舌頰增脫活澆公剛直胸接攬醫國法氣當宿玉堂絲絢八磚踏當分買山錢放　痛一掐

次韻吳興宗送弟從潙山空印出家

身心俱出家豈復論家世一念斷攀緣即入三摩地珍重大願王此法端可恃若能訓此心是畢丈夫事君看宏覺師後身是曇諦儻欲貯甘露先將潔令器自當福人天豈止能自利譬如雞出鷇真復生厭離空印法門傑淨慈數高弟初不苟吾法亦自爲佛瑞汝能傾心事建此平生志淨中有浮念何異目有翳內外俱一如乃

稱真正士以此談妙法要使天華墜百里半九十艮醫三折臂果解信此言不媿甘蔗裔

張野人求詩

醉看湘山二十春杖藜疾趨旋路塵兒童拍手呼不住並行磨之不怒瞋人間禍福本無象引手按之如有神草鞵不踏公卿門術中玉石兩俱焚不知世上有憎愛一味但覺山林尊得錢行沽付一醉兒啼妻號了不聞孔仲山爲阿里卒吳門亦藏梅子真何年笑跨紫雲去舉手山頭謝世人

寄郤子中學句

剛踈觸時怒髮之投海山沛恩出意外縲囚遂生還湘

西谷量雲結屋清蘋灣舉手弄雲水意適情自閑大藩英俊地翰墨相追攀聚話蘭叢秀吐氣雌霓彎我窮世諱見所至特見刪但餘遭夫子時時客扣關邇來又識公喜忘雙鬢斑夷粹韻拔俗簡重語不煩人品有如子合在臺閣間歸來夢西津五峯解煙鬟故人訝歸晚負負媿在顏此詩雖夢語亦足發天慳乃知憂患烈不能鐫冥頑遙想爲一笑秀句出飢寒

子中見和復答之

世味嘗已徧韁著匿雲山爲問何能爾鳥倦自知還湘西一千頃分我楊柳灣時爲理魚蓑人眠舟自閑公真功名人高韻不可攀譬如秋無雲璧月挂一彎我詩聊

寄耳猥語憑見刪峻句乃見辱𪩘如履潼關細看秀爭
發紅英微雨斑坐令十年心清涼去煎煩竹林在何許
延頸佇望間遙知醉逃暑玉纖侍丫鬟得句有奇趣笑
渦印朱顏引紙欲續和自歎才澀慳應當恕不逮鄉間
念疎頑把卷味長哦松風嗽齒寒

次韻游衡嶽

結髮功名場吾豈厭朝市風埃涴袍袴樂事嗟無幾那
知望耆闍舉手弄雲水山空答清嘯一洗風埃恥赤岸
横落日孤煙起墟里陰晴故多態風物自閑美歸來說
佳處尚復喜見齒爲作鶴腦側失牀忘而趾平生嘉遁
心衍挽車輪起拭涕師懶瓚多事笑曇始

次韻游方廣

萬峯纏煙霏一線盤空路丹楹出翔舞半在生雲處海人猨臂上哀湍不堪泝夫子英特人自是幹國具醉耳厭絲竹來此艮有故臨高賦新詩妙語發奇趣便欲抱琴書亦作東家住山靈應拊掌笑公入窘步自當眠玉堂蓮燭夜枉顧偶此愛山爾戲語亦瓦注富貴本縛公雲泉甯可付置卷發遐想湘月微雲度

游白鹿贈大希先

昔人隱臨湘解跨白鹿游公來弔陳迹但有林壑幽春風掃夕陰雌霓飲澗湫披晴望形勝衣裾空翠浮道人高尻揖自陳語和柔鳥猶爲人好草亦能忘憂矧汝家

臨川共飲西津流欣然爲題詩清絶如霜秋詩成又自錄小字如蠅頭意重恐難荷鄉義㫗巳周遥乘知興耳興罷夫何求我和無好語效顰增嘆羞

次韻題兀翁瑞筠亭

大圓鏡空越數量是中豈容男女相風槖俱聲未易分前身後身翻覆掌種石玉生硯出芝人亡物在何足奇請看褱母千里至庭竹駢根生瑞枝人言親少而子老異事相傳爭絶倒心法之妙傳以麤此理難與俗人道雲居的孫難共語辯如建瓴空氣宇不將雙脚踏城闉郤倈詩句能寫真

次韻思忠奉議民瞻知丞唱酬佳句

兩詩清於玉堂臥氣如漢軍爭祖左高軒想見連璧來
輾我門前碧苔破爲君哦此萬籟簧楚音變盡餘微些
文章自然眞吐鳳句拙見之那敢和高材要當萬錢食
小邑折腰坐飢餓仲弓曾爲太邱令義方亦作吉陽佐
丈夫功名未入手行樂莫嫌詩酒涴

次韻思晦弟雙清軒

門前無俗駕籬外有青山不出已成趣懶惰心所安鳴
鳩驚午夢意消風物閑可憐脩竹林遮我茅三間兒每
緣詩來有時忘巾冠承愧隔壁呼束帶酬問端此詩可
三復句挾風霜寒令人想見之恨身無羽翰壽子一杯
水世隘軒獨寬

會福嚴慈覺大師

慈覺初見我，背呼仰而應，遂同宿湘上，夜語如建瓴。犀顱氣不讋，虎頷目有稜。精彩類澄觀，突兀掩萬僧。喬嶽占南極，寒翠知幾層。此老家此山，親分漳水燈。寶坊天雨華，午梵盤清冥。欲知法席盛，但看道價增。破夏出山來，乃爾忘規繩。蓋皮爲之灾，公卿慕聲稱。我幸無子累，凝鈍人所憎。平生寢飯外，摩挲一枝藤。少年入三吳，題詩徧西興。歸來舟彭蠡，浪山雪崩騰。匡廬落笑中，萬疊橫空青。又嘗游并汾，跰足渡河冰。衝虎上太行，雞鳴見日昇。此樂墮渺莽，坐睡頭髯鬙。揭來湘西塢，倦鶴整羽翮。只待秋風健，祝融期再登。

慈覺見訪余適渡江歸以寄之

黃沙横吹意儻怳江色模糊迷背向刺舟開岸風掠耳
日莫歸來説驚浪旋添榾柮火熒密堵立咨嗟羅少長
椀楪鏗然野炊熟井稅未輸夜舂響少年信脚蹈憂患
幾同蜑叟埋煙瘴歸來閑散贖辛勤老住江村無雜想
夢回書几有青燈雞一再鳴布衾暖遥想老禪讀此詩
應作掀髯笑拊掌

次韻蘇通判觀牡丹

東風背立知誰家扶頭醉韻中流霞天涯也識洛陽面
露叢幽藥生奇葩兩翁賦詩皆妙語讀之令人欲仙去
坐間亦著白髮禪勝游且願追支許擁毳同看聊自娱

春歸不肯略踟躕解空勿憶南泉老但言如夢不言無

次韻元不伐知縣見寄

我讀元侯詩嶮若過驚浪忽於旋渦中濺雪湧千嶂又如曹征西唾手縛袁尚又如花間春熟視迷背向何從得此客要是萬夫望少年翰墨場開口取卿相低摧牛刀中軒特見雅量君看風月湖自是無盡藏應手物華妙纖穠見情狀平生冥搜眼已照鮑謝上自當走奇勳豈止稱師匠嗟余衰退者那敢論輩行正如羊叔子堅卧答陸抗詩成急雨來掃盡層雲障重慚無傑句酬君語豪壯

和元府判遊山句

舉手弄雲泉濺衣作跳波側耳聞遺音仰看幽鳥過兩公作妙語清絕類陰何氣爽如南山晴嵐掩峩峩意快如落瀑萬仞崩銀河秀如華林風嫣然散微和而余獨樸拙欲登選佛科十年類馬駒鏡謂磚可磨楓瘤或見取此事古亦多噪唆成綺語甯恤犯尸羅

送不伐赴天府儀曹

長沙解嶺海浩壤冠南楚豈止風物繁山水亦清富然以余觀之兩者未足數雖曰大藩地要以多賢故元侯汝頴奇家世工酌古揭來簿書中見此廊廟具三年令小邑野鶴剪翎羽側腦望雲漢奮躍思遠舉忽聞除書至當得贊天府婢僕想京華一室譁兒女便覺馳驛聲

吹帽黃塵路舉首望絳闕金碧礙雲雨富貴來自天車
馬氣成霧遥知念舊遊笑與同僚語

送友人

幽人獨負三尺琴自謂羲皇得意深經年不肯鼓一曲
欲造千里求知音夕陽渡口西風起黃葉紛紛墜秋水
送君默默上孤舟片帆忽舉風波裏此去吳中風物好
重複江湖我曾到桂子落時雙澗秋白猿啼處孤松老
却入苕谿凡幾里連天震澤無窮已紅蕖苞折流水香
紫蓴絲軟鱸魚美何時興盡見歸舟古今客路多飄流
孤雲別鶴無蹤跡空聽蟬聲野渡頭

聽道人諳公琴

道人貌癯骨藏年漆瞳照人方而淵家住湘山湘水邊
氣清日應嚼芳鮮羅浮飯石性所在定林飲澗老更堅
子其徒歟甯果然抱琴過我亦自賢玉徽按抑朱絲絃
借絃爲舌傳語言誰家恩怨餘妬憐綺窗鶯燕春風顛
顛風盤空攪蒼煙蕭蕭吹鬢人未眠清都絳闕斷世緣
骨飛不到夢所傳秦箏心知是響泉置之髯鬚一笑掀
蘂珠三疊舞胎仙坐令遺世如蜕蟬何年醉騎紫雲去
此琴楞然成棄捐

偶能禪三鄉俊宿山

湘西春色無人要萬頃鏡空飛白鳥小閣披衣眼力衰
一聲欸乃酬清曉芒鞵閑穿聚落來此岸緑陰行不了

南臺老未忘鄉井抵掌清談輒高笑烹茶煮筍未嘗勤放意賦詩語奇峭此生何處不戲劇萬事隨緣眞道妙何當借子西齋宿共看湘月千峯表

陪張廓然教授遊山分韻得山字

先生如粱鴻德耀亦愛山湘西十日留笑語煙雲間弄泉石梅塢喚舟青蘋灣藉草飲松下松風當吹彈二妙生清妍山花插雲鬟粲然起爲壽舞袖相翩翻先生墮幘醉頗覺天地寬醉語忽成詩爲題蒼壁顔城郭遥相望但見千峯寒

又得先字

青山隨處有見之輒欣然獨於湘上山欲買歸休田此

邦多君子故欲吾終焉先生人品高白鷗春水前弟子亦秀發玉樹相明鮮頗怪翰墨場亦著白髮禪分題得難韻下筆風雷旋詩成愕衆口不復較後先閑中有此樂安用食萬錢紫芝愛陸渾遂爲好事傳悠然見眉宇甯復羨遺編

送廓然

長沙古都會何以冠荆楚但曰財富强山水最佳處那知號大藩實以英俊聚張侯官雖冷藉甚有名譽心胸高崔嵬萬卷相撑拄君看逸羣姿矯不受控御罷官當北歸一室諱兒女想見驪驛聲桑棗黄塵路倚馬草十制膽氣見眉宇此職誰當之夫子無媿負壁門黄金鬮

獨宿無晤語時應夢湘江醉臥聞柔櫓

大潙山外侍者求詩

湘南古叢林鐘梵百世傳大圓百丈來縛屋巖石邊煥然成寶坊服用如諸天經今成幾何已逾三百年誰爲中興者卓哉空印賢大鐘日夕撞圓音答山川衲子自成羣晝誦而夜禪道人舊未識眉目何淵然乞詩亦不惡篝燈臨綱牋人生等浮雲達者無後先我亦一戲耳走筆成長篇

送珠侍者重修眞淨塔

清涼寂滅塔三世無鮮陳巋然塵網中現此光明身尙無有祖成甯當說有壞憫此情見者亦驚世議隘泐潭

道人珠願力無礙限行看蒼煙叢一切俱成辦狐死必首邱馬嘶必望北蓋皆不忘本人豈宜忘德秋風淨湘楚萬里浩無垠嗟予頽然臥羨子如孤雲

英大師年二十餘工文作詩勉之

英公南海來眉宇靜而淵少年辭海山脚力生雲煙已能弄翰墨句好自可傳君看嵩仲靈清瘦聳清堅平生護教心光與星斗懸化去四十載凛然長在前文章一技耳幾不滅市廛要求出世法道眼照人天吾言激後生君俊無忽焉千峯開宿雨㠓頭作深禪古人亦何遠何必羨遺編

崇禪者覓詩歸江南

去年社燕前道人江南住一笑塞鴻來又在龍安浦今年寒食後歸心忽飄絮不知換秋菊能復如期否此生付浮雲忽散還復聚要之不可必恐作人間雨行藏類隱峯兩踏石頭路故山有遺恨缺典念馬祖落川頹金盆蒼茫煙水莫離情渺難收摹寫入凝佇

送悟上人歸溈山禮覲

亂峯踢卓不容數寶構翔空盤萬礎溈源水作青蓮香擷雷濺雪出煙雨住山老如大雄虎暗谷行藏文彩露說禪不費絲毫力以空爲印印諸祖道人乃是小於菟氣已食牛難共語悠然蹤跡似孤雲羨儂先我山中去會當出鉢螺頂間見此頎然秀眉宇

贈珠維那

湘雲遮世路閑客此閑行彌日不忍去眷此山水清暖窗欲春色茗椀雪花輕道人舊不識一見意已傾人生無根蔕聚散如流萍聊炷返魂梅將以熏道情此詩亦偶爾夫用四座驚

瑀上人求詩

道人江南來快作臨川語立談當夕照鄉閭問安否坐令十年心想見西津渡少年游諸方廼欲追佛祖清韻不可摹髣髴見眉宇豈止義中龍當作文中虎西風健行李暫會還徑去我如社後燕並立理歸羽雲風約聊復住勿長應深谿當作人間雨

送珀上人往臨平兼戲廓然

鶻珀腦骨緊脚力健生雲疊數一萬里捷於臂屈伸肉佛不譏訶稱之返云云坐誦覺範詩抄錄亦甚勤羣兒爭欺之僞雜以佗文珀獨領不語飯沙俱一吞湘西雪達旦萬樹吐奇芬凍行如鷺鷥雪泥濺衣裙解包呵直指又作飢猨蹲放意說臨平想見禪誦羣坐令冷齋中忽然變春温明朝別我去掣肘徑出門便覺西湖月夜坐生夢魂

石門文字禪卷六終

石門文字禪卷第七

宋釋德洪覺範著

古詩

臘月十六夜讀閻資欽提舉詩一巨軸

青燈映窗山月西讀遍頴臯居士詩四蹄雷雹駿
萬丈光芒豪放詞古錦濯江有餘麗夜光走盤無價珠
韻高不受富貴縛眼蓋縉紳說林壑一語不合
太華摩雲森剔卓一往歸心如烏工十分風味
沉溟山水柳子厚撥置形骸龐德公攬轡不當
珥筆合在明光宮天牀長哦起曳履旋呵凍筆
寄語公家王坦之爲編乃翁詩集尾

次韻游南臺寺

青原生下一角麟，單丁住山須底物。試垂一
阿師鉏斧成，乾沒憑欄小立。與僧語浮雲卷盡千峯出
永懷倔強韓退之，南遷正坐譏訶佛。山雲開遮亙偶然
自詫精神費詩律，閻侯愛山得雲饒，勝處遲留多記述
慕韓每每手加額，見詩未讀壁先拂。此公文不數
微詞天姿含宋屈

次韻讀韓柳文

穎皐韻秀徹，如春在楊柳。清遊每見刪題詩
篇如用兵曹瞞破張綉，神遠付一快，奇變愕衆口
含至美醯醠兵厨酒，柳文馬頓塵驕嘶不忘騣置

文中碔砆雜瓊玖同時公與侯富貴可炙手人驚風雲會自矜時命偶一權難把玩忽焉成老醜居然成[redacted]鼎鼎增培嶁兩公獨如在並驅讓先後文章有耿[redacted]語置坐右我老坐詩窮犇走嘗升斗時能吐佳句英華出枯朽

次韻新化道中

形骸寄簪紳趣味在林麓楚國富山水下車已心足昨聞入層翠超放等犇鹿情高如謝安舉手弄落瀑恰如紅粧女弓彎雙屈曲登高發清嘯餘響動林木名山冠東南佳處數天目以比衡霍勝家雞例野鶩歸來渡湘江水作鴨頭綠應懷絳翠山歸期何日卜

次韻題貯雲堂

雲蹤不容挽乃曰堂可貯知誰愛嶽色欲以遮藏故嶽山冠世境自昔廬諸祖道德無鮮陳世相有今古君看馬駒兒乃是僧中虎

次韻題明白庵

鼻端有餘地世議嗟迫窄君看閻夫子廣莫以爲宅去宦游人間面有無求色酒闌愛松風醉眼眩紅碧俊爽類王濟端復有馬癖何當食萬錢四海蒙惠澤淵潭紫翠間松下偶相逆袖中出新詩苦語涼肺膈夜半來牀前且以慰窮厄豈眞謫仙人何其似太白

和宵行

不眠盥漱罷和衣肱再曲村落雞未鳴部曲炊已足露行逢遠火盲龜值浮木馬上續殘夢不復較遲速故鄉夫豈遠隨分有松竹自種橘千奴大勝五斗祿

次韻題子厚祠堂

元和八司馬子厚獨奇偉謫官無以敵妙語淩山翠山以四自名谿以愚爲字醉心谿山間勝處無不至至今永州祠大類羅池祀生存伍猨鳥遺像土偶侍經遊香火罷感歎追前事才高出不容起坐終夜喟

和茶陵夢覺索燭見懷

聞絃能賞音公獨知雅曲易親復難忘終期老林麓公如追風驥未見所歸宿嗟余老摧頽翮如啄苔鵠遙知

雙泉上頗亦蒔松菊何時聞夜春並齋著茅屋慧觀友李源高風當補續便覺雅秀間杖屨笑追逐今非茶陵夢猶欲更秉燭愛公押難韻敏若方破竹

次韻偶題

鈍拙無人著眼看一庵睡快如梁端那知高軒肯過我終日笑語成盤桓畏公筆力不可敵坐令三峽回奔湍威稜王節照湘楚誇聲眾口鋒刃攢此篇意氣更傾寫句法超絕風格完許令賡酬亦不免但恨語帶儒生酸苦嫌絲竹圍醉枕臥看烟縷凝雕盤雙泉雲樹時到夢神武門前思挂冠朝來清事亦稠疊野飯蓬窗分小團人間曲屈多敗意莫辭時此同幽懽

寄題雙泉

閻公立朝時凜然古遺直孤忠捍世波砥柱屹挺特一旦成千古埋玉秀山側至今山中泉實以配公德欲知其源深下漲千頃澤沙渠走清快石井湛紺碧譬如澠與淄相去無尋尺日光每下徹山影必倒植倚欄應忻然遊鱗見尾脊知誰念純孝滿掬種白石粲然生玉英冥感吁莫測泉旁有精舍聞多登覽適何時同二老追逐扶瘦策詩成坐假寐夢歷秋山赤想見環珮清繞除餘響滴

次韻夏夜

隱几群動寂池塘浮夕光奄溝急雨過薰風滿南堂飛

螢忽點衣小立聞荷香東南喜見月微雲復遮藏長哦穎皐詩清語涼肺腸勁氣終不屈鏌鋣淬光芒高懷實宇間蠢蠢犇炎涼斯人古遺直天質自温良茲夜發遐想易親復難忘歸田無别意難以枘入方

和遊谷山

穎皐擘窠書棐几玉勒銀鈎照林麓山堂聚觀雜賢鄙人人歡然如所欲獨餘耆年視凝遠就觀尙如隔羅縠筇牀兎枕試新涼小雨南風正清熟岸巾一笑山答響我亦爲君聊捧腹晚晴軒檻亦何有隔屋茶烟度修竹呼童索紙賦新詩詩成字字清如玉人間何從有此客滿腹精神眞可掬我慚衰老亦作詩譬如菌芝生朽木

和曾倅喜雨之句

清狂平生笑李赤詩慕謫仙名烜赫尤勝曲影傍權門愛其炎炎手可炙袁絲若至晁錯逃熱中未老瘯與嗽猶勝怒及水中蟹不合郭索持雙螯何如一庵聽松雨潑眼晴窗發茶乳更無俗子作白眼但有水沉横碧縷長愛朱生論不卑神明不欺甯自欺買金賞誣豈不美尚笑世俗今澆漓玉川作詩曾救月退之抵掌誇奇絕公今又賦喜雨詩詩成肯寄甘露滅氣吐虹蜺辭吐雲才大端如梁與棼麗如宮華蜀錦色駿却千檣萬馬犇屈宋宗枝君得髓江左風流復興起試手作詩君勿笑毫忽增之至弓秭長哦月出湘淹東翰墨場中久策功

千篇翻水不足道絕愛風味如醉翁

次韻過醴陵驛

解鞍成小寢部曲營夜炊此生一寄耳夢幻相拘縻風餐雜舍者水宿依江湄何時步八塼壓犀簾幕垂三湘在圖畫開屏供臥披公宜宿玉堂明甚無可疑今復聊爾耳閒作虎頭癡

次韻

先生絳闕姿名字占仙籍妙年取榮名翰墨乃其職而云賦歸歟戲語吾不逆醉翁昔仙去人間暫休息文字頹橫流士氣久不懌公實不出後議論有精識冰壺含青春不容一塵隔吐句如善射字字皆中的佳麗增奇

峭欹側多醉墨高辭敦故舊讀之氣橫臆閎深似退之頓挫雜拋擲如春飾萬物妙用無罅隙故人困長哦其節不容擊自昔聞公家諸郎居連壁道學進未艾慶澤流無斁紛華脫髮棄酌古分陰惜汎觀得其要雲升復川益孝友如機雲爭攘笑丕植聞風方對食不覺悲投筴神交夢成趣意合氣自激盧陵在何許縱望手加額那知湘江上握手笑墮幘妙處無陳鮮傾蓋如夙昔歸來看屋梁喜極心更惕弟兄定世家富貴已尋逼而我世憎嫌莫景桑榆迫相從可忘年頑曾幸勿責一懽難把玩轉顧成陳迹閉門工寢飯且復適吾適遙知不吾詫頗嘗有此客

次韻游南嶽

退之倔强遷揭陽道經衡山愛青蒼逸羣駿氣不可禦頓塵初控青絲韁朝雲偶開豈有意妙意放浪高稱揚我生少小善詩律讀之坐令身世忘朅來結友本上座南遊私喜初心償橘洲看雪已清絕更櫂野航浮碧湘忽驚萬峯上雲雨走棟飛檐雲雨旁知誰憑欄俯落日跳丸一笑千巖光紫金雜含一粒粟磨塼作鏡傳遺芳小庵自拔慈忍服十方普熏知見香巉巉玉骨撼不應但誦妙偈聲琅琅只今般若臺前路過者拳拳加敬莊我尋遺迹恍自失譬如一葦航渺茫三生爲掃坐禪石往事令人思建康紹隆佛種有神足九旬妙義談汪洋

當年以法施窮乏無數珠璣曾斗量而今但有樓觀好
再拜顧瞻空涕滂我公王事獲勝踐自謂此樂非尋常
情高賦詩亦感慨十年出處何明詳竹軒莫涼暑雨過
風簷把玩情激昂初如冰輪湧東崦滲滲雲幕方高張
俄如奇兵出不意鐵衣雪刃森堂堂細窺如春在花柳
芳心皺眼開包藏魂驚豪氣立毛髮風檣駕浪犇龍驤
韻如玉色映晴晝清如碧瓦粲曉霜適如醉鄉識歸路
酷如燒春浮玉觴意公前身是太白醉貌宜披雲錦裳
芳津浣匙飯雲子美液澆齒嘗瓊漿吾聞高辭殆天得
甯論結髮翰墨場酸寒鳥迹無足道坐令藉湜仆且僵
皆言筆端有五色不然古錦纏肺腸夜闌掩卷耿不寐

空庭曳屨心彷徨譬如三伏黃塵道坐令炎餤欣清涼
又如病鶴長側腦仰看千仞孤鸞翔嗟余膽大亦欲和
韻險恍疑登太行何時坐隅乞詩藁襟量懸知容攙攘
吾恐斯文將斷絶長哦披髮下大荒兒曹乃欲犯矢石
洪鐘何異施莛芒公如珠玉在淵石榮輝草木皆煌煌
讀其詩律似仙曲不雜人間笙與簧我非賞音空嘆息
擬欲學之嗟未遑遙憐與僧登絶頂意適暗驚人世忙
詩成氣焰如項籍叱吒千人誰敢當自嫌白髮世不要
萬回歌舞聊佯狂盤珠豈有影迹露霧豹不欲文彩彰
那知湘上偶邂逅氣岸欣逢許子將霜鬚鬢面一破笑
城隅古寺眠閒房心知貴賤不同調且復抵掌談江鄉

[redacted]暇日陪杖履對公豈敢談文章茲遊正類羊叔子

湛[redacted]與山俱不忘

次韻曾英發兼簡若虛

大曾秀發如層巔小曾秋水隨方圓二豪說詩氣曠逸
而我老坐如蹲猨弟兄駿氣驥墮地自憐老欲蠶三眠
一庵收身萬事外但有壞衲長堆肩會看連璧登集賢
腰間纍纍金印懸分緣自是公家事安知不秉卿相權
平生忠義要活國濃笑東川無杜鵑古城野寺
白灰已燼餘凝烟瘴痾未損方曲臂靜如鴻鶴就拘攣
清詩寄我忽驚矍秀對白鷗春水前長哦曳履
餘韻發越鳴朱絃坐令萬象受控勒知君有筆眞如椽

細看字字有根蒂滿掬明珠誰爲穿詩壇從此不敢詡
受降君已臨中堅

復次元韻

君家廬嶽蒼崖顛睡足茗盌浮輕圓十年不歸空蕙帳
夜鶴哀怨驚曉猿揭來湘尾寄城寺夏簟清涼便晝眠
扣門剝啄誰過我上騰火色仍鳶肩軒然辯論雜今古
不覺前席心旌懸以身狥國愛子布塞門以土推孫權
云詩窮少陵老飢寒正坐拜杜鵑遙知鈴齋賓謁
紫硯浮松烟作詩寄我對岑寂爲散頑麻雙脚攣
弟兄高才當濟世會看笑揖人主前嗟余百念已灰冷
倦易歛翼爲虛弦粥魚齋鼓日課辦仰屋臥看三條椽

管甯木牀五十載好事空傳膝處穿何如斂自十
樹身同金石堅

贈別若虛

殘暑霽嚴威新涼釀歸思夢驚聞松聲兩鬢到萬事中
情怯離別此別仍對子追惟初識面甯復計有此明朝
舟洞庭驚浪銀山起醉眼失湘楚妙語淩淮泗我如浮
水葉遇坎當自止行將看荆山歸老鹿門寺今不欠無
言但是欠一死淮山有奇逸要是天下士若問寂音老
煩君一舉似

和陳奉御游梁山

公詩自雄放故我甘雌伏韻高霜月苦洗盡瘴霧毒游

絲映明窗小字爲公錄便覺春爭妍勝氣增林麓永懷矍鑠翁論兵到精熟子陽井底蛙提耳論禍福歸來得眞主簡易心屈服才高犯衆忌薏苡致謗讟梁生付一笑何必較直曲山僧亦何知魚鼓聽齋粥陳侯金閨彥論清如屑玉南游興未已甚欲乘桴木湘西獨何幸旌旆先見辱松間偶相值論交一言足雲山久乾沒賴此佳句贖

次韻曾韻句游山

夫子謫仙隱於儒仲連太白眞其徒栴檀林間法檀度翰墨場中行秘書譬如山川有珪璧光被草木蒙碔砆又如羽毛有麟鳳瑞照百鳥藏鴟鴞玉堂金馬未入手

公不自嘆旁人吁厭看朱門森畫戟暇日聊爲山水娛
下車褰衣卻部曲縱望林壑情忻愉朱陵洞口見落石
引手匊雲跳明珠詩成萬象在掌握磨琢無玷如瑾瑜
旁觀十吏不駐足一日萬口傳荆湖南山道人紛
摹寫罄石煩丹朱歸來盡以錄寄我意句不盡情有無
爲公長哦立風檻明月滿軒時卷舒吾聞駿馬日千里
未遭剪拂隨鹽車嗟余駑鈍世鄙笑分甘垂耳同騾驢
世間安得支遁眼畫作嘶風神駿圖

次韻游南嶽題石橋

飛梯上雲雨猨臂攀層巖天風吹鬢鬚茲行非人間幽
泉不知處但聞鳴珮環嶮巇硋清快洄渦走平寬

落萬仞濺雪驚潺潺懸崖忽見寺白晝方掩關境
遐想坐久生清寒山空寂無人鳥啼花不言雲披獻青
嶂風檻爭卷簾

和游南臺

筍輿翩追隨頓撼雜搖兀[illegible]騰穿聚落超放上巉絕山
腰轉巇嶮部曲失行列身世逐雲輕跟力與天闊撞鐘
千指集樓殿寄林末同來久蜷局相向懷抱豁市朝昏
利欲走鹿不忘渴公獨蛻塵埃風蟬妙脫骨盤桓拊孤
松松粉落金屑誰卷青帝雲推出銀蟾闕

和游福嚴

雲開見樓閣峯頂知有寺眾峯讓高寒蓋是出其類媧

山下僧譚笑走魔外戲忽於一毫端集此大千界曹溪正脉深不斷盖如帶流而至衡霍百川蓄匯滄廼知般若臺自昔分燈地清游亦不惡俯仰憶前事寶構出灰燼人逝時亦異永懷韓潮州夜與千峯對仙去三百年音容尚如在妙語落人間斷碑臥榛檜公亦潮州勢翩已似低摧夙昔心慘憺經游意林高句天成鄙組繪刻之蒼崖陰與山增勝槩

次韻游高臺

蒼杉三十里不復逢川原忽然在林杪萬峯延目覩長崖有積雪松聲雜風泉是時春正深風威猶折綿君董金閨彥而有清淨緣和雲掃車轍引手酌靈源山空破

岑寂笑語答雲煙曾偕作鷹顧鷲此佳少年何以比人
品白鷗春水前既非山澤儒亦非地行仙諸峯[redacted]
千葉開青蓮景淨若有得茲遊真偶然部曲亦欣[redacted]諠
譁下層顛歸來念清境依約聞啼猨

次韻見贈

已甘老死長松下賞音乃有如公者謬當大匠許才能
名器從來豈容假但欣一笑說江鄉意氣平生要傾瀉
先生之詩自豪放寒陋心知鄙東野此篇粹然有精思
百鍛真金方出冶汗顏縮手置袖間對公誰敢言騷雅
自憐華髮住江村地偏心遠過從寡茆簷捫虱鳥聲寂
故絮懸鶉成藞苴右耳已從前月聾更欲忘言到瘖啞

多生垢習磨未盡公詩又欲臨窗寫何當看公醉岸幘約束萬象閑揮灑眼寒獨立梁宋郊一尾追風聯犇馬讀罷新詩發長歎春色驚回阿練若泯禿宣毫和不成自笑才慳負注瓦

次韻曾機宜題石橋

公才受斧斤鼻端有餘地一官游人間窮達置度外著屐登名山眺覽吞眼界倒傾蛟龍室聊爲翰墨戲搏取華藏海几間日相對石橋亦何有萬峯作階陛平生冠世境勝踐得君輩壞壁題新詩一洗俗眼背我本箇中人久負未歸債我自負名山名山豈余棄

和游南臺

老思垂一足飯想成沙纔頓斧盤石上分燈續螺江坐令遺蹟地咄嗟成寶坊永懷青松下睡快欣明窗曾侯有逸韻詩律挾風霜重來拜白塔前身疑姓龐山僧作巴音聳肩頎而長願施筆供養普熏知見香吾觀三公子凛然萬夫望何當吐佳句刻石照沅湘

寶月偶值報慈坐中走筆

十年塵土中厥狀浸成俗坐令眠雲衣化作征人服此行欲買舟尋我舊山谷識君御水傍笑齒璨明玉肅靜鷟子儀脩披孝基目殷勤撫道義祖道欲傾覆賴子今妙年真風踔可續聞之厚自愧所趣在幽獨君言如不欺是亦含生福須臾讀君詩氣韻麗可掬心胸何玲瓏

多能吾所伏春流日夜急歸心難管束艮會故已迹妙談何日復吳山嘉有餘爲君置茅屋頭白早歸來暮雲無使矚

和忠子

牛車注經宗兩角那問虛舟移夜壑竹間掃除聞擊聲戲作伽陁歌獨脚心波不興類古井情緣脫盡如遺籜高笑癡兒倚富貴危如乳燕方巢幕巳辨山藤待湖月不把芒鞵穿聚落安知沙門自有體全象紛然衆盲摸要之行藏不屬人手自安然隨展握

和堪維那移居

世路驚風波山林知歲寒君看爭奪中忽覺深渺漫歸

來湘西寺兀坐依蒲團摩挲折脚鐺覩以穩處安湘山亦多態扶杖時游觀偶逢林下人班草一笑懽霜風水痕落歲月難遮攔但覺領髭白不復知歲殘堪公故園舊義膽見急難相逢開肺懷傾倒無餘殫所居隔聚落日喜成磐磐作詩誇我賢甯知如玉冠遂分湘山翠茅簷相對看往事都莫理有求眞禍端飯罷口挂壁發長歎暮寒因有雪爐暖且檀欒

送元老住清修

湘水有廬山蜀僧有吳韻無塵而俱清雪月夜相映書癡喜借人香癖出天性垂涕撥黃獨糞火曾發哂三年我東隣家顛開小徑一飯必招呼嘲之終不愠明朝趣

去我歲逼青陽近子已飽叢林件件無遺恨贈子湘源春山窮春不盡

和杜司錄嶽麓祈雪分韻得嶽字

歲晚湘水濆黃塵似河朔江流涸欲盡餅罌汲餘濁鬧聞雙旌出千騎爍山嶽雪雲卷山去天宇獻遼邈嬌鴉集風枝凍鶴時俛啄譚兵杜牧之賦詩果横槊山雖非故人識面亦已數文章固餘事正爾全三樂太邱令國器讜議久揚榷長吉有美材嶄然見頭角君看分韻詩天力那容學嗟余老山林輩流殊齷齪甯料寒窘中見此三卓犖和詩無傑句鈍澀費磨琢窮略似孟郊必劣追韓偓

贈鄒處士

長沙人物秀而雅，爭如絕致名天下。率更之書更古今，鍾王筆蹟遭淩跨。藏眞草聖夢英篆，齊已詩篇洞青畫。易生寶覺未暇數，邇來鄒敦最聲價。巨公要人邀已徧，戲畫寂音老尊者。繩牀壞衲氣深穩，霜鬢瘴面情閑暇。平生剛褊語忤世，定知見此遭譏罵。京都貴人如玉叢，富貴熏天光照夜。淩烟風姿劒拄頤，妙手當煩爲圖寫。

鄭南壽攜詩見過次韻謝之

碔砆世既以爲玉，芝之蘭那知不爲蕕。人間萬事醉不理，攜被來爲林壑游。雪花成山過鷩浪，五展暮天開橘洲。篙師絕叫風掠耳，蕭蕭兩鬢空颼颼。松聲盤空上煙翠，顧陟佳處每遲留袖中出詩愕坐客涔蹏乃爾容呑舟東坡句法補造化山谷筆力江倒流兩翁聯翩覓仙去朞年見子忘百憂念當明日江南路幕阜倚天佳氣浮故人問我今何似爲道摧頽如爇球

次韻漕使陳公題萊公祠堂

萊公少年日逸氣生雲泉定策清東宮天子爲翼然奇豪不世出獲一以當千親征功第一佝記破虜年想見和易姿垂柳春風前我公嗣前烈剛特才亦全方持使者節眉宇秀而淵高樓獨自登愛公能補天高情弔陳迹妙語吐新篇如風行水上渙然成漪漣乃心在王室何時朝日邊正坐霖雨手豐年自留連何必羨遺像公

自當濟川

次韻經蔡道夫書堂

書堂山崦西微路經桑柘婉婉綠陰中傴僂牽羸馬須臾將平川時過幽谿瀉源深人家稀落日耕釣罷過墻傍脩竹深處開茅舍池塘遠軒窗秀露風清夜盃盤燈火裏笑語茆簷下白酒瀉新糟醅釃如壓蔗酒酣面發赤箕坐談王霸排斥出忌諱怪語令人怕野僧旧不懽癡坐相嘲罵但作鶴腦側思歡殆無暇夜闌乞新詩自愧非作者張燈掃西壁把筆强驅駕萬景每騷縱此夕偶相借遂令諸子懽一一如圖畫

吳子薪重慶堂

吳氏季子世不乏子孫魁壘特秀發人言才業任世重更覺文章有家法奉親作意構華堂想見青紅濕窗闥堂中二老鬬康強夫婦承顔薦壽觴朅來兒姪俱登第舉族請名重慶堂富貴鼎來推不去道德照人閭里光富公玉食猶及養范公諸郎盡卿相親養子榮兼有德家聲置公范富上虛簷風月夜未央艶莊成輪發清唱金鴨香清碧縷飄燈前玉頰醉紅潮一尊滿勸何所祝盛事要看追八蕭

題嶽麓深固軒

湘西峯頂寺樓閣藏煙翠危臺占峯顛小軒寄幽致游人常不到石壁照溪邃於世復何求此生眠食耳脩然

亦何有蒲團空曲几憑高俯城郭車馬環磨蟻垤郭望諸峯時見孤雲起

贈別通慧選姪禪師

選本住山人精進激惰懶規模如乃翁鐵喙石肝膽豈特七閩英葢亦叢林揀子少長庚曉我老碧雲晚相親出數面别袂聊一挽是非一言足勃窣百事辦分攜青蘋灣相對秋滿眼

中秋夕以月色靜中見泉聲幽處聞爲韻分韻得見字

夜清成水宿月出波灔灔那知是中秋老眼欲淒眩此生天地間飄泊如蓬轉揭來泊湘瀕此月凡七見冰輪

上天衢萬里不知遠夜深度明河輪側明河淺西樓欲吹笛餘聲落哀怨魂清到月脇寒露紛滿面林光潑流泉天大微雲卷阿崇具紙筆橋亦磨破硯詩成月華清幼婦與黃絹

鄧循道分財贍族湘陰諸老賦詩同作

卜式與弟貲如塞無底竇其愛止弟耳親舊竟何有二疏得賜金盡以散親舊但可施一時安能繼其後然於簡編中耿光白如晝鄧侯功名姿穎脫蓋天授分財贍族人約券規永久君看純孝心履豨先履瘦紛紛窶人子懸鶉露兩肘雨雪抱兒女扣門易升斗鄧氏豈無貧炊烟滿蓬牖安知寒微中不復生奇秀陰功雖無形報

應捷於口此風起頹俗能使薄者厚作詩附家傳想見爲拊手

贈陳靜之

仙郎如鷲鸞風格殊秀整文章體自然五色麗雲錦紛紛少年場英氣橫筆陣家聲盛漢魏未暇數唐晉元龍特豪偉太邱苦剛正相逢黃卷中崔嵬山嶽峻君當世其家已見逸群駿笑談不自覺滿坐湖海韻富貴卒致身華裾宜綠鬢功名偶然耳何必以身徇未近翠雲裘先看班玉筍

弔性上人眞

漆瞳照人韻拔俗平生直性如劈竹世情好惡我不知

是是非非一言足昔年訪道辭七閩丹青生此身外身要將留悅倚門意此心亦是酬慈親慈親未老身先逝夢境悲歡成一戲展開覿體露全機徧塞虛空何處避

宣和七年重陽前四日余自長沙還鹿門過荆渚謁天甯璋禪師留二宿作此

孤城渺湖天長隄篆湖水柳衙行未窮已過沙頭市連檣來萬艘荻叢出千雉節物近重陽風日正清美忽驚樓閣開寶坊墮平地璋公十年舊出迎一笑喜　夜及相山歲月入歎喟茲行歸鹿門已作終焉計不辭信宿留愛子多故意說禪有家法翻手了千偈鐵脊敵魔外宗風永零替我留固隨緣思歸亦偶爾爲君賦新詩萬

象困朝戲去留未用較吾生眞一寄

贈張丞相畫像贈宮使龍圖

天下張荆州乳兒識名譽醫國陸宣公護法崔元度平生風雷舌咳唾作霖雨隔闊餘十年一旦成萬古羊曇欲作慟生存華屋處支遁亦傷心路偶經姚塢賴有克家子春色連眉宇君看談笑時亦是幹國具曾看如乃翁獨立無喜懼文章有種性家法致工主此詩公應聞想見笑掌拊

初到鹿門上莊見燈禪師遂同宿愛其體物欲託迹以避世戲作此詩

上莊俯漢江古木雜桑柘槐衙陰廣陌麥浪漲平野迎

雲對囷廩用谷量牛馬我來二月破解鞍綠陰下縱望烟霏中領略見楯尫耆年骨柴崖迎客意傾寫干戈爭奪餘身在相驚詫山空啼杜鵑龕燈自清夜歛眉問僧州函口談江夏以余遊二公老大知識寡暮歸逢醉人往往遭捶罵鹿門有餘地賢剏如君者爲連修竹林規以構茅舍伏春舊所能犂鉏當學把相見水過膝蓑笠清入畫

游白馬寺逢安心上人

幟蓋山前曾卓錫晉安王初造禪室水火定成人未知部曲不前馬辟易牀邊臥虎如睡犬王雖及門不敢入冰雪親瞻道德容再拜平生願心息兩泉俱出雌雄龍

玉殼靈龜蛇五色聽禪笑傲賢王喜魚龜乃能就掌食
高風乾沒五百年依舊雲山如夙昔雨中來遊春巳老
忽見江南少年客坐中偶生鄉井心想見禪山倚天碧
清境幽閒欣可名偶然得句因題壁

雪夜與僧擁爐僧曰聞唐劉叉賦雪車冰柱詩爲退之所賞顧聞其詩予曰忘矣僧請續之曰占以授

雪車比毛車弱水誰欲度飄然淩空去中疑載青女
風爲通衢走轂不容馭大勝短轅犢更煩長柄麈
廣寒宮構基非下土天公亦薄相鏤冰以爲柱傍
銀牀誰與揮玉斧仙妃倚之笑疑是漆室女

石門文字禪卷七終

石門文字禪卷第八

宋釋德洪覺範著

古詩

送賢上人往太平兼簡卓首座

我昔遊潛山空翠插晴煙至今清夜夢猶能歷層顛天柱如玉立貴氣朝山川下有童師廬雜遝皆奇賢卓遜龍山子靖深波間蓮近聞亦分座道眼照人天道人使吳來衣裓餘芳鮮願求奇嶮句庶使大法傳一拳無背觸何處見靈源

送一上人

子從大梁來會我秦淮道十年三度別此別吾甘老學

道如牧羊敗群者則鞭一切但仍舊自然常現前子初不衣綿而今便故絮山舟日夜逃美貌豈長住時至不相待勿恃骨肉間要當自努力譬如人上山

游龍王贈雲老

正中妙叶百怨門寶鏡孤風天下聞緇州道價直乾坤毛骨眞是延公孫楊廣山頭草木熏公獨深密護靈根衲子雷動雲崩奔暗中明露涇渭分醉李有叟笑臉温膽大三世一口吞枯木能花爲誰春春光化爲吳山雲卽今住山典刑存木蛇且無刀斧痕我游山隈野水濆松間見之鬢爲揪留我更宿聽啼猿人間行役膏火煎公特見戲非誠言頹綱已墜引手搴乃欲奔走鞭短轅

要當努力續烈燄大興洞上追曹源

三月二十八日棗柏大士生辰二首

大千微塵偈章句妙難求公爲疏通之如海決江流堂堂鬚垂髯㓒點横清秋十虚圓當念三世集毛頭平生說禪口想見光迸浮世間眼久滅法寶空海洲年年春欲暮禪室清香留迷途指南車戴恩負山邱願從清涼山威光作依投行當方山見跬步披衣裘

思慮不及處但曰刹那際不曰刹那際甯當有三世於此刹那中尚不容擬議安得有死生一切諸怖畏苦樂欣厭情及分心境異是名顛倒想不名隨順智如人游夢中所歷經千歲及其夢覺已不過食頃耳稽首願悲

幢發此不傳祕願分無盡燈酬此四弘誓

送常上人歸黃龍省侍昭默老

心花發明照十方死生窟宅無隱藏此老唾笑生馨香
法中骨髓僧中王平生一子傳餘芳譬如少林有神光
只今孤憤昭默堂天魔外道走且僵夢寐想見猶清涼
況子徑歸侍其傍明日扁舟浮渺茫我不得俱空歎傷
但餘一句煩寄將暮阜山前爲舉揚仰山久不見臨濟
瘦損法身三尺長

運禪人求偈

石室如瓜磬春雲如翠被翛然無事僧來此時枕臂無
求卽無憂有身還有累永懷彭尊宿一席曾遁世天子

不得臣公卿不敢致高風不可攀百世猶興起運禪佳少年杖錫成戾止偶從城郭來衣裓滿空翠覓歸如子規掉頭須去耳山林與聚落蜜無中邊味子心有分別動息若差異錄以贈其行不語開笑齒

餞枯木成老赴南華之命

正中妙叶如何會羅仙隱身露衣帶芙蓉克家桐城孫海上聞名聞至尊天書夜到道林宮大鐘橫撞山玲瓏山容光澤鳥聲樂一番佳氣生巖叢曹溪寶林甲天下樓觀翔空盤萬乇夢中先已逢祖師異世曾同香火社人言骨清辟瘴霧隘詞一律撩人怒大陽直裰果有靈所至自有天龍護寄語山頭錫杖泉久枯遽湧甯非天

老師不作奇特想已脫聖凡情量纏

送禮禪歸臨川

已披出世衣影莫落塵俗何山無叢林棲息一枝足奈何清淨心甘受熱惱毒譬如伏櫪馬心不忘馳逐又如火鐵丸氣燄不可觸禮禪客湘山山翠在眉目蓋嘗視此輩高笑一捧腹今亦欲還鄉當戒前車覆吾聞眞實心不受罪與福精進緣不懈此語君勿忽

送顓街坊

水西南臺小精廬名雖是律禪者居粥魚茶板如指呼履聲童首鳧鴈趨分身香積大開迂食時至則當持盂養師反哺如烏雛荷衆司更如鴈奴逢人若問明白老

爲言病起加清癯

寄南昌黃次山

次山心地平如鏡照海照毛無少賸劉公訶之昏霧蒙張公磨之復清瑩張劉皆是善知識大黃甘草各醫病驚起荷山大字遂玲瓏撞鐘山答應夜燈午梵賽心願望歸引領如鶴頸一朝骨祖在面前笑不成聲兩目瞪小兒化去聊折災婦翁告殂適其命但得夫妻各身健回觀閣中夜鳴磬欲知成佛妙法門不與人爭是捷徑

寄題紫府普照寺滿上人桃花軒

武陵源深並溪入無數桃花鬧春色水面紅雲欲崩壞波間爛錦光相射昔人誤行偶見之歸來醉眼眩紅碧

秦時雞犬不聞聲但覺曉窗煙霧白那知紫府亦仙源此華萬樹燒晴川少年苾芻誰教汝照花作意開幽軒靈雲説悟被花笑南泉欺客花不言何如睡足無一事倚欄紅雨春風顛愁來想見故山路未歸先作山中篇

宋廸作八境絕妙人謂之無聲句演上人戲余曰道人能作有聲畫乎因爲之各賦一首

平沙落鴈

湖容秋色磨青銅夕陽沙白光濛濛翩翻欲下更嘔軋十十五五依蘆叢西興未歸愁欲老日暮無雲天似掃一聲風笛忽驚飛羲之書空作行草

遠浦歸帆

東風忽作羊角轉坐看波面織羅卷日脚明邊白鳥横江勢吞空客帆遠倚欄心緒風絲亂蒼茫初見疑鳧鴈漸覺危檣隱映來此時增損憑詩眼

山市晴嵐

宿雨初收山氣重炊煙日影林光動蠶市漸休人已稀市橋官柳金絲弄隔谿誰家花滿畦滑唇黃鳥春風啼酒旗漠漠望可見知在柘岡村路西

江天暮雪

潑墨雲濃歸鳥滅魂清忽作江天雪一川秀發浩零亂萬樹無聲寒妥帖孤舟卧聽打窗扉起看宵晴月正暉忽驚蓋卷青山去更覺重擕春色歸

洞庭秋月

橘香浦浦青黄出，維舟日暮柴荆側。湧波好月如佳人，矜誇似弄嬋娟色。夜深河漢正無雲，風高掠水白紛紛。五更何處吹畫角，披衣起看低金盆。

瀟湘夜雨

嶽麓軒窗方在目，雲生忽收圖畫軸。軟風爲作白頭波，倒帆斷岸漁村宿。燈火荻叢營夜炊，波心應作出魚兒。絶憐清境平生事，篷漏孤吟曉不知。

烟寺晚鐘

十年車馬黄塵路，歲晚客心紛萬緒。猶省一聲何處鐘，寺在烟村最深處。隔谿脩竹露人家，扁舟欲喚無人渡。

紫藤瘦倚背西風歸僧自入烟蘿去

漁村落照

碧葦蕭蕭風淅瀝村巷沙光潑殘日隔籬炊黍香浮浮
對門登網銀戢戢刺舟漸近桃花店破鼻香來覺醪釅
舉籃就儂博一醉臥看江山紅綠眩

汪履道家觀雪鴈圖

水落陰湖洲渚生風折敗荷枯葦莖白沙鑿鑿壘雲重
熟視滿空翻玉英湖邊兩鴈誰教汝穩臥自多高世情
惠崇逸想巧圖畫定應愛汝夢瀟清

潁皋楚山堂秋景兩圖絶妙二首

一鷗低飛落平湖一鷗驚顧行炯如紅衣脫盡蓮蓬綠

翠蓋凋殘荷柄枯更有數蓬癯已老無人折之欲傾倒
陌上殘紅空自好爲誰點綴湖邊草
溪邊兩鴨自夫婦生而能言似相語婦先浮波喜轉顧
夫欲隨之竟先去水際清蘋各占叢風撼荷花已退紅
不見清香雲錦段空餘霜葉伴枯蓬

和李令祈雪分韻得麓字

何處軥輈呌雲木植杖松間逢白足一牛鳴地兩禪叢
窗戶青紅照林麓江寒雲怒相模胡雪意欲作先停蓄
連空推下翻玉英想見軒渠笑捧腹

和李班叔戲綵堂

李侯何以悅其親戲著彩衣覔黎棗閑騎竹馬畫堂前

慈顔一笑自忘老毛義捧檄難忘客茅容殺雞終得道
愛公純孝配古人甚欲卜鄰安井竈

送隆上人歸長沙

湘中樂哉山水國道人歸去正秋色拭目重看雲蓋雲
搓手新嘗橘洲橘湘西幽居多故人松下相逢應倚策
開軒萬頃鴨頭青睡起一聲風月白

六月十五日夜大雨夢瑩中

希夷先生海門住久不見之想眉宇夢中相見荔枝村
覺來一枕芭蕉雨行藏顧影應自笑世事吞聲不容數
從欲若士爲遠遊莫作雲中隱身去

予作海棠詩曰一株柳外墻頭見勝却千叢著雨

時寓居百丈春晴上南原縱望萬株浩如海追
前詩之失言相隨苾芻請記其事

積雨分陰晦林光山色生精彩閑上南原看野棠
一川零亂紅如海柳外一株何足道戲語謗花今日悔
道人請我重賦詩倉卒煩詞爲删改

山寺早秋

千本蒼杉俱合抱夕陰相映寒蟬噪殘僧獨歸清入畫
秋色滿庭濃可掃霜鐘初歇月未生但覺篝燈一點明
堦除環珮走流水樓閣誦經童子聲

送僧歸雲巖

和氣津津出眉宇平生快活隨緣住憶昨思山林下來

如今却向城中去燕子初飛簾幕風海棠睡重清明雨
重唱龍山諸佛機紅塵動處雲成縷

至撫州崇仁縣寄彭思禹奉議兄四首

去年歲飢民減口晨無炊煙閒甑缶面餘菜色短氣中
經營有錢易升斗抱孫買鋤今歲豐黄雲穲稏村村同
東林鼓聲是誰致聰明慈惠隴西公
吏姦今古同一律邇來問見復層出一邑雀息行鏡中
公則生明無別術放衙下簾調索絃來禽青李浴清泉
吾儕呈押日課辦亦作岸巾相對眠
我年政如牧民術敗群者去羊蕃息向來盜竊如有盟
飛躡垣墻度窗隙下車夜戶民不閉終夕四隣無犬吠

一懽醉倒不須歸以塼支頭路傍睡
爭歌來爲民父母百里民心始安堵外臺選才第薦之
何必知賢奪而去當持馬足臥車轍報汝百年終有別
號涔不著横海鯨薄書那容萬人傑

余還自海外至崇仁見思禹以四詩先焉既別又
有太原之行已而幸歸石門復次前韻寄之以
致山中之信云

北去憂如會澠口危甚相如跪缶南歸喜勝脫鴻門
那郵范增撞玉斗筠谿野寺隣新豐亦與叢林魚鼓同
懸知他日君念我定作少陵尋贊公
脫梏甯知縛禪律但欲閉門長不出死禍平生九蹈之

痛恨防身苦無術此言了如意在絃此心炯如月臨泉山中樂可驕稚世一榻暑風清晝眠平生心懷濟時術百未一施空歎息庭閒晝永僧至門心回酒醒月窺隙東方先生語開閉投骨心知致羣吠千金珠在九重淵儻能得之必龍睡飄零乳兒失慈母來歸家山在阿堵瘴痾烝洗百念空但有詩情磨未去虛名實禍車覆轍道鄉端與人間别膝穿木榻五十年君看此翁亦雄傑

信上人自東林來請海印禪師過余湘上因贈之

五湖東歸風轉柂柔櫓聲中飛鳥過開篷不信是廬山忽驚落瀑從空墮道人箇中三十秋那知今始載歸舟

白藕池邊月初吐應對隣房說舊遊

忠子移居

忠子壁觀丞皇暇移居自提雙不借借車祭竈非我事
可聽夜舂響西舍人言渠儂大類我試手作詩便聲價
我詞勿學郊島寒謫仙筆端能造化

楞伽端介然見訪余以病未及謝先此寄之

楞伽劇談喜高笑一鉢安巢在雲杪我游廬山二十年
聞名常多識面少道林過我古南臺路逢泥軟手提
臺輿瓦合今果爾更呼隣僧相與來

次韻雲居寺

行盡崇岡與峻嶺今朝又入綠雲徑世塵已覺蜺埃輕

道心遂作燖雞淨小軒客膝俯千里磨錢作鏡江山映
平生林壑竟成癖南來獨覺茲遊勝

無學點茶乞詩

政和官焙來何處雪後晴窗欣共煮銀缾瑟瑟過風雨
漸覺羊腸挽聲度盞深扣之看浮乳點茶三昧須饒汝
鷓鴣班中吸春露下闕

巴川衲子求詩

水西南臺底氣象綠疎青瑣湘江上門人俯檻看諸方
笑聲散落千巖響巴音衲子夜椎門要識汾陽五世孫
問渠何所見而去峯高難宿孤飛雲

十月桃

雪中桃花夜來折兒稚犯寒爭欲摘老仙呵手撚吟筆指以謂余還歎息巳作忽忽十月開人間安得千年實

李端叔誕辰

未見犯寒梅巳有催春雨催春春未歸却有曇花飛飛香塞世間何人知鼻處遙知與世且同波隨分盤餐付兒女

雨後得無象新詩次韻

雨餘步林幽松風初到面寒蟬相應鳴小立無人見但愛東南山色作旋螺轉入門庭院庋飛螢梵放哀聲滿深殿

用韻寄誼叟

識君童牙中豈止論半面雖同萬頃山經年不相見平生草頭露蚌月跳珠轉永懷終夜不成眠但見突兀遊霄殿

任价玉館東園十題

涵月亭

亭外物清曠人間多熱惱夜晴登此亭水月相媚皓多君心鏡空光明寫懷抱憑誰持此意舉似寒山老

覽秀亭

尙記登臨時風日初盎盎忽驚無邊春登我眉睫上情歡鳥聲樂意適游絲放我非連眉郎接詩聊植杖

四可亭

四注開野亭面面可人意我來俯危欄蹇傲成縱倚應
接迷向背轉頭風掠耳隣寺一聲鐘墟落孤煙起

第一軒

名園富家致此軒冠羣目檻次狀元紅窗横尊者竹坐
客定無雙試茶谷簾緑願聞聖諦義飛辯横塵玉

如春軒

檻前摇緑玉杯面吹紅鱗主人飽談笑和風熏坐賓但
覺天宇迥塵滓欲清晨雖非曲水會自是斜川人

寒亭

欲問春消息蒼茫嫩日斜茅簷聚喧雀栗林棲暮鵶袈
袍畏足坐得句往往佳忽起步微月呵手拗梅花

浩庵

水勝萬斛舟至剛柔繞指丈夫養浩然其略蓋如此朝登青雲上正色決大事暮歸卧此庵捫虱口如耳

方便堂

虛空亦何有領略四時事君看繁盛時中有凋零意然省可自觀那作明日計當游無所還自住三摩地

覺庵

念起則爲凡覺之則爲聖人言此爲覺此覺未眞正但了一切空聖凡皆幻影宴坐不言中心波如古井

鑒止軒

小軒臨止水一泓湛寒碧瞭然見眉鬚洞徹塵不隔夫

子作止觀涇渭不相入跏趺學僧禪諦視鼻端白

書華光墨梅

一枝已清姸交枝更媚嫵見之已愁絕那復隔煙雨錢塘千頃春想見西津渡他日到南屏莫忘孤山路

惠侍者清夢軒

小軒面層崖叢蕉手自種高風追二朗生涯與師共默坐每觀身爐煙作雲湧蕭蕭半夜雨亦足清君夢

次韻性之

一笑形骸外便能攜手行雲容與山曆今日眼偏明共坐松下石仰聽松上聲古人亦何遠安用社中名

筠谿晚望

小谿倚春漲攘我釣月灣新晴爲不平約束晚來還銀梭時撥刺破碎波中山整鈎背落日一葉軟紅間

和杜撫勾古意六首

一尾掣電去萬蹏讓雄長邇來隨磨驢驅逐付厮養頓塵忽驕嘶逸韻發奇想公眼如支遁神駿蒙擊賞

歲月走舟壑不能老喬松何如取塵劫安置彈指中我老世不要閉關師道蹤自欣方得計人笑伎之窮

長松援丈蘿無事登青冥因緣偶然爾初非出經營我受氣類似掄材置勿聽翟公亦癡絕書門議交情

午夢清斷續殷鬢飛蚊鳴微風亦見戲故掩讀殘經相見洞天曉霧重花冥冥秀句吐奇麗乃爾未忘情

秋晚凋紅翠幽懷到眉峯玉纖弄彩筆落紙翩驚鴻道山歸計好高情付疎慵何獨謝夫人特有林下風暮年一杯春愁邊賴開拓醉鄉歸路穩城郭見隱約萬事付頹然破幘風墮落胸次竟何有八窗洞空廓

了翁有書與謝無逸云覺範眞是比邱

墮馬哭淮王牧羊仗漢節古人守忠義視死如棄褉吾是眞比邱死生見窟宅一飯不願餘孤坐閱歲月

題延福寺壁

在山爲遠志出山爲小草龍潛蟠則神雞雌伏知道人情難把玩過眼如電掃留雲峯下寺白髮歸去好

棗柏大士生辰因讀易豫卦有感作此

人間解纜沙開視兒眼前鉢飯度永日一裘支十年月巖與雲壑佳處輒留連誰云道林黠猶覓買山錢

次韻周達道運句

大澤深壑間難藏舟與山此身唾霧中安得長朱顔講公如夙昔婁承嘗追攀定作甕中畫磨衲映青綸

次韻遊水簾洞

清夜讀君詩思豁神亦傾豈惟折慢幢要已倒降旌重哦水簾句纖穠開畫屏想見落筆時遶紙走風霆

游廬山簡寂觀三首

廬山覺未老儼然舊風姿樹石亦仙骨逢春更華滋瓜分煙翠層千丈垂白霓貪看讓爭席舍者爾爲誰

蒼石大如屋古木出虬枝四注陰其下地坐黃冠師山行倦日永聚話遂忘疲行看洞中境都是寂音詩怒龍鬬未已角尾相攀牽巨石爲解紛背腹遭虬纏千年毒不死槎牙帶雲煙樹間宜畫我乞與人間傳

送人

相送復相別不異雲間月無心去復來有魄圓還缺此別與何如西風秋月初暮鴻千里至能寄八行書

別人

尺水未到海茲行多嗚咽病客未還家囘腸蘊千結水有到海期病客歸何時臨歧一揚袂落日寒風悲

信師相別

子昔送我日出岫雲無心今我捨子行窮猿嗔投林勿歌行路難勿效兒女泣處處得蓬渠千江共一月

白日有閒吏青原無惰民爲韻奉寄李成德十首

李侯端自重不肯下南璧君看英特氣自可凌太白小邑試牛刀乃有政和色

舉筆濡大千揮斤隘八極置之臥病軒翻身觸破壁起來一調笑庭樹掛斜日

地生金色光女作師子吼此軒初不然風日穿窗牖莫作兩頭看空花竟何有

客來清對榻客去閉深關聊爲文字飲酬唱相往還朝來公事少白日吏長閒

少年韻如春才可供十吏故人半青雲隱几肘門麻行
看登玉堂清坐追陸贄
趨來民訟少槐影覆閒庭看山久成癖詩眼耐空青長
憐謝安石箇中著娉婷
花光浮縣郭麥浪漲郊原吏散僧投謁詩成月上軒何
妨横麈尾相對兩忘言
密室調絃索晴軒較畫圖撿書憑錦瑟背句遣奚奴一
懽同袁若此與不能無
深原曉犂耕隔谿夜春簸竹間伊余行童稚供日課入
境觀化風親視民勤惰
單衣試嫩寒花下愛清晨不恨簿書惡何妨閒岸巾定

應懸睿想憂樂自同民

雨中聞端叔敦素飲作此寄之

但見杯中春潑面不知門外雨翻盆人間萬事一蚉蚊
正恐卷氊爲鼈飲何妨跨項作猨蹲此生隨處有乾坤
短李貌和髯似棘王郎耳熱氣如霓不知今日是何時
醉鄉城郭無關鑰世路風波太嶮巇且看相枕爛如泥

端叔見和次韻答之

俊詞方覺春照眼秀句忽驚絲出盆睡餘兩鬢尙殷蚊
行樂風軒須痛飲窮吟空屋笑愁蹲筆端浩蕩吐乾坤
落筆新詩敏風雨撚鬚豪氣劃虹霓侍兒扶掖醉吟時
靖節田園尋窈窕謫仙風味自嶔巇何如春甕揭黃泥

再和復答

道鄉是宅扶歸路法喜爲妻笑鼓盆蟭螟膽大敢巢蚊
遊戲秋毫鋒際立卷藏法界眼中蹲自然函蓋合乾坤
醉裏兩篇開爛錦雨前千丈挂彎霓楊梅盧橘恰嘗時
自笑此生眞逆旅人情何處不同巇禪心且作絮沾泥

睡起又得和篇

幽夢驚回煙霧帳清泉起弄雪花盆風簷斜日一區蚊
淮水雨開縈練淨鍾山雲卷露龍蹲凝禪剛道屬乾坤
緣髮筆端能吐鳳雪髯胸次尚盤霓道山歸去定何時
身外聲名徒暴曬夢中憂患自臨巇烏靴長恨涴塵泥

復次韻

句健未須纏法律飲豪那暇較瓶盆疾雷破柱一聲蚊
吟狂不覺跨驢穩醉臥都忘對虎蹲箇中別是一乾坤
八篇俊逸狂時語五色光芒雨後霓清吟要不負明時
嗟我拙詞傷弄巧愛君難韻解平巇且歌滑路雨成泥

晚歸自西崦復得再和二首

人歸西崦步翠麓月出東峯湧玉盆詩如琥珀妙藏蚊
摩頭長詠笑自語劃席冥搜臥復蹲筆端三昧攝乾坤
衆人俯看旋磨蟻忠義平生貫日霓也知用舍各由時
顯處山川非設險笑中陷穽却藏巇此時擬議轢中泥
世事回頭驚破甑年華脫手墮空盆機鋒火聚不容蚊
挂帆未欲乘風去捫虱閑爲抱膝蹲掌中訶子是乾坤

壓寒詞鋒盤屈劒吸川酒膽倒垂霓脫巾露頂笑狂時
任意清閒飢得食關心名利醉登巇濁流心念已澄泥
肇上人居京華甚久别余歸閩作此送之
毳帽駝裘一尾輕半開便面氣如春醉歸穿市月隨人
此境要非吾輩事摩頭忽憶海山濱蕨芽葤肉齒生津
十分春壓能眠柳一再風撩解笑花故山應摘雨前茶
從我覔詩如觸鹿爲君肥字作棲鴉句中有眼莫驚嗟
送因覺先
南澗茶香笑語新西洲春漲小舟橫困頓人歸爛熳晴
天迥游絲長百尺日高飛絮滿重城一番花信近清明
妙高墨梅

日暮江空船自流誰家院落近滄洲一枝閒暇出墻頭
數朶幽香和月暗十分歸意爲春留風撩片片是閑愁

石門文字禪卷八終

石門文字禪卷第九

宋釋德洪覺範著

排律

次韻曾侯見寄

客食石門寺而今僅兩年衰遲嗟我老邂逅識君賢聖域人稱亞儒林秀譽先未揎攀桂手已許買山錢龍麥秋期近庭槐晝影圓方思歸去日忽得寄來篇意合蒙推獎情親出愛憐格幽凌雪勁詞錦照人鮮把玩欣無厭行吟却悵然句追工部祆氣拍翰林肩世已驚殊異名宜改半千永懷風露重遶徧舊池蓮

王舍人路分生辰

貴出賢王裔宗連母后因秋容漱毛骨春色照簪紳報國忠誠著驚人句法新慣看青禁月屢夢玉關塵博古知無敵窮經亦絕倫後宵通七夕今日是生辰佳氣淩湘浦非煙壓楚闉綠醥浮白螘綺席繞花輪壽綴諸天獻詞容野客陳不凋蟾窟桂難老海山春已作瞻雙闕行看據要津功名先入手圖畫在麒麟

閻資欽提舉生辰

節序春將半風光過上旬人間識英物地上見麒麟凍雨晴還暗非煙夜達晨懽聲動湘楚和氣滿簪紳孝友疑無比恢疎亦絕倫一身渾是德終日不違仁夢已游青禁行當侍紫宸立朝知大體博古見全醕詩妙終聯

鼎文高類過秦公廉清似玉剛正凜如神幙下名流集
堂中綺宴陳貫珠歌白雪浮蟻皺紅鱗自幸承顏舊仍
容造膝頻何時渡弱水同看十洲春

陳奉議生辰

華國生賢俊江山孕秀靈鴨頭淦水綠螺髻玉筒青敏
捷收科第奇豪見典刑笑談回暖律詩句挾風霆官偶
求彭澤才宜在漢庭麒麟横逆氣鸑鷟歛修翎民訟多
閒日常陰自滿亭浪傳書課奏須看鼎彝銘仲夏逢佳
節非煙聚杳冥數蓂餘一葉推道間千齡阡陌登豐後
笙歌爛熳聽綺筵環妙麗壽斝捧娉婷歡洽連更燭情
高促畫屏九衢花照夜萬井月開扃風颭銀河動天驚

玉露零三台星密處旁有老人星

次韻曾伯容哭夏均父

青松傲霜雪事悞亦迍邅或脫斧斤厄則遭藤蔓纏北渠材砢礧聳壑色芳鮮不作千楹棟終爲萬斛船那知過華屋長慟摇空鞭增擊疑仙去超摇棄我先但餘殷枕淚無復對牀眠憶昨游湓浦曾同上紫烟春光隨杖屨笑響落雲泉尙想登臨處仍哦唱和篇暗驚生死隔默數十三年臺憲登群彥秋風吹一鶚詠姦志未舍謀國疏空傳醉馭毛車度誰推日轂旋歲時嗟易得力命古難全報施徒云爾功名信偶然清忠光竹帛英氣歛山川哭子如臨敵當句失短綖

五言律詩

湘上閒居

夜清暑雨過四壁草蟲鳴一枕幽人夢半窗閒月明摧頹弘法志老大住山情忽憶陳尊宿編蒲度此生

西齋晝臥

餘生已無累古寺寄閑房睡足無來客窗空又夕陽叢蕉高出屋病葉偶飄廊起探風簷立飛蚊閙晚涼

秋夕示超然

夜色已可掬林光翻欲流一鈎窺隙月數葉攪眠秋清境扶歸夢殘爐替客愁援詩時晝席忽覺此生浮

早春

山中春尙淺風物麗煙光澗草殷勤綠巖花造次香浮根爭附絡細葉正商量好在幽蘭徑無人亦自芳

送僧還長沙

去袂不容挽子規眞滑唇烟村相送處風物更撩人麥浪空翻日花房尙鎖春遙知到湘浦釘橘恰嘗新

次韻眞覺大師瑞香花

淺色鬧花堂清寒熏夜香應持燕尾剪破此麝臍囊有恨成春睡無人見洗粧故山煙雨裏寂寞爲誰芳

次韻誼叟悼性上人

井美泉先竭犀殘角有通斯人難再得陳迹已成空塵尾夢應寄楞伽寫未終平生說禪口不見怒號風

除夕和津汝楫

今夕亦常夕人偏故國思不堪槎凍耳聽誦未歸詩家室諠譁後深簷雨雪時爐香待清旦此意有誰知

啓明軒次朗上人韻

澄滓動精色開軒萬象分光無回避處眼自覆藏君霞縷縈經軸煙絲滅篆文個中無賸語題目是先聞

回光軒

暮色眩紅碧登臨聊倚欄日終猶返照坐穩可深觀夢幻諸緣寂圓明一顆寒洞然無向背莫作轉頭看

次韻黃元明

靜室依清几開書映隙光悟迷初不隔語默故難藏妙

可忘情會深無以意量臨機辨神駿正要略元黃

寓鍾山

生涯如倦鳥栖息此山中睡足誰呼覺煙消篆巳空翻經欺眼力斜日借窗紅臥聽銅瓶泣青松萬壑風

讀中觀論

平生智眼濁塵劫著心深長向環輪上空將始末尋十方眞寂滅一念去來今妙絶調琴指知誰解賞音

對雪嘗水餅

雪粲羅敷喜報春呈舞腰旋風寒正密到地暖還消輕薄凌梅蘂蹁躚攬柳條幽欣嘗水餅舉箸一長謠

清明前一日聞杜宇示清道芬

籬外花如海閒軒小寢驚最先聞杜宇更覺近清明雲怒必爲雨風和拗得晴阿芬甘劣我笑裏恰詩成

閉門

杯飯終永日一裘支千秋餘生已無累此外復何求懶出門常閉欣眠榻可休拋書方手倦啼鳥破深幽

四月十一日書壁

夜久茅齋靜堦泉遶珮鳴行高人莫識道遠自深明掃榻酬閑味依蒲任性情叢林終不負一衲傲平生

次韻雲庵老人題妙用軒

開軒閒隱几萬象競趨陪風揭松聲去雲推山色來覲身眞作夢視世一浮埃日暮庭陰轉幽禽接翅回

讀瑜伽論

此生已無累一席可窮年細嚼實公飯飽參彌勒禪懶修精進定愛作吉祥眠夜久山空寂唯聞遶砌泉

鍾山有花如比邱狀出穠葉間王文公名爲羅漢

花僧請賦詩

通力元無礙隨緣自應真此生花上露故現葉間身知見幽香在伽棃翠色新一枝聊把玩未愧鷲峯人

寄題行林寺照堂

聞説行林寺杳然叢秀間堂清開水鏡山好理烟鬟有霧窗呵暗無塵扉自關人牛今不見蓑笠兩俱閑

與性之

投名新入社臥病偶思歸渡澗脫芒屨扶藤下翠微寒松猶帶雨瘦骨不勝衣若見翁鑽紙當施百丈機

焦山贈僧二首

白下門連寺清游入夢中骨驚誰齧指世事謾書空梵行芙蕖淨天寒晝火紅曉窗應破夢臥聽鳥呼風

對牀聽夜雨佳約是當年放曠隨緣去閑心不習禪倚蒲趺足坐擁衲蓋頭眠今識君歸處齋餘有澗泉

題反身軒

盡力覓不得歸來題反身平生未解沒甯解救溺人有累路歧遠無求滋味親養心唯寡欲妙物久如神

宿本覺寺

一宿路旁寺霜清夢亦寒憶曾游覽處來覓舊題看病衲成新塔層樓隱敗垣青山猶不老千疊似翔鸞

題芝軒

軒下亦何有靈芝駢秀生山川呈美瑞草木被光榮清甚紫檀露色深黃菊英武陵續遺事應著此軒名

次韻王安道節推過雲蓋

秀傑長沙幕高才自敏强同僚推俊逸黼坐畏剛方慣吐珠璣句宜便宴寢香秋來能過我聽雨夜連牀

題含容室

歛足脫雙屨閑房倚瘦藤百川朝巨浸一室納千燈至味甯分別常光絕減增刹塵彰帝網妙觀現層層

人日雪二首

今年人日雪更在末山巖瀉行想堆垛打窗時兩三夢回清語默寒重壓衣衫面壁孤風坐知誰繼夜參

律管未回暖春先到曉巖與君清作對得月便成三秀色報虛幌幽欣宜衲衫相看超語默覿露不須參

次韻周運句見寄

頑鈍世推鄙而君偏切磋借神觀有漏騎氣到無何昔共飲臨汝今同家汨羅衡門似長吉軒蓋幾時過

重會雲叟禪師

氣味似前輩見之長眼明閑須研法味老不減詩情草聖因蛇鬬禪枝解虎爭一堂聊寄傲疎快餞餘生

次忠子韻二首

湘雲刺世眼獨可著閑蹤鷗迴千尋雨江寒一再風旋鑽新火後初脫夾衣重坐客經年別蘭芽茁舊叢

新秧翻翠涙青子退紅英穫麥風光近絡絲歡笑聲疊騰幽夢破醞造小詩成好在歸來燕營巢占畫楹

和曾逢原待制觀雪

魂清寒妥貼寺近汨羅江夜迴疑生月夢驚聞打窗地罏無宿火經閣有殘釭起望兜綿界誰推墮陋邦

初過海自號甘露滅

本是甘露滅涙名無垢稱欲知遭鎖禁正坐忽規繩海上垂鬚佛軍中有髮僧生涯何所似崖略類騰騰

早登澄邁西四十里宿臨臯亭補東坡遺

天下至窮處風烟觸地愁村囂聞捉拗岸汁忽西流鳥道通儋耳鯨波隔萬州趁雞行落月悽斷在蠻謳

過淩水縣

野徑如遺索縈紆到縣門犂人趁牛日蛋戶聚魚村籬落春潮退桑麻曉瘴昏題詩驚萬里折意一消魂

楊文中將北渡何武翼出妓作會文中清狂不喜武人徑飲三盃不揖坐客上馬馳去索詩送行作此

蘭叢聚貴客花輪環侍兒三盃吾徑醉四座汝爲誰但覺眩紅碧了不聞歌吹翩然上馬去海月解相隨

渡海

萬里來償債三年墮瘴鄉逃禪解羊負破律醉檳榔瘦盡聲音在病殘鬚鬢荒餘生實天幸今日上歸艎

夜坐分題得廊字

一雨餞殘暑瘴痾蘇簟涼臥聞山果落起覺斛蘭香幌內水螢入堦除露葉光知誰愛清境步屧響修廊

出獄李生來謁出百丈汾陽二像為示因而摹之作此時卽欲還谷山

一鉢寄城市皤然鬚鬢長風埃窮百丈翰墨老汾陽家在青松岸門連白鳥行知誰施舟尾載我下沅湘

次韻周倅大雪見寄二首

萬瓦粲清曉披衣挂北窗春先歸楚國誰獨釣湘江瘴
熟甘欺得詩嚴合受降更憐風絮比想見髻鬟雙
白晝邇紅火蕭蕭驚打窗折綿寒未透兀夢睡先降那
敢犯詩壘自然摧慢幢重看寄來句呵手剔殘釭

次韻郤子中學句出巡

安石性夷粹公今亦重遲追惟理髮處領略辦裝時高
節貫終始寸田齊坦巇功名恐未免才業係安危

次韻鄧公閣睡起

歸計寛爲約山行短作程旅亭驚午夢布穀正催耕翰
墨堪華國雲泉負此生一篇欽淵適細味有餘情

次韻衡山道中

嶽色墮馬首嵐光忽滿襟眼寒知意適句苦覺愁侵沃野獻新綠殘晴釀晚陰天涯驚去鴈料理欲歸心

贈鄒顏徒

肉眼倒皮相高才多陸沈火知三日玉貧試一生心世路多追逐雲山獨見尋聖賢酌古力勸子手勤斟

投老庵讀雲庵舊題拜次其韻二首

但覺意清淨不知山淺深年華暗凋落老境已侵尋三世樓鐘舊一生香火心高風難補綴永愧壁間吟

道鄉歸路晚世迹陷泥深老死先通耗病衰今見尋規模高世意料理住山心月在孤峯頂凍猿時一吟

熏上人歸雲溪

聞道衡峯北寺當猿呌村夜樓千嶂月晝榻一溪雲我慣蹈憂患君方蜕垢紛莫嫌林下石蘚涴褶衣裙

題使臺後圃八首

諦觀室

優入聖賢域湛然觀道眞一身渾是德終日不違仁深靜啼林鳥虛明見隙塵篆畦凝碧縷紅燼白灰新

賞趣堂

胸次有邱壑笑談無俗氛幽懷常自得佳趣與誰論曳履尋花圃扶笻卓蘚痕地嚴賓謁少却坐看罏熏

會心堂

穪意有余樂幽歡常會心小山供賦詠危榭每登臨下

覩千峯月聊揮一弄琴倘嫌閑適少富貴苦相尋

阜安堂

禮義成風俗豐登民阜安此堂共僚屬把酒聽吹彈地富湖山美宵晴風月寒勝游無俗韻意適有余歡

戲綵堂

承顔忘勢位喜懼兩遲迴堂上綵衣舞樽前笑靨開金鐶應學探竹馬欲相陪未必稱純孝高風獨老萊

獨秀堂

天質自奇峻千尋紫翠重謾煩君獨秀不願掩羣峯與客共秋晚接詩到暮鐘夕陰寒欲滴倚檻見纖穠

清音樓

霧暗軒窗失風高簾幕低夜晴湘笛起樓迥嶺猿啼憑檻人如玉搜詩氣吐霓還驚一聲鴈翻影月平西

蒙齋

妙物雜而著深藏一默中誠爲反身樂蒙亦聖人功客至風生塵吟餘月挂空莊周稱社櫟神拙意無窮

次韻李方叔游衡山僧舍

道鄉見城郭世路謾升沉寺勝增佳氣壁間餘醉吟僧殘過客少山好爲誰深甯識通泉尉獨懷經濟心

次韻謁子美祠堂

顛沛干戈際心常系洛陽愛君臣子分傾日露葵芳醉眼蓋千古詩名動八荒壞祠湘水上烟樹晚微茫

次韻達巨知縣祈雪遊嶽麓寺分韻得遊字

叢祠香火罷山寺偶同遊鑪撥紅金湧窗空碧縷浮旋

敷白氎布暖甚紫茸裘試作吉祥臥夢清如素秋

題夢清軒

小軒人不到脩竹過墻生眼倦經長掩身閑夢亦清微

風吹篆縷活火發茶鐺遥想佳眠夕蕭蕭雨葉聲

題一擊軒

閒把松枝箒掃除門徑塵驚聞一擊竹頓見十方身烟

翠連窗暗霜筠解籜新老禪搆軒意應欲悟來人

次韻胥學士

筆下慣生春年高句法新還將吐鳳語來寄牧牛人敏

若盤珠妙深如社櫟神長哦答清境璧月上重闉

題曾逢原醉經堂

酌古有深意開編中聖人百家笑糟粕六藝飲全醇允若墜車適盎如浮蓋春湑于吞一石同味不同塵

隱山照上人求詩

落髮道林寺隨師家隱山萬緣都放捨一衲遂安閒壁月照宵定金風掩晝關平生無媿業塵世許誰攀

龍山亦名隱山余宣和五年十一月中澣日過焉

有㵎道人鴻公乞偈爲作

迷路不知遠但知寒日斜過溪逢茶葉西崦有人家斫額驚來客拄鋤方種畬鴻禪效古者當效此生涯

游靈泉贈正悟大師

支徑入山寺雲林如見招小軒臨絕壑危閣礙層霄瓶泣地鑪暖屋晴巖雪消大師京國舊放意話州橋

七月初九夜坐西軒雨止月出不勝清絕

夜雨止還作小軒清有餘暴寒吹客夢殘響滴堦除明滅青燈在簾櫳壁月孤故山歸未得千里漫平蕪

甲辰十一月十二日往湘陰馬上和季長見寄小春二首

雨暗書雲節梅偷破臘春里閭相餽餉風物近袁筠吳語知無伴楚衣聊試新忽驚身是客流落老湘濱

風埃九十里霧雨濕馳裘雁過囘詩眼江寒聚晚愁魂

清方怯雪句冷更含秋殘岸連孤嶼依稀似橘洲

題閱世軒

江水似人世倚欄歸思多無窮流歲月可畏易風波

與老僧看不妨閑客過爲君聊借榻清夢到無何

雲庵生辰

探手取空劫瓜分破一塵洞然無空缺獨立不鮮陳試

問聲前見何如頂後親死生浪遮掩漏洩是今辰

次韻濟之和劉元老偶成之句

世亂驚流落名高子可依元龍謝禰負叔治冒重圍黃

屋方回望青山敢問歸三橋伏道几應嘆眼中稀

贈成上人之雲居

天上數峯寺人間無事僧偶從白沙岸步入碧螺層服匿連空缽敷羅挂瘦藤遙知雲起處一室掩香燈

四月二十五日智俱侍者生日戲作此投之

與佛同生月猶遲十八朝參禪唯自肯求法轉相遼谷響千斤重虛空五朵描布毛吹起處豁爾萬緣消

謝大溈空印禪師惠茶

鐘鼓五千指翔空樓殿開不知大溈水何爾小南臺讓子鋤斧信閒禪春露杯故應念岑寂先寄出山來

愈崇二子求偈歸江南

人笑南臺小難安十八僧日貧因日富宜減不宜增忽去兩禪衲如分一室燈牀寬齊頂禮睡快免相憎

曹教授夫人挽詞

禮敬良天性求賢比孟光搢紳聞懿淑閭里發慈祥饌桉今誰舉山衣尚篋藏榮名增史牒有子類鸞凰

贈尼昧上人

不著包頭絹能披壞墨衣愧無灌溪辯敢對末山機未肯題紅葉終期老翠微余今倦行役投杖夢煙扉

興闌

春晚忽憑檻滿眸佳景來鴨頭波蕩漾螺髻色崔嵬苔嫩錢無數花殘錦作堆一甌雙井瀹何必酒盈杯

與海兄

春寒眞料峭久客厭江城雲重欲爲雨風和尚未晴意

隨飛鳥去事逐亂埃輕畢竟閒居好煩君念此情

題靈鷲山

側逕入招提回峯據極西雲虛籠殿閣地僻絕輪蹏啼鳥棲高木飛花泛碧溪誰當學龍濟垂手接羣迷

燈花偶書

岑寂一閑僧春宵清興增竹窗催夢雨蘭室對祥燈世事知虛幻人情剪愛憎短長都分定不恨百無能

懷友人

不見隣峯友還同楚越遙每勞孤枕夢時過小溪橋憑檻疎簾卷臨風細雨飄何當奉一笑令我此情消

賦竹

龍孫盈檻秀天柱聳雲奇陰鎖安禪石根侵洗硯池瓏
璁伸粉節偃蹇欝蚪枝敢謂桃兼李羞隣雪後姿

早行

失枕驚先起人家半夢中聞雞憑早晏占斗辨西東轡
濕知行路衣單怯曉風秋陽弄光影忽吐半林紅

賢上人覓偈

懶修枯骨觀愛學文字禪江山助佳興時有題葉篇相
逢未暇語輒復一粲然豈須究所學覓偈亦自賢

黃蘗佛智

道譽聞寰宇光華照錦江祇園居第一佛智果無雙鳳
闕帝恩厚柏庭禪將降僧中眞領袖傳法瑞堯邦

題溈源

臨機不墮照如水已知源從此常流出其聲離語言算

沙嗟意馬捉月笑情猨若解提空印休登立雪軒

石門文字禪卷九終

石門文字禪卷第十

宋釋德洪覺範著

七言律詩

十五日立春

千年像教唐朝寺雪後新年晴復陰殘僧無事春又至
游客不來山自深長廊掃葉望空翠小閣卷經横水沉
三生白業有言說一念淨心無古今

晚步歸西崦

屋除有路入深壑曳履翛然獨往還播穀風光寒孱近
摘茶時節亂山間花枝重少人甘老燕子空忙春自閒
歸晚斷橋逢野水更能揎玉弄食顏

宗公以蘭見遺風葉蕭散蘭芽並茁一榦雙花鬬

開宗以爲瑞乞詩記其事

深林忽見蘭芽茁不謂無人亦自賢數葉横風作纖瘦

雙花含雪吐明鮮照人秀色雖堪畫入骨眞香不可傳

今日東君應擇壻誰家兄弟鬬清妍

黄幼安適過予所居題詩草聖甚妙

懷袖功名手未探亂頭睡美厭朝參筆端五色藻萬象

胸次大千供劇談山寺尋僧宿風雨水軒見月出東南

題詩滿壁龍蛇動盛事他年說草庵

元夕讀書罷假寐

燈下文章已倦看欲憑詩苦洗辛酸世途忽起風波易

富貴不忘貧賤難桃塢路迷安石塚桐川水落子陵灘
臥聞屐響東廊靜催粥華鯨吼夜殘

示忠子

夢冷寒庭半夜雨幽欣臨曉一番晴柳嬌困頓欲眠去
禽作清圓喚起聲曳履點殘山寺靜開經拾得紙窗明
去年今日岐亭路吹鬢塵埃研足行

訪鑒師不遇書其壁

獨自來游微雨後道人乞食及清晨應門童子能迎客
滿地榆錢欲買春花醉發狂風日釀柳眠喚起語音眞
政當借榻酬無事熟鼾從教聒四鄰

資國寺春晚

龍鄉戒曉月空斜喚起清圓響絡車燒筍餉田村窈窕
拾薪煮繭語諠譁美忻崖蜜嘗新果香識山礬稱意花
歸去路迷光已夕浸門春水一池蛙

聞龔德莊入山先一日作詩迎之

夢暖不知窗霧白眼寒初愛縠羅輕欣聞明日一龔至
想見隨軒二李行夜雨曉晴寒食近水流花發子規聲
披襟散坐青林下依約斜川萬古情

晚秋溪行

熟路沿溪過石橋掃除秋晚淨迢迢幽尋忽見蘭芽茁
小立仍逢柿葉飄撲摝水飛雙去鳥玲瓏山響一聲樵
歸來半掩殘經在燕寢香凝碧未消

張氏快軒

草樹分明天遠大，酒闌登賞更從容。眼寒數點鴈橫雨，耳熱一窗風度松。光滑紙開秋色濶，淋漓墨潑暮煙濃。欲傾蛟室瓊詞句，試借溫江卓筆峯。

秋晚同超然山行

諸方游徧渾如夢，古寺歸來獨掩扃。無復詩篇雲錦段，但餘心境木蛇形。高秋霜葉魚頳赤，落日遠山螺髻青。步盡松陰忽回首，綠蘿疎處見谿亭。

送淨心大師住溫州江心寺

萬鍛爐中百怨門，哲人雖往典刑存。掃除臨濟實頭謗，稱賞黃龍的骨孫。夢澤於菟三口視，丹山雛鳳九苞文。

還鄉妙曲誰能聽一笛波心兩岸聞

和清上人

駒兒墮地已汗血毛骨蕭森落眼中今見馬羣方弄影曾看雷電疾追風媒龍何止十倍價凡馬終當一洗空我是道林能賞駿識君語妙到無同

升上人過石門

門巷榆錢疊紫苔十年心事首重回暑風院落書籤響煙雨江村畫牒開尨枕藤牀初破睡蔗槳冰椀欲生埃風簷獨立看遺照忽有溪僧犯犬來

夏日偶書二首

碧縷横斜試水沉紅腮甘冷嚼來禽含風廣殿聞棊響

轉日回廊暗柳陰强撚冰紈餘睡色倦憑棐几適閒心
攀翻浣衲黄塵事過眼雲蹤不可尋
偏地知誰柳際門消閑自掃竹西軒井花曉汲聞餘滴
篆燒風摧覓舊痕夢境消磨驚歲月道鄉彷彿見藩垣
寶書半摺山房寂臥聽嬌鸎說怨恩

鄒必東竹枕

黑甜誰欲嘗閒味此枕令人穩稱心風骨子猷居處竹
典刑元亮醉時琴宜籠霧鬢清圓語聽學朱絃發越音
不用製囊裁古錦春寒長搭鬧花衾

竹爐

博山沉水覺塵埃旋斫凌雲綠玉材自拭錦綳含淚粉

要焚銀葉返魂梅意消未掩黄庭卷火冷空餘白雪灰
應把熏衣閉深閤流蘇想見畫屏開
七月四日晝夢雲庵和尚教誨久之而覺作此示
超然
夏窗午睡誰呼覺院靜惟聞遶砌泉夢裏緒言猶可記
壁間遺像尚依然襯珠定使拳披見坐榻當令膝處穿
塔在層峯衰眼力何時同汝掃頽塼
雲庵塔有雙桐作此寄因姪
十年不掃先師塔聞有雙桐護石根多寶佛應分半座
主林神對現前身詩成坐對南州祖寫寄山中玉澗因
他日就陰當縛屋歲時香火願爲隣

中秋對月

好天涼夕病衰餘散步中庭瘦策扶禪客相逢宿山寺玉輪同看上雲衢十分歸思懸江國一半秋光入鬢鬚草露濕衣香霧重更將毛骨洗冰壺

至上高謁李先甲會淵才德修

先甲志大性重遲是中可築平生基心期功名定不赦未識所與游從誰淵才人間汗血驥德修天上麒麟兒知君懷中有卿相探手但未忙取之

次韻睿廓然送僧還東吳

征夫應爲指柴扉湖水當門可濯衣飛鳥已知今日倦舊鄰那悟昔人非山情已作燖雞淨世味眞如嚼蠟微

遥想夜航無管束棹歌應載月明歸

送瑩上人游衡嶽

紫蓋峯頭樓閣生朱靈洞口水雲晴盤空路作驚蛇去落日人如凍蟻行重郭老師今健否藏年珍木但聞名定應自掃巖邊石時發披雲嘯月聲

寄草堂上人

首夏年芳尚可尋興來芒屨恣登臨囘頭故國煙波闊分袂幽人歲月深落日杜鵑山館静熏風芳草柳塘陰知君宴坐忘機地謾寄新詩話此心

酬濳上人

滿鈎疎箔卷簷楹秋静江天刮眼明梵冊已翻千偈妙

爐香未散一堂清沾衣菊露情　松聲夢不成

我與道人緣分熟可能朝夕厭逢迎

贈爲上人游方昭默之子也

年少辭師作遠游人言虎穴不生彪家聲自古能名世

氣宇如今已食牛奪得我機方肯住從教棒打不回頭

雲山萬疊翛然去江漢無風一葉舟

鄧秀才就武舉作詩美之

丈夫氣自磨牛斗正似豐城獄屋刀富貴豈終憑鐵硯

功名先看擲霜毫蘆鞭未稱迎風帽紫綬從來賽綠袍

杖策軍門君記取祖宗漢室舊勳勞

崇勝寺後竹千餘竿獨一根秀出呼爲竹尊者

高節長身老不枯，平生風骨自清癯。愛君脩竹爲尊者，却笑寒松作大夫。不見同行木上座，空餘聽法石爲徒。戲將秋色供齋鉢，抹月披雲得飽無。

童子名道員，年五歲餘，不茹葷，隨母往來禪林，旦夕稍長，即與落髮，覓詩作此授之

氣與秋容一倍清，出塵風骨自天成。逢僧論性人皆說，指佛高談母亦驚。已覺君家鍾善慶，從來我法付豪英。他年勘徧諸方老，古寺編蒲更道情。

題水鏡軒

小軒明快照巖阿，得道幽人喜氣多。但覩世間如水鏡，方知夢境有山河。佳眠不礙林光入，清坐何妨夜月過。

我亦思歸老邱壑結鄰西崦肯容麼

同吳家兄弟游東山約仲誠不至

東山重到讀題名勝踐清游此合并霧雨開晴秋滿眼暮雲欲合句先成走禪壁月寒林靜來客蘭叢玉樹清我老吐詞如朽木蒸成芝菌報升平

器之示巽中見懷次韻

折脚鐺尋穩處安對君此夕久盟寒狐裘不合須羊袖藥簏何妨缺夜干秋齏此時驅健犢道山何日跨歸鸞仙鑪只隔數邱耳上水船方厄瀨湍

書鑒上人香嚴堂

堂前叢玉知誰種叢下高人自掃除未論擊聲回顧眄

先欣秀色上眉鬚隨宜萬偈風宣諭頓現千身月寫摹
就地對誰曾畫餅當年饞水救飢無

冷然齋

以身爲舌毗尼藏儼比空齋鏡面清蟬蜕塵埃軒蓋集
蝶成魂夢篆煙輕蘿圖世界分遺境玉塵天花委落英
鉢在道山歸去好摩挲風馭笑平生

謝性之惠茶

午窗石碾哀怨語活火銀瓶暗浪翻射眼色隨雲脚亂
上眉甘作乳花繁味香已覺臣雙井聲價從來友壑源
却憶高人不同試暮山空翠共無言

訪友人二首

海棠雨過倘嬌春袖手來尋林下人未話柳條堪結紐
且欣梅子可嘗新孤蹤衰衰風中絮萬事紛紛夢裏塵
他日別山重會面定知談笑絕鮮陳
日暮荒城倚瘦藤江南春思倍添增那知淮水黃塵路
忽見廬山緑髮僧乞食久辭煙際寺連牀今對夜深燈
明年我亦尋君去同陟天池最上層

石臺夜坐二首

故鄉乃有此叢林下板何妨著寂音豕與世遺他日志
倘嫌山淺暮年心凍雲未放僧窗曉折竹方知夜雪深
琢句自應清似玉更宜坡字硬黃臨
歲晚山深過客稀一燈清坐夜同誰滴階寒響雪消後

通火活紅灰陷時歛目舊游眞可數蓋棺前事尚難知古今不隔諸緣淨畫出巖中道者詩

胡卿才時思亭

秖今冢木上雲雨想見音容無恙時竟作懷歸戀雲舍空餘淚眼看風枝功名未洗終天恨歲月難忘罔極悲已覺夜林無觸鹿但看几硯出靈芝

題此君軒

解知無竹令人俗日報平安候起居所以此君揖冰雪長吟餘翠滿衣裾瘦行清坐披詩處雨葉風枝解籜初試作小軒聊寄傲愛君生計未爲疎

喜文首座至

機鋒不減矮師叔聞說叢林最飽參無暇對人收冷涕
却能爲我出寒巖春江柔櫓何時聽夜雨山房且對談
掣電一懽端可貴此生俱是再眠蠶

超然自見軒

叢林爭致致不得繭足徑來尋儼師幽境自能情外見
高懷獨出世間癡清晨倚檻臨黃卷五月亂山聞子規
夙習尚嗟消未盡壁間時錄和陶詩

清大師還姑蘇塔其師骨石弔之兼簡其弟

聞說高懷照雪霜道容一見自清涼今隨生死晦心月
空使湖山藹德香故紙不堪看竹籠凝塵那忍拂繩牀
安門弟子眞持遠獨爲斯人未始亡

閩僧不食已四十年贈之

銀髮齊眉衲半肩，相逢古寺獨欣然。自云出嶺三千里，人見空餘四十年。擬欲就君求此術，預憂臨食必流涎。何如萬事隨緣過，飢即須餐困即眠。

元祐五年秋嘗宿獨木爲詩以自遣今復過此追舊感歎用韻示超然二首

獨木江頭纜客船，暮江秋色雨依然。落霞片段紅緲水，危岫參差碧挂天。名利到頭成底事，田園歸得是何年。崢嶸壯志消磨盡，滿目西風只自憐。

蹤跡漂流不繫船，舊游曾到意茫然。玉笙哀怨初涼夜，秋月嬋娟落木天。往事已嗟如昨夢，壯懷無復似當年。

鑪峯當眼空相向因念區區想見憐

與客啜茶戲成

道人要我煮温山似識相如病裏顔金鼎涙翻螃蠏眼
玉甌紋刷鷓鴣斑津津白乳衝眉上拂拂清風産腋閒
喚起晴窗春晝夢絶憐佳味少人攀

宿香城寺

夜晴風細月華清遶寺霜筠雪竹聲錫響僧歸帝青竇
夢香人宿水沉城古今不隔塵都盡心境俱忘鏡對明
枕臂曉猿三叫絶小窗燈暗讀殘經

自張平道入瑤谿

衝虎曾經落照村千峯盤盡始登門慣聞跛脚阿師法

喜見橫行道者孫愛客精神清入畫游方蹤跡夜重論
杖藜又入層雲去知有安公舊隱存

九峯夜坐

千峯萬峯自雲雨一宿兩宿心頽然不知人間歲云暮
但覺澗風吹夜泉地爐火斂水正泣篝燈委昏僧未眠
古人去我不甚遠何必想像臨遺編

同世承世英世隆三伯仲蔡定國劉逵道登滕王
閣

承英連璧光照坐更著阿隆如鼎安老兵先馳啓關鑰
西山奔走登欄干劉郎端默自凝遠蔡侯奮髯牙齒寒
但餘衰老百無用捘句倚欄方細看

寄李大卿

瓶盂又復寄西州彌勒同龕古寺幽睡起忽殘三月夏朝來拾得一簾秋浮雲世事慵料理斷梗閑蹤任去留投老山林多勝槩杖藜何日復同游

余居百丈天覺方註楞嚴以書見邀作此寄之二首

風定晴雲欲墮崩林梢樓閣旋添增一生高世清閑侶千尺當門紫翠層對客不妨拴壞衲倦禪時作靠枯藤暮年古格叢林在重撥塵龕大智燈

三世如來尊頂法覆藏深密碧螺寒通身是眼自不見擘面出頭窺更難四義僅能分肉髻八還終恐隔花冠

爭如劈佛丹霞手揭露從教覿體看

寄龍安照禪師

隨分叢林古格存龍安眞是溈潭孫獨持一節無求世勘破諸方不出門石虎已忘蹲草見木蛇久滅住山痕遙知百事俱衰落尙有工夫虱自捫

聞龍安往夏口迎張左丞遂泝流至鄂渚相別還山作此寄之

無盡龍安兩勍敵大梅龎老是同參近聞赤壁同登賞想見清風助笑談已作汎舟游夏口又成橫錫過江南歸來萬壑松聲在依舊閑雲沒草庵

別龍安

揚來幕阜峯前寺彌勒同龕兩見秋今日他山生遠念何年此地復重游主人有道忘欣厭閉客無求任去留索紙題詩聊贈别更哦江海一沙鷗

次韻無代送僧歸吴

春掠溢江緑染眸多情還解向東流故應夜夢清蒼勝欲趁春光爛熳游飽學尚嗟心未死痛吟已覺鬢先秋何當一棹華亭上閑唱波寒月滿舟

懷友人

尋常輕别尚消魂何況交情過弟昆孰謂此身閑日月自慚踈跡信乾坤泠泠小雨江邊路薄薄浮煙竹外村回首舊游方契闊孤舟何處宿黄昏

汪履道家觀古書

風流前輩已成塵筆跡猶爲世所珍促膝猛觀驚盛事
臨風長想見斯人氣生偉逸龍蛇動秀發精神點畫新
破篋尚能多此物且欣汪子未全貧

悼性上人

三年三過龍安寺亹亹清談解遁人顧我偷閑久無侶
與君數面自成親轉頭忽作幽冥隔彈指空驚夢寐新
病眼看秋欲淒眩攀翻投老一傷神

秋日還廬山故人書因以爲寄

風葉鳴廊夜色晴隔雲微月稍分明下簾徒怯衣裳薄
拂榻空驚枕簟清病眼得秋還少睡壯心於世尚多情

何時却作廬山去渡水穿雲取次行

誠上人求詩

我昔車輪翠裏行只今懷想似前生那知古寺僧窗下偶見高人眼倍明秋月半鈎留客意凍雲千頃欲歸情杖藜笑出千峯去添得蒼崖響答聲

雪夜讀涪翁所作愛之因懷其人和韻奉寄超然

溪雨初收岸草微柳絲堪入綠羅機望中情遠恨煙樹何處暖多嫌衲衣却信眞人還有夢豈關禪子未忘機春風痛與傳消息教憶舊山新翠歸

公亮超然見和因寄復答之

高人秀句入幽微濯出秦川錦一機剪製未爲春步幛

暗投先作夜行衣語尊九鼎眞難荷意的千鈞善發機
早晚杖藜松下見應疑劉遠谷中歸

瑞香花

靈根聞是花中瑞可憐亦肯乘春開色深卷內淺巴錦
香濃入骨生秦梅也知秀麗不羣品最宜陰潔幽庭栽
落英紅葉不忍掃從教狼籍蒙蒼苔

別靈源禪師

平生風骨秀琳瑯水鏡胸懷未易量聲利光中忙趣少
煙霞影裏淡心長雲泉隱德無情動猿鳥侵身不亂行
他日定歸當卜築青藜紫蕨壯詩腸

贈許秀才

虬髯鐵面鶴精神水鑑心胸不受塵吹耳松風靠藜杖
倣衣山月岸綸巾虎頭猿臂成何事道骨方瞳亦可人
他日西湖如過我飲君一味武林春

送軫上人之匡山

何處高人雲路迷相逢忽薦目前機偶逢菜葉隨流水
知有茅茨在翠微瑣碎夜談皆可聽煙霏秋嶺欲同歸
翛然又向諸方去無數山供玉麈揮

與晦叔至奉新

欲去未成還執手西風疎雨晚絲絲暗驚歲月行飄忽
那更人生苦別離君已到心工筆語我今歸計老茆茨
冷齋後夜誰同宿莫向燈前讀此詩

送敏上人

密林病葉强翻紅已覺清秋夜氣濃懶復小窗邀獨秀
却應歸夢挂雙峯水分淮甸當懸席路遶匡山可振笻
若見虎溪谿上月爲言相憶作衰容

過孜莫翁

禹穴朝來散晚參一程隨便達雲巖南山任把浮雲蔽
西嶺猶將落日銜幽徑野花開舊菊石牀楸子下高杉
投宵夜永寒無寐艮憶眞僧衣不盩

次韻二僧題永安壁上

二休書壁詩爭妙促席吟時愧不同豪句大鯨秋駕浪
俊才細馬曉追風支笻放蕩千峯裏萬事收藏一笑中

約我清溪老蓮社茅茨相映小橋東

贈王司法

輕帆已有渡江期高會清游惜此時水閣颸煙晴試茗雪窗剪燭夜論詩衝寒遠鴈來橫浦弄色新梅半糝枝林下自知無一事亦應風月動關思

和許樂天

滄溟曾見化微塵花發桃源幾度春俗眼莫輕狂道士此身應是謫仙人清彈一曲悲風遠絕唱千章白雪新異日三茅成卜築却因瓶錫得爲隣

師復作水餅供出五詩送别謝之

草堂野飯蜀江濱妥貼寒光刻削人忽展五篇爭疾讀

便驚四座暖生春已欣蓮社風流在更覺溪山氣味新
放箸翛然廬嶽去門欄他日夢應頻

贈鑒上人

毗尼藏出清淨寶精進林生功德香但得身心常寂靜
自然毛孔發靈光蒼苔不厭芒鞵徹空翠偏宜壞衲荒
好在虎溪長不出阿持何意倘遊方

贈靜上人

雪摧枯慮默如瘖秋壓寒松老不禁一室閉門稀識面
半窗斜照自拴鍼重城此日留詩別疊巘何年結伴尋
衰退甯堪久塵土相看滿眼是歸心

表上人久事雲庵過余石門

凍折枯杉已死灰豈宜安著在塵埃偎衰不入今人眼
精進曾親古佛來愛子渠渠念戀惠爲余得得出巖隈
蒼顔華首供衰暮未死重逢更幾回

次韻超然

翠寒空覺此生浮歲月催人鬢易秋忽憶倚天廬嶽去
更尋清境武林遊情親愧與高人別興發徒煩夜月留
他日西湖遠相憶爲君一笑散沙鷗

寄楷禪師

龍蛇頭角混埃塵臨死方知老淨因三度傲辭天子敕
一生甘作淨名身虎皮羊質成何事牛馬襟裾亦謾陳
須信屈原千載後空門猶有獨醒人

璲首座出示巽中詩

左手不仁右手明懐情亦復棄藜牀不知門外山花發
但覺君來笑語香頗紹神情掃秋晚瘦權詩句挾風霜
兩翁杖屨相追逐此夕因依夜話長

贈李秀才

門掩青山相並居愛君家法不蕭疎錦囊舉子能佳句
瑞鳥隱公多諫書學士八塼聲價在謫仙千首笑談餘
清朝第一他年事且看歸來著翠裾

贈修上人

我愛修公亦自賢未忻城郭愛林泉醉騎鯨背詩遺落
閑把牛毛字細編還我青山當夏晚乞君佳句著牀前

雨餘獨凭煙雲上目送孤鴻落照邊

次韻超然竹陰秋夕

月脇雲行夜未深滿庭風露葉辭林知誰墻外千竿竹分我窗西一畝陰山好已無歸國夢老閑猶有讀書心剩題詩句酬幽隱歲月翩翩接翅禽

廬山寄都下邦基德祖諸故人

勢占江南三百里煙霏相映出層樓芒鞵竹杖山兼水坐看行吟春復秋浮世萬途成底事吾生一飽更何求故人京洛風埃地能信山中此樂不

送宗上人歸南泉

燈外佳眠試冷齋欲成歸夢暗驚回一軒秋色侵衣重

半夜波聲拍枕來江國潮平人獨令海山家在意徘徊倚藤明日秦淮上看子風帆十幅開

晚坐藏勝橋望石門

好山千葉青蓮曉斫額令人意已消微出樓臺知有寺倦行雲樹忽逢橋此生未覺叢林負肯處眞教日劫超閒拾墮薪成淺立細泉幽澗響寒蜩

至圓通僧覓詩

漱霧跳珠響澗泉千峯秀出雨餘天共驚繡帽銅腮老重到香鑪石耳邊清境荒涼歸歎息故人迎笑尚依然明年過此還相見應及春風社燕前

送僧遊南嶽

古寺閒關聊作招夏秋歸思謾迢迢枕中柔櫓驚鄉夢
門外秦淮漲夜潮想見舊房生薜荔不堪疎雨在芭蕉
何時却理緣雲策峯頂同誰看石橋

送隆上人

人生聚散等兒戲夢境紛然此一時老去漸知爲客味
秋來長作送人詩感君義色分心曲慰我年華兩鬢絲
想見故鄉霜菊後屋頭千樹橘纍垂

次韻諒上人南軒避暑

人間酷暑推不去愛此南軒一榻空眼倦拋書成午睡
夢悠誰復羨王公豈知塵土隨肥馬但覺熏風掠壞桐
起步西園閒倚杖石榴花出數枝紅

贈吳山人

已得希夷旨趣深，平生蹤跡任浮沉。壺中景待和煙臥，海上山須帶鶴尋。月裏一枝慵舉手，人間萬事肯關心。出塵風骨憑誰識，且枕焦桐混世吟。

東溪僧聽泉堂

諸方游徧歸來晚，閒構虛堂贖世紛。雷轉空山動林葉，雪飛亂石濺溪雲。石橋舊處龍湫吼，漱玉曾看嶽色分。拄策眼高雙耳聵，上方白塔却親聞。

送莊上人歸雲居

青鎖曉開殘雨上，煙鬟春解笑聲中。叢林今日猶雌伏，膺簡當年是法雄。露盌憶嘗安樂味，錦籠曾著瑞香紅。

何時玉鉢青林下與子婆娑小立同

上元宿百丈

上元獨宿寒巖寺臥看篝燈映薄紗夜久雪猿啼嶽頂
夢回清月在梅花十分春瘦緣何事一掬歸心未到家
却憶少年行樂處軟紅香霧噴京華

次韻黃次山見寄

君詩清絕似沅湘寫妙宣心氣味長地僻且爲三徑樂
才高眞是萬夫望隨流我自分涇渭賞駿誰能略牝黃
自古豐城匿神物斗牛應覺動光芒

石門文字禪卷十終

石門文字禪卷第十一

宋釋德洪覺範著

七言律詩

春日同祖賢二道人步雲歸亭忽憶東坡此日詩有懷其人次韻

詳家楊柳欲遮門依約東坡醉處村捶地不堪華屋句仰天空記刻舟痕尚餘千載風流在乞與三人語笑温歸路松風吹凍耳共追前事弔英魂

與客論東坡作此

東坡醉墨浩琳琅千首空餘萬丈光雪裏芭蕉失寒暑眼中騏驥略玄黄機輪妙轉風雷舌春色濃纏錦繡腸

可惜騎魚上天去斷絃空壁暗淒涼

京師上元觀駕二首

及時膏雨已闌珊黄道新泥曉未乾白面郎敲金鞚過紅粧人揭繡簾看管絃吗月宣和氣燈火燒空奪暮寒咫尺鳳樓開雉扇玉皇仙仗紫雲端

閣雨輕寒斂夕氛青牛畫轂已爭奔皇州浩蕩風光裏紫陌喧闐笑語温冠壓花枝馳萬騎簾垂繡箔卷千門特傳詔語君恩重凝睇天階謝至尊

次韻天覺進喜雪

萬馬天街聽啓關曉光佳氣潑人寰春生殿閣玲瓏外秀發園林頃刻間爲瑞懽聲浮動植爭妍詩句麗江山

從教飛上朱藍袂點綴彤墀玉筍班

別天覺左丞

童頰清光已渾圓共驚玉骨解藏年庵中篆縷長凝帳門外雲濤欲際天道眼從來無異見微蹤何幸預談禪新詩滿篋江南去又作叢林盛事傳

李德茂家有魂石如匡山雙劒峯求詩

胸次能藏大千界掌中笑看小重山飛來華嶽一峯失幻出匡廬雙劒閒偶觸篆煙雲點綴戲澆硯滴瀑孱顔莫將道眼生分別隨意聊安几案間

余昔居百丈元夕有詩後十年是夕過京師期子因不至

北游爛熳看并川重到皇州及上元燈火風光記前事管絃音節試新翻期人不至情如海穿市歸來月滿軒忽憶寒巖曾獨宿雪窗殘夜一聲猿

都下送僧歸閩

汴水悠悠去不回綠波垂柳眼初開日邊無意事迎送海畔有山歸去來白却人頭忙日月緇飄山衲亂風埃此行若到忘情處拂石猿聲後夜哀

夜雨歌懷淵才邦基

劇笑無因見秀眉勞生會合恨難期永懷京國舊游處伏枕夢魂初破時戰葉蕭蕭山雨後遶牀唧唧草蟲悲明年定復西歸去船尾何妨載我隨

寄權巽中

摩雲標格久去眼傳得詩詞錦段新雪玉在躬秋滿鬢風雷爲舌語驚人留連南浦西山雨棄擲鑪峰繡谷春何日詩肩擁寒帔對牀聽我說京塵

書承天寺西齋壁

半年客食毗陵寺頗厭塵埃汚衲裙雖有一身猶外物且將萬事付浮雲忽思放浪佳山水要與頑麻散骨筋涼夜滿庭風露重竹梢微月欲紛紛

靈隱送僧還南嶽

海隅相識笑談餘清境同疑在玉壺方作靈山棲小嶺又隨君水出東吳透鬢白雪驚衰老脫手青春入歎吁

懸想他年衡嶽寺雨窗相對話西湖

宿靈山示月上人

地靈形勝自天成山色溪光潑眼明北岫飛來幺鳳落
東隣相去一牛鳴霜筠遶寺秋無數璧月臨軒夜更清
已約高人結蓮社他年香火寄餘生

送僧歸石門

曾學雲庵逸格禪別來江柳幾春煙相逢水寺初嘗橘
忽憶風簷共擘蓮遙想到山寒食後却思分手上元前
與誰振策西湖路清曉一聲啼杜鵑

至西湖招廓然遊春

別後西湖長在夢相逢氣韻宛清真劇談要使君頤脫

大笑從教坐客瞋淮海飄零方見友湖山秀絕更逢春快當火急追清景莫厭尋幽散策頻

廓然得石門信歎其踵席非其人用韻酬之二首

相對天涯歲月新石門消息遠難眞乘閑且覓幾場笑疾惡休生一念瞋襯鷺芙蕖方破暖藏鵶柳色又殘春光陰如此空搔首行誦知歸倦鳥頻

頹綱安得見重新紅紫紛紛正亂眞已矣無才吾自歎慨然有志子宜瞋閑尋陳迹消磨日强作新詩挽絆春振策蘇隄朝復暮路人應笑往來頻

廓然再和復答之六首

獨立湖邊一笑新紛紛世事信非眞竹林逢寺端須往

藜杖敲門不怕嗔僮僕見人空自若軒窗幽處亦藏春
老僧那識閑來興怪我時時過此頻

與君藉草湖邊坐聽我論懷句句眞慵鬬睡魔强分怯
懶酬詩債不須嗔亦知人壽一百歲已識老來三十春
相見幾回開口笑憂愁風雨可勝頻

湖水行歌鴨緑新吳音清軟十分眞但知客子幽情快
不管游人醉眼嗔戈昔曾聞能倒日筆今猶喜解收春
剩將詩句藏深篋歸去須知展玩頻

處處山川俱勝絕滿村風物自純眞横舟隔岸殊堪喚
吠犬隨人不識嗔歸鳥獨飛當晚照鳴鳩相應正深春
心期卜築藏幽隱忽笑行行指劃頻

湖山昔夢雖非實開睫今游未必眞久客情多空自厭
故山歸晚欲誰瞋聊將愁裏十分興更賞湖邊一半春
君儻肯來尤所願莫辜日日作詩頻
繞舍初晴對意新出門幽鳥語如眞催耕布穀殊堪聽
勸客提壺却莫瞋壠麥約風遠有浪海棠經雨忽添春
可憐好景無人共回首斜陽太息頻
明日欲往龍華瞻大士像廓然和前詩敘其事又
用韻答之
雙林大士不復見聞說龍華畫像眞要向冰霜識風骨
願求清冷洗貪瞋空庭再拜儼如在扣几重看喜勝春
我亦鈍根期聽法質疑他日故應頻

又和前韻二首

頭白逢人宛似新自嗟世態不容眞君才廓落宜無合我語剛強屢被瞋千里來尋非愛雪一時行樂謾游春隣居冷淡應相笑數夕温然語話頻

篇篇俊逸間清新老閲羣才始見眞秀却採蓮溪畔態豪吞指壁柱邊瞋肺腸舊信能纏錦文字今知解鬬春筆力肯低容我和詩成無惜寄來頻

偶讀和靖集戲書小詩卷尾云長愛東坡眼不枯解將西子比西湖先生詩妙眞如畫爲作春寒出浴圖廓然見詩大怒前詩規我又和二首

居士多情工比類先生詩妙解傳眞只知信口從頭詠

那料高人作意瞋雲墮鬟垂初破睡山低眉促欲嬌春
何須夢境生分别笑我忘懷歎愛頻
輕狂舉世誰非僞遲鈍知余却甚眞未把僻懷投俗好
且將狂語博君瞋已嗟心折垂垂老忍看花飛片片春
滿眼閑愁圖不得江南無奈到心頻
錢濟明作軒於古井旁名冰華賦此
刮地陰風剪玉塵那知此井解藏春折膠墮指嗟時事
秀骨温顔似主人碧甃湛明堪數髮小軒深静可收身
超然高趣眞難及淚士愚溪一笑新
鍾山悟眞庵西竹林間蒼崖千尺歲久折裂余與
敦素行山中至此未嘗不徘徊庵僧爲開軒向

之盡收其形勝名曰兩翁作此

水邊脩竹幾堪數竹外蒼崖巳半頽我輩自追方外樂
軒窗誰爲此間開待邀山月三人共要聽松風萬壑哀
坐久篆畦香遶遍碧消煙縷雪殘灰

次韻敦素兩翁軒見寄

識暗長嗟末燭微坐令歸夢遶巖扉忽驚塵土登鬚鬢
巳覺雲山負衲衣孤坐知君扶瘦策此詩慰我脫危機
天藏鍾阜一區勝乞與君儕爲發揮

大風夕懷道夫敦素

病覺春寒花信重起來散策夕陽中方收一霎挂龍雨
忽作千林攧鵠風淮水粘天雪翻浪吳山吐月鏡緣空

二豪詩眼應驚歎覓句遥知與我同

宿鹿苑書松上人房二首

數峯煙翠疊黃昏忽見松間窈窕門好境未將佳句寫幽懷先與故人論隔林每恨音容阻此夕相逢笑語温雪意不成應有月夜深同看湧金盆

冷齋託宿自攜衾臥聽松風度栗林黃卷青燈紙窗下白灰紅火地爐深夢回清響春巖溜夜久幽香噴水沈慣作横刀眠下板爲君今有住庵心

李師尹以端硯見遺作此謝之

歙珍先數刷絲紋那料端谿更逸羣已作退閑今似我温然自重尚如君豈宜禪室埋聲價合在文場著策勳

忍垢風檣應有夢夢隨筆陣掃煙雲

次韻王節推安道見過雲蓋二首

湘山名與故山齊寺在沙村斷岸西繫馬槐根秋雨歇倚欄雲際莫猿啼公宜談笑光臺閣我合摧頹老澗谿袖有新詩如瀉出逼人駿氣不容羈

睡起春衫取次披髩雲隨從倚欄時生憎柳底鶯聲巧不分花前日影移伊昔笑來憂易老而今思去恨難追林梢懸挂團團日無語東風玉箸垂

宿石霜山前莊夢拜普賢像明日到院見壁間畫如所夢有作

十幅蛾眉紫翠寒何人遐想發毫端忽驚瑞色雲間相

曾向清宵夢裏看影像不真心自寂悟迷無隔指空彈了然一念非新故我與羣生入正觀

贈湧上人乃仁老子也

照人風骨玉頎然來慰衰遲亦自賢肝膽秋光磨洞徹齒牙嶽色嚼芳鮮應傳畫裏風煙句更學詩中文字禪已作一燈長到曉定能百衲不知年

道林喜見故人

十年一别今重見風度依然照映人韻勝折松秋露骨氣和寒谷夜生春三都君已傳名譽萬事吾今付欠伸夢境樓鐘同此聽獨尋陳迹記前身

送日上人歸石門

三界無家誰適從大千俱集笑談中江南湖外夢到曉
宴坐經行月運空狐死懷生正邱首烏棲知暖擇南風
石門今日名天下想見沿崖一徑通

靈隱山次超然韻時超然歸南嶽住庵勸之

君亦工詩苦入神冥搜物象故應貧客兒亭下纔相見
巾子峯前便卜鄰夢裏筆期生蘂蕚胸中鏡懶拂埃塵
何當鉏斧住山去要看青原一角麟

湘山獨宿聞雨

殷牀鐘靜自垂簾庭樹無聲欲雪天山寺淒涼容我宿
地罏深暖枕肱眠銅瓶秋蚓爲誰泣蠟燭春花亦自妍
夜半夢回聞驟雨十年縱跡一茫然

讀三國志

無計酬勞夏簟涼遺編枕上閱興亡氣增髯竟從玄德
笑裏瞞徒造子將漢鼎未移存北海蜀兵已挫失南陽
莫將勝敗論人物忠義千年有耿光

妙高老人臥病遣侍者以墨梅相迓

高絲纔歇轉輕雷無數晴峯笑靨開大士已聞方臥疾
小空端遣出山來寶方世路知無隔俗駕山靈故勒回
多謝高情餞春色十分渾在一枝梅

別李公弱

殘紅換得綠陰成隨分閑愁取次生須信百年終有別
未能一日便無情何時嶽色君同看後夜湘晴我獨行

好在西園行樂處爲誰依舊月華清

贈關西温上人

鐵面關西氣逸羣平生蹤跡付浮雲瓜州渡口曾同泛石廩峯前又見君荔子招呼閩嶺外白粳留滯汝江濆拄藤更入西川去要讀豐碑未見文

將登南嶽絕頂而志上人以小團鬭夸見遺作詩謝之

壑源獨步寶帶夸官焙無雙小月團未作濃甘生齒頰先飛微白上眉端湯聲蜂稱秋窗晚乳面鵞兒春甕寒飲罷爲君登絕頂俯臨落日看跳丸

題草衣巖

鉏頭當枕草爲氈曾與高人說任緣豈料大嫌沽世價未應虛費買山錢閑編木葉輕於紙細葺蘆花軟勝緜石室至今增壯觀可知千載得人傳

與僧游石頭庵

我攜骨面潛谿子來訪西山鈯斧庵夢蝶人驚猶栩栩藏鵶柳暗已毿毿峯連小閣宜春望水遶重城隔夜談欲喚扁舟尋熟路與君支策上千巖

題還軒

老去情枯道自肥大刀破鏡露全機山邊湖水無行路枝上春禽亦倦飛半夜舟移空壑在故鄉家是昔人非炷香閱徧楞嚴義坐看煙消一縷微

送曉上人歸西湖白閣所居

我憶錢塘雪鬢新三年東望肺生塵那知南浦清湘岸忽見西湖白閣人熟視音姿疑夢寐便驚風物有精神翛然又入千峯去惆悵孤雲野鶴身

法輪齊禪師開軒於薝蔔叢名曰薝蔔二首

人世百年蝴蝶夢紛紛栩栩逐春繁觀根戲掃旃檀座隨意爲開薝蔔園君每據梧深有味我來欲問自忘言叢林何必猶迷照香在枝頭不在軒

響石岣嶁峯下寺小軒開處近山房苾芻來問宗風事薝蔔爲熏知見香聊復淡然成獨坐從教此語徧諸方鈍根不識金輪轉摘葉尋枝謾嗅芳

南嶽法輪寺與西林比居長老齊公築堂於丈室之西名曰雪堂作此寄之

法道陵夷賴典刑此堂眞有救時心坐令衡嶽爲嵩嶽便覺西林近少林面壁高風知獨振薝花細雨爲誰深故應弟子分皮髓未愧駒兒善古今

送覺先大師覺先參佛照圓通二老

浮玉道人雷電舌法雲老師冰雪顏後來事聽諸方外先數君游二老間只把黑甜酬世味從教螺鬢有詩斑乘秋曳杖歸何處萬疊匡廬是故山

宿慈雲

門前便是小曹谿只欠孤猿嶺上啼水磨自鳴當濬澮

漁舟閑泊近沙隄經游況是閑心遠富覽誰能與物齊
一宿少留終未足會須移錫向高棲

和答素首座

勘破諸方剩得閑歸來嶽寺掩深關我行淺麓驚同地
君在翔鸞杳靄間契闊獨期當再見峻嚴爭說不容攀
勿矜出岫無心久弱羽銜風亦欲還

道林送鴻禪者江陵乞食

一篙湘水碧於螺瑩淨無痕不受磨曉霧有情呵素鏡
東風作惡卷纖羅老來談笑追隨少歲晚別離頭緒多
浦口送君聊倚杖會看歸棹掠晴波

還太首座詩卷

料理詩情難復難縈心結思傾毫端奪回天地英秀氣
坐令落紙生風寒老猿夜月呌蒼壁孤鶴曉霜疏羽翰
精神清韻知幾許付與後來能者看

送秦少逸

秦郎毛骨玉壺秋望見令人忘百憂便覺宗之未瀟洒
肯容如晦獨風流來爲南嶽脩然別去作東華爛熳游
想見醉圍紅粉處雪牋佳句挽銀鉤

送僧歸筠

西津渡口唐朝寺到眼瀟湘厭飫看誰遣松聲環坐榻
更令嶽色墮欄干君如烏倦今知返我與鷗盟久已寒
想見若耶溪上路正嘗盧橘帶甘酸

宿臨川禪居寺書方丈壁

雨過沙村繫客船行間樓殿帶晴煙夜深霜月涼於水門外雲濤遠際天禾稻豐登如棄土菱蓮甘美不論錢好峯不住猶行役忽憶鍾山㵎泉

朱世英守臨川新開軒而軒有槐高數尺因名之作此

聖朝賢佐蔚如林天獨於君著意深喜氣欲傳黄閣信夏窗先露綠槐陰望雲忽起懷親念隱几難忘濟世心他日此軒成故事壁間應載野僧吟

世英梅軒

平生忠孝兩難忘乞得隣州近故鄉清白夜晴千里月

蕭巖秋迥一天霜數行經徼臨清曉半印香消倚夕陽

記取東軒談笑處庭梅他日似甘棠

送琳上人并序

孔子之門弟子三千人咸曰孔子自生民以來未有

獨宋司馬桓魋害之欲殺者數矣未濟其欲猶至於

伐樹削跡自是觀之則能賢者固難而知賢者亦未

易得者琳能口山谷又畜其像別余訪了翁豈可多

得哉作此送之然琳曰明年當過谷山游南嶽諸剎

也

髯琳身小膽崔嵬巖冷中藏熱肺懷京洛歸來嘗自說

湘山游徧與誰偕解將骨董藏涪叟又負籚篅訪了齋

更說開春南嶽去，要尋浯水看磨崖。

次韻信民教授謝無逸游南湖

春游每覺客愁消，最愛晴湖漲柳橋。鴨綠皺寒初拍岸，鵞黃照影自垂條。惱人風物今如許，著意春光已不撩。但得與君同一醉，何辭日日作詩招。

思禹兄生日

文章瑞世本奇豪，風鑒霜天夜月高。且袖玉堂批詔手，戲來山邑試牛刀。意長千里奔賴尾，恩重三山壓巨鼇。滿薦壽觴何所祝，祝祝公親見折蟠桃。

崇仁縣與思禹閑游小寺啜茶聞碁

平生閱世等虛舟，臨汝重來又少留。攜弟來逃三伏暑

入門拾得一軒秋隔墻晝永聞棊響陰屋涼生見樹幽
又值能詩王主簿飯餘春露啜深甌

余居臨汝與思禹和酬甌字韻數首後寓居湘山

思禹復和見寄又答之

涔蹄小邑著吞舟未起風雷更少留饌客酒酣顒玉纈
侍兒歌送眼波秋詩成槲葉江村處想見楊花院落幽
綺席憶曾嘗設醴預聞談笑把空甌

次韻蔡儒効見寄

獨宿圓廬意自清夜涼林木寂無聲鏡中白髮今慵剃
夢裏浮華已懶爭故國別來空好境舊游誰共讀題名
遥知他日重相見握手應驚太瘦生

金陵初入制院

依然收付建康獄拴索瓏璁驚市人寄語小兒休嬲相
未妨大士戲分身懶於夢境分能所枉把情緣比客塵
笑視死生無可揀目前刀鋸若爲神

寄超然弟

深掩圜扉夜向闌夢驚清境慰辛酸臥聞尨壠集微霰
起覺衾裯壓薄寒憂患飽經心老大雲泉歸晚鬢凋殘
書空偶爾成詩句寄與西林阿永看

初至海南呈張子修安撫

南來稍復召驚魂知有留侯異代孫未即解衣廿九死
試令騎馬賦千言瓊山有月光相射玉海無風浪自翻

戲下應傳獲羅什禿頭爭看戴華軒

抵瓊夜爲颶風吹去所居屋

貪看長鯨吸舟楫忽驚嬌蜃吐樓臺朦朧醉憶王城別汗漫游從海國來夜半颶風攜屋去朝來瘴霧放天回會須横笛騎雲背笑響從教落九垓

出朱崖驛與子修

投老南來雪滿顛羈囚不自意生全久爲白骨今重肉已臥黄泉復見天報德定應追結草効忠那肯愧餐氊此詩清絕如冰雪乞與江山洗瘴煙

別子修二首

疆場探騎斷犇埃院落棠陰暗綠苔上疏乞閑追鮑艶

載書歸老繼吳恢爭懷父毋三年化愁見風帆十幅開勿剪青青堤下柳念公遺愛手親栽

漂泊孤蹤一轉蓬語音雖在變形容瘴鄉猨鳥今爲伍螘穴王侯昔夢封海闊盲龜登木孔山高纖芥落鍼鋒公歸不得參行馭心折淮南紫翠重

蔡州道中

北來行盡關山道粱宋郊墟眼力微飲食甘酸雜淮甸語音清軟近京畿黄塵又向九天去槁項新從萬里歸投老不堪行役苦手遮西日想巖扉

余號甘露滅所至問者甚多作此

老儼化身甘露滅不妨鬚髮著伽黎虚舟閲世鴟夷子

彗箒　除王伯齊香火共修心老大樓鐘重聽意淒迷
餘生未覺全無累折脚鐺猶手自提

海上初還至南嶽寄方廣首座

天風吹笑落人間白髮新從死地還往事暗驚如昨夢
此生重復見名山倦禪想見堆危坐知法應抛放縱閑
初嚼芳鮮動詩思一篇先寄倩君删

陳生攜文見過

海外歸來兩鬢秋自嗟無地可逃羞攜筇肯過驚時聽
炊黍能爲信宿留睡觸屏風譏富貴笑分齋社致公侯
遺編家世丹青著鐵硯磨穿未肯休

至筠二首

文字禪卷十一　　　　　　　　　　　　　　　　　　　　　　　　長

乞漿問路到筠溪天氣清和得所宜父老相逢班草坐
風光初過採茶時摩挲禪榻營春睡想像齋厨辦晚炊
白首不知舟壑走壁間來讀舊題詩
偶喚歸舟隔亂谿春山偏與晚相宜自尋熟路懸崖去
正是新秧刺水時身健已如秋社燕夢回猶看客亭炊
雨窗燈火清相對畫出淵明五字詩

示超然

秋光滿鬢萬事死慚愧眼明牙齒牢野寺閑眠聽風雨
海山猶夢渡雲濤事非白傅方驚鼎迹隱庵丁巳善刀
一徑莓苔三十載未容此老獨奇豪

九日

去歲重陽瘴海濱病拈霜蘂嗅清晨身閑已斷思歸夢山好仍逢稱意人卯飯露葵欣旋摘夜窗風栗共嘗新妙年衲子應相笑癡鈍耽源老應真

二十日偶書二首

春林院落曲欄東小立初迎到面風冰齒寒生花坼信濕梅煙重雨毛空病衰老去登臨倦節物年時氣味同却掩鑪煙閑深閣忽驚西日借窗紅

此生早衰坐世故末路易歸驚嶮艱臨事無疑知道力讀書有味覺身閑解醫憂患臂三折難隱文章豹一斑永媿皖山赤頭璨不令姓氏落人間

陳瑩中左司自丹邱欲家豫章至湓浦而止余自

九峯往見之二首

鴈蕩天台看得足却搬兒女寄蓬窗徑來漳水謀三頃
偶愛廬山家九江名節逼眞如醉白生涯領略類湘龐
向來萬事都休理且聽樓鐘噎夜撞
與公靈鷲曾聽法游戲人間知幾生夏口甕中藏畫像
孤山月下認歌聲翳消已覺華無蔕鑛盡今知珠自明
遠壑夕陽殘雨後一番飛絮滿江城

次韻李端叔見寄

一官游戲且同塵夢寐江湖亦可人軒冕久知身是寄
魚鰕纔說口生津解嘲鏡裏蕭踈鬢時吐毫端浩蕩春
自古浯溪好風月買山終欲與君隣

赴太原獄別上藍禪師

平昔巾盂共空壁只今樓觀礙層霄道心針水妙應在俗眼雲泥謾覺遥道路爲家身是寄死生如夢意全消明年五頂東游徧來聽吳音發海潮

太原還見明於洪水上藍問明別後嘗寓則曰十年客雲居感歎其高遁作此

清軟吳音笑展眉芳鮮猶在雪霜姿十年不下歐峯頂一旦肯來漳水湄湘巘春深重記處風飈雨歇對聞時紅塵未可因藏跡要卜雲泉結後期

温上人自廬山見過

雀羅門巷楊凝塵千里相尋駭四隣好事真誠虹貫日

照人清氣水含春忽驚我禍今無比高笑君癡亦絕倫
此别遥知想標格淺雲東崦對冰輪

荷塘暑雨過涼甚宜之見訪作此

居近池塘春意在路穿空翠夕陽多隔林放鹿哀怨語
掠水幽禽撲摝過得雨村囂覺風味分秧天氣愛清和
莫辭坐穩相尋數酣戰難回指日戈

重會言上人乞詩

海外歸來五見春棃衣兩識帝京塵此身已覺渾無累
爲累空驚尚有身厚善最憐山解事歲寒更愛月情親
鷲峯峯下重相見雪作飛花一笑新

誠心二上人見過

破夏來尋甘露滅，快人如對水晶輪。煙雲掃盡詞傳意，知見不生情透塵。旋縛茅茨吞遠壑，偶臨簷隙見歸人。露芽便覺如浮雪，品坐同分一盞春。

秋夕示超然

殿閣知誰燒夜香，矮窗燈火試新涼。草蟲對語僧臨砌，露葉翻光月轉廊。補綴高風三襪綫，破除清夢一匡牀。與君遊徧人間世，折脚鐺中味最長。

鞦韆

畫架雙裁翠絡偏，佳人春戲小樓前。飄揚血色裙拖地，斷送玉容人上天。花板潤霑紅杏雨，綵繩斜挂綠楊煙。下來閑處從容立，疑是蟾宫謫降仙。

石門文字禪卷十一終

石門文字禪卷第十二

宋釋德洪覺範著

七言律詩

謁靈源塔

高䭾駕浪過南溟那料歸來掃此亭桃李成陰春老大谿山好在鬢凋零兎燈已照宮商石卵塔分藏服匿瓶春雪尚能知客意蕩除毛孔瘴煙腥

春日會思禹兄於谿堂

門前谿水蒲萄綠風掠松窗料峭寒忽憶十年同禍福那知今日共盤餐盡籖書策齊幽架已買漁舟泊小灘君會不嫌村落僻乘閑來此弄漁竿

招夏均父

北山深轉青松壑，萬疊煙霏空翠堆。元亮果堪中路竢，子猷那敢棹舟回。烏工魂夢尋公去，蟬蜕塵埃出郭來。他日荆林談笑處，行人應指兩翁臺。

贈僧

欹枕無人夢自驚，回廊廣殿午風清。已浮春露澆詩膽，更炷水沉熏道情。憂患摵牀聞蟻鬬，功名殷鬢作蚊聲。欲依淨社陪香火，僻處安排折脚鐺。

資國寺西齋示超然二首

對眠偶此風雨夕，又近寒巖槲葉村。謝畫未成風鑒在，韋郎不見語言存。歲時暗覺持山去，憂患空驚斫水痕。

綠髮彫零心已死成蹊桃李落華分
人間炊黍未及熟萬事只今歸欠伸已織青駒餞華騮
更披白帢稱閑身遺編終不求甚解故人但願長相親
去年此日瓊南岸漲海翻天探騎塵

贈寄老庵僧

自憐玉鉢雙峯信來訪牛頭懶比邱山色深濃過夜半
月華清亮近中秋已欣境勝如龍阜更覺庵幽占鳳頭
夢幻此身猶且在杖藜投老得追遊

懷李道夫

半篙晚漲綠楊灣接翅鷗歸霧雨殘數疊吳山圓楚夢
一番花信釀春寒別時小語依然在隔歲來書展復看

補衮胸中五色線只今應作怒蚍蟠

余所居連超然自見軒日多啜茶其上二首

三生事辦吾知要一室香凝獨掩門睡足便驚清晝夜

火紅消盡白灰存巷無俗駕蝗紛繞隣有高人玉粹温

隱比份膺猶可媿會茶時復到幽軒

功名今古一雞肋美味那知是禍根掃迹世途龜曳尾

僻居烟霧豹埋文如期見訪穿窗月不告而行出岫雲

火浴未爲無伴助塔吾遺骨尙煩君

徐師川罪余作詩多恐招禍因焚去筆硯入居九

峯投老庵讀高僧旵箭傳忽作數語是足成之

以寄師川師川讀之想亦見赦二首

歸來臥起有餘適老去消磨無雜緣門外不知何歲月
夢中亦覺在雲泉千年高道誰酬價一世清閑我賣錢
安得道人江北去此詩先錄寄師川
古書漫滅字斕斑眼倦頽然整頓閑以法爲親疎世相
視身如幻寄人間業緣有盡今脱手老態無因日上顔
巳辦一瓢期澗飲要刳餘潤到崑山

雲巖寶鏡三昧

寶鏡當機不密傳纖毫滲漏墮言詮圓伊三點分賓主
妙挾雙明絕正偏暗裏丹青元異色句中涇渭本同川
嬰兒索物哆啝耳與物甯瞋語未全

過永甯寺

已背荒南過永甯犯寒呵手捉枯藤雪如鏡底頷絲白
山學誰家眉黛青射影風光知脫離伐冰門巷覺添增
故人不用驚風帽我是前身臥像僧

十一月十七日發豫章歸谷山

急景窮冬一千里筍輿部曲去悤悤候船班草江津岸
曝日探簷山店中袖手歸休今日是隔生冤債轉頭空
湘西雪後青松徑想見聲盤萬壑風

立春前一日雪

明日立春今日雪雪中殘響滴虛簷方增謾說寒威在
不絕潛知暖氣添客去旋開書對語閑多偏與懶相兼
湘山自古愁眉淺縱御鉛華不到尖

明年湘西大雪次韻送僧吳

夜殘陡覺寒生骨夢斷空驚月轉簷瓶響臥聞秋蚓泣火紅起撥白灰添欲酬清景尋儂去更棹扁舟與子兼要倩新詩寫愁絕笑呵凍硯蘸毫尖

題清富堂

此堂冠絕湘西勝枯木名多道不窮用谷量雲當衣鉢以江盛月展家風買山歸隱眞寒乞借竹爲軒落笑中綠錦漲連青玉浦剪裁磨琢費詩工

湘西暮歸

筍輿鼓角背層城湘水涸盡行沙汀嶽麓雪雲獻樓閣橘洲煙雨學丹青此生多艱付跛挈投老餘閑到寂惺

蒼鬣萬身門窈窕歸來風葉掃空庭

效李白湘中體

夕光江搖魚尾紅何處扁舟開晚篷鴈字初成春有信烱囊空好雨無蹤荒寒數葦橘洲岸領略半窗湘寺鐘浦口行人已爭渡林下歸僧欣一逢

次韻王舍人蘭室

起𧄍清香試返魂松花閑泛刷絲紋幽齋事業誰同辦小斛蘭叢手自分家世到今猶玉食交朋强半在青雲笑談塵尾延僧宿要聽清言洗俗氛

次韻熏堂

無言桃李已垂陰小雨南風自滿襟佳客偶來持茗盌

寶書看罷整瑤琴未容絲竹陶閑適盡把雲山付醉吟圖畫麒麟他日事不將行樂負初心

次韻寄傲軒

道夫飛鳥倦知還一鉢安巢又故山無累自然增逸興有名終恐廢長閑背時生計風煙上隨意園林指顧間應笑市朝爭奪者暗驚清鏡失朱顏

次韻吏隱堂二首

拄笏西山爽氣新萬人如海一閑身堂中自蠟登山屐門外從增沒馬塵美祿方辭緣肆志華軒偶羨見清眞遺編半掩思標致未必今人愧古人

此堂華構面層城意趣追回萬古情落帽被嘲眞有道

買金償謗亦求名黃庭卷掩凝香縷畫戟門深列衛兵
安用山林笑朝市戲將軒冕寄餘生

次韻集虛堂

從來飽覩有仙風腦滿方知氣自冲萬事收藏微笑裏
十虛俱集一塵中乾城不礙丹青色天女何殊大小空
滿地落花春寂寂岸巾時倚曲欄東

次韻宿東安

淡雲缺月雨微茫獨酌沽來竹葉香已把功名比雞肋
更驚世路似羊腸心情老去俱消盡詩律年來覺倍强
解誦東坡北歸曲此身安處是吾鄉

次韻宿黃沙

無計遮攔歲月飛歲歲除江寺老垂垂自圍紅火堆危坐
熟讀黃沙感歎詩已笑因山論肥瘠更驚逢水說分離
重湖去國三千里想見殘釭夢斷時

次韻雙秀堂

窗戶青紅花木繁午陰脩徑接深關人如巢許逃名迹
山學娥英露髻鬟採菊悠然常獨見望雲時復對僧閑
夜聞松雨驚飛瀑疑宿匡廬黃石間

次韻垂金館

風簷負日背胡牀干顆初驚昨夜霜噀霧香爭和露擘
過墻枝作照林光佳名曾用題書尾小字仍呼背藥囊
先與兒曹爲美兆讀書窗映笏頭黃

次韻贈慶代禪師

蓮峯千葉吐晴烟玉頰遙知一粲然梅塢雪消香錯莫庵僧老盡氣完全暗驚夢蝶人間世回看醯雞甕裏天誰見清言橫麈尾滿庭風露竹娟娟

次韻宿清修寺

湘山也學廬山好落瀑聲飛繡谷風正欲來歸向兒說戲將收拾入詩中浪驚醉枕寒松響春滿茶鐺活火紅清景骨飛嗟未到故應唯許夢魂通

次韻自清修過大溈亂山間作

行盡湘南盡處山愛公高韻不容攀會當拭目瞻雙闕應笑尋幽到百蠻甚欲解鞍休犖确更能揎手弄孱顏

定知醉看千巖曉大字題名石壁間

次韻郴江有作

持節南來喜欲狂弄舟時得棹清湘然膏獨宿牽牛洞枕玉曾眠錦瑟傍未可便尋閑作伴不須先以醉爲鄉金城馳至陳方略要指先鋒一破羌

次韻題罷徭亭

聞君新構罷徭亭邂逅河源又報清郡郭不輸天子賦谿山偏協野人情唐虞暇日饒耕鑿秦漢當年泯戰爭風月倚欄如可借待攜斗酒話昇平

次韻題西林廓然亭

堂堂葉脫露遙天自炷臨軒一穗煙貴客獨遊聊爾耳

道人相見亦欣然，是身已悟浮漚久，萬象中觀寶鏡圓。寄語橫機莫相試，刻舟甘作小乘禪。

次韻題方廣靈源洞

萬峯剔卓起孤峯，慚愧靈源與世通。花異空懷上林苑，夢清疑宿廣寒宮。泄雲吐雨遮金地，濺雪跳珠落石杠。裹爲君成妙語，豐碑正欲就崖礱。

次韻題高臺

午梵知藏釋梵宮，危臺遥喜石橋通。下無俗駕攀緣至，中有高人笑語同。解執易爲摩詰語，經行難續德雲風。

次韻題上封

千巖萬壑吹松雨，替說儂家勝義空。

天柱唯連紫蓋峯路危不與衆峯通瓢沽狹徑疑相值芋火何人想此風借榻醉魂窺凍蜡凭欄詩眼送飛鴻空嗟千偈出山去半摺遺編看未終

次韻邵陵道中書懷

邵陵山水麗風光游徧歸來夜話長秋翠等閑開雉堞驚湍哀怨韻笙簧隨鞍此景憑詩寫他日塵紛一笑忘上閤與誰同小立墜金拄笏說三湘

次韻雨中書懷

剩雨殘晴晷所長客窗花氣噀餘香每懷追逐雲泉慣無計遮攔歲月忙誰謂伐冰連戚里年來盡室泛沅湘詔書行看椎門至已覺眉間一點黃

次韻題化鶴軒

當年舉網得雙鳧，想見胎僊風度幽。朱頂顧吾今未識，長身意子是其流。山家趣味無人共，王事經過作意游。千里帝城何日去，不妨佳處且遲留。

次韻題澹山巖

華屋張燈展畫屏，當年纖手指巖扃。宦游那料重湖隔，醉裏空驚疊嶂青。繡口詞章人復見，筆華聲價夢通靈。詩成獨立西風晚，滿眼歸心插羽翎。

次韻游浯谿

浯谿山水今無恙，浪士曾爲爛熳游。大字中興餘斷碣，小舟空此醉垂鈎。詞源不減無雙譽，人品當時第一流。

地坐摩挲增歎息高標想見尙橫秋

次韻題南明山凌雲閣

獨上凌雲百尺樓欄干一曲一遲留丁丁樵斧空山裏
泛泛漁舟古渡頭蔽日綠陰鳴好鳥際天芳草牧青牛
囘頭城市分塵土堪笑王孫取次游

次韻言懷

此身已覺此生浮去作雲山老比邱古寺閑門人莫問
寒綃蒙首涕懤收道林風月心能了子美工夫志未酬
爲問太原王處士一甌春露可同不

次韻宿聖谿莊

家聲十輩擁朱輪更畜青牛解鬬犇應念高樓閑舞袖

故憑山月洗吟魂助春泉落量雲谷輸稅人歸吠饑村

被冷夜晴成好夢馬隨香霧入修門

次韻拉空印游芙蓉

翰墨平生氣吐霓詩成先喜示筠谿山中見客應偏好

筆力知公不肯低夜寂遽看飢鼠出巖空同聽怪禽啼

上方闃說非人世更陟緣雲第幾梯

次韻縱目亭

高情與客凭欄處便覺身藏語笑中已許此生當樂死

不辭老去坐詩窮遙知兵衞戎衣盛只欠花輸小袖紅

絕境天藏今日獻千峯登眺豈人工

次韻游鹿頭山

吐詞秀似出盆絲好古幽情入詠思論字來尋魯公碣
因詩曾訪少陵祠留題楚俗爭傳句懶賦山靈必有詞
定價文章比珠玉此篇不獨慰吾私

次韻題清風亭

特築飛臺丈室旁便驚形勝發天藏登臨時作一聲嘯
已覺翛然兩袖涼待月拭除昏霧色看雲入得野花香
君看抖擻鈴幡意欲替禪翁爲舉揚

次韻法林禪寺

聞道高人願力深幽居端與法爲林風泉松雨隨宜說
密室晴軒共一音意妙故應人不薦地偏還喜我相尋
夜闌更入詩三昧消盡平生未死心

次韻凭欄有作

金殿誰焚南海香靄然芬馥撲回廊數枝銀燭高低照
兩箇清螢上下光風度素秋驚宿鳥水春碧澗濯游舫
欄干獨倚無人問細細孤吟月滿堂

次韻渡江有作

棄舟植杖首重回隔岸遙聞津鼓催淮上梅傳春信至
江南山逐笑聲來行瞻瑞霧籠雙闕更看神光發五臺
王事幸陪方外樂爲君點筆走風雷

題善化陳令蘭室

種性難教草掩藏蒼然小室爲誰芳榭培几案軒窗碧
坐欵賓朋笑語香糝地露英猶潔白快人風度更纖長

議郎嗜好清無滓獨有幽蘭可比方

快亭

太邱作邑付絃歌剩得清閑可奈何滿地棠陰驚晝永小亭詩眼覺天多佳眠夏簟便光滑醉耳松風喜再過想見句成書棐几侍兒濃笑出微渦

次韻郤子中學句游嶽山攜怪石歸

衡嶽乘春著意游詩詞不獨錦囊收又攜峯頂雲房石歸致閑齋夏簟秋麈下笑談且同夢胸中涇渭自分流忽驚几案寒層出臥看令人憶故邱

和周達道運句題怪石韻

愛山心志如君少王事何妨陟翠微怪石方欣典刑在

新詩仍寫畫圖歸客來一室煙光滿掌上千巖眼力稀頗怪周郎賞音者獨於此境尚彈機

次韻見寄喜雨

議郎詩膽久崔嵬敏句無煩急雨催玉局波瀾嗟已絕少陵風力賴追回蕩晴香霧吹紅藕迥地花茵疊紫苔靜極涼生聞剝啄渡湘知有道人來

次韻題方圓庵

比物曾聞知姓名樹間斛懸林百升此庵外圓似盂覆其地中方如鏡平善不近名眞有道高非絕俗更幽情會當目擊維摩老端作毗耶問法行

贈許彥周宣教游嶽彥周參機道者

一幅紗巾九節筇翛然生計似龎公孤雲野鶴登空去萬壑千巖隨笑中峋嶁晴披應獨往懶瓚醉臥與誰同遥知勘破癡禪老想見臨機面發紅

次韻游南嶽

天迥游絲百尺輕水寒時覺縠紋生琢磨佳句輸吾弟文點春眠付老兄山寺獨來無一事竹軒相對有餘清永懷東院成千古寂子難忘叔姪情

次韻彥周見寄二首

詩先春色附湘船來與幽人結淨緣句好空驚碧雲合韻高疑在白鷗前君應歸誦陶彭澤我亦南尋率子廉想見江頭同握手採茶時節雨餘天

歸思啼禽日夜催寶書臨罷意徘徊榆錢滿地買春去
嶽色渡江排闥來行樂風光清夢曉臥披煙雨曲屏開
興來敏速詩千首落筆人驚挾怒雷

彥周借書

湘上清山爽氣浮開軒相對亦風流但工酣寢成疎懶
甚拙謀生太謬悠數筆江村供晚望一蓑煙雨助詩愁
借書知子能醫國有志常先天下憂

彥周法地弟作出家庵又自爲銘作此寄之

迂闊庵成又自誇要令妙語發天葩未容臨濟終仆地
正賴雲門已出家少日浪曾參泐水暮年端合在丹霞
贈君革屣游山去勘破諸方一笑譁

二月大雨江漲晚晴作三首

春寒作意攪吟魂欲出雲濤已濺門入畫瀟湘連雉堞
落梅煙雨暗江村依蒲覓句壯心在附火抄書老眼昏
一掬幽懷收拾得謾題窗紙與誰論

我在湘西畫牒中時高時作送飛鴻事治山翠經旬雨
印可春晴盡日風引步幽探聊自適滿懷疎快與誰同

東君傾寫無餘藴都放山茶稱意紅

投老歸來楚水濱水清聊可濯衣塵掃心樂事都還汝
入手清閑不與人尚有笑談消白晝更無情緒管青春

暗驚少日王城外走馬爭先看寶津

陳大夫見和春日三首用韻酬之

詠君好句欲消魂，想見朱轓畫戟門。解組正當强健日，載書歸老水雲村。虛堂風撼牙籤響，密室嵐蒸畫牒昏。偶在湘山最佳處，舊游閑與野僧論。

無復挼詩慘淡中，便能落筆敏驚鴻。高情不在兩疏後，句法追回二謝風。傾蓋未論桑梓舊，忘年先喜唱酬同。朱顔長覺清光溢，不學東坡是醉紅。

詩軸來尋寂寞濱，把看字字蜕埃塵。江南家世休相問，陳氏文章不乏人。嶽色渡江長自好，桃花滿縣不勝春。克家有子如麟鳳，骨相吾驚是要津。

過潙山陪空印禪師夜話

濃翠濕衣三十里，渡谿知背幾重雲。忽驚寶構從空墮

便覺風光與世分夜久天香凝錯莫庭閑花雨自繽紛
他生曾伴安禪地此夕樓鐘復共聞

空印以新茶見餉

喊山鹿蔌社前摘出焙新香麥粒光撼樹師應懷大仰
傳甌我欲學南陽要看雪乳急停筅旋碾玉塵深注湯
今日城中雖獨試明年林下定分嘗

空印見招住庵時未能往作此寄之

獨立天衣四世孫作家手段典刑存大溈路峻諸方讓
空印風高四海聞有願欲依龍象衆無求羞逐鶩雞羣
此生一聚灰中骨終葬千峯頂上雲

空印見和用韻答之

棊布諸方盡子孫道緣渾似雪峯存全提蓋色騎聲句
直要臨機以眼聞圍繞千僧名冠世指揮萬象語鶯羣
獨能收此無家客分占潙源一塢雲

龍興禪師大陽的孫居枯木堂新植楚竹余愛其
家風爲賦之

門外追犇沒馬塵堂中安頓自由身脩筠有淚知誰恨
枯木開花爲我春隔岸雲山猶可借滿懷風月未全貧
小詩勿笑清如畫聊爲高人戲寫眞

題德明都護熏堂

占叢濃碧繞虛堂堂上仙郎戲比芳香並蕙蘭終漏泄
色同草木浪遮藏過墻山潑軒窗翠吹鬢風生燕寢涼

敏豆才高家法在要看落筆擁紅粧

題季長冰壺軒

閑軒清似冰壺水軒上人如元紫芝坐覺秋光漱毛髮
客來春色滿談詞寶書讀罷依蒲久玉塵經行曳履遲
卷挂一聲林葉動黄昏月出雪消時

明應仲出季長近詩二首次韻寄之

露葉朝陽沃棗桑暑風吹鬢蕩蓮香巳欣點水蜻蜓欵
更覺營巢燕子忙翠浪舞飜爭漲壟黄雲剖盡想登場
小樓栖尭誰庭院弱柳多情故掩藏
偶尋隣叟問桑麻踏盡山礬糝徑花傳得新辭春爛熳
更驚行草醉欹斜遙知小縣少公事想見高情照物華

倘念無家甘露滅一蓑煙雨似立沙

和傅彥濟知縣

句法疑君每太高湘南山水助揮毫暫臨小邑聊觀政
未見全牛可受刀珠玉光難藏瓦礫芝蘭香豈掩蓬蒿
坐令百里清如鏡吏猾民姦豈易逃

寄題劉居士環翠庵

平生不識劉居士想見茅庵枯粹姿百八珠輪紅瑪瑙
萬千峯遶碧瑠璃笑人經卷鑽故紙彼世金珠似笊籬
折脚鐺中誰共過小龐眞是出家兒

次韻思禹兒見懷

刺桐花蹊野薔薇湘水侵門過客稀此日音書經歲隔

何時麈尾對君揮樓高三楚天空闊夜久千巖月正暉
我託叢林如越鳥南枝雖穩亦思歸

次韻思禹題方竹

不改平生歲寒操近來隨世解方圓知君出異驚羣聽
顯我循常是一偏但見蒼官遭寵錫那知青士亦超遷
水花浣落春風晚庭種芭蕉怪石前

蜀道人明禪過余甚勤久而出東山高弟兩勤送
行語句戲作此塞其見卽之意

衆中聞語識巴音京洛沅湘久訪尋張口茹拳君聚落
垂膺拭涕我山林碧巖花墮鳥飛去蒲坐葉飄針正紝
袖裡兩勤太饒舌丈夫聲價老婆心

送珠上人重修五宗語要

五宗抄語挾風雷佛日將傾賴取回薝蔔花香已零落旃檀塔坐更塵埃鈍根厭看摩挲去妙手端能拂拭開當有異人來荷法叢林因子見奇瑰

光上人送墨梅來求詩還鄉

南嶽有雲留不住東歸結伴過湘湄解將疎影橫斜句不換垂珠的皪詩癯甚鳶肩寒入畫清哉鶴骨老難醫定知入嶺風煙暮正及追胥餽歲時

送瓊大師歸禪寂

近聞禪寂似叢林總眾能爲世所欽百巧難磨眞實行兩途不改歲寒心衣今椹色如渠色語未吳音變楚音

盛夏入城緣底事扁舟湘水獨相尋

贈道法師

道公膽大過身軀敢逆龍鱗上諫書獨欲袒肩擔佛法故甘引頸受誅鉏三年竄逐心無愧萬里歸來貌不枯他日教門綱紀者近聞靴笏趁朝趨

谷山沙彌求詩

十里松風長不老一庭秋色爲誰閑偶逢此日休新夏徧見耆年憶故山貧裹有秋同舉箸法中添口共開顔偶然弄筆成詩句乘興留題屋壁間

贈羅道人

蜕塵標韻矯翔鸞鬢髮樓颸風露寒脫屩骨飛何日見

解衣沐浴萬人看肯來從我翛然住皆說他人屈致難戲作猫聲行聚落自忘身是晉郎官

次韻張司錄見寄

不曾識面已傾倒便覺胸中涇渭分句精不減李長吉才高大類沈休文看山詩眼湛如水拄笏爽氣高摩雲他年竹屋夜連榻妙語懸知過所聞

郭伯成榮登

快馬東風走帝京歸來門巷綠陰成頃知一第文章貴能致三公衮冕榮子涉風波方篳探我閑几硯覺塵生贈詩誰似王摩詰翰墨場中獨策名

題天王圓證大師房壁

閉戸不妨依聚落開軒隨分有山林殘經半掩世情斷好鳥一聲村意深籬外霜筠森束玉屋頭露橘欲垂金能營野飯羹紅醬渡水何辭數訪尋

寄題達軒

羊腸世路替人愁袖手歸來事事休只有信緣唯得計不過隨分復何求數聲屬玉滄浪晚一塢黄雲秜稏秋寄語封侯塞垣外何如高卧小軒幽

題雲巖筠軒

雨葉風枝小徑通拂砧清坐有誰同粉衣香滑秋叢瘦泉珮丁東夜壑空半世已歸彈指内前途都付枕肱中隄防老境猶多事折脚鐺炊腐顆紅

逍遥遊山歸見示唱和詩軸口占和之

游徧名山過水西夜談奇語盡横機君如檻鹿猶思奮
我似棲禽已倦飛聞道老禪能眷舊更煩諸衲借餘輝
欲知勝踐多佳思懷得新詩滿袖歸

送誼叟歸北山

南臺山淺北山深深處開軒更茂林作夏懸知成契闊
扁舟乘興一相尋燈青竹屋風雨夕谿遠石門鄉井心
投老都忘身是客坐中談笑盡吴音

偶書寂音堂壁三首

巾瓶挂壁亦翛然無所營爲地自偏句法不能醫老病
夢游時解到林泉扶持瘦玉筇隨步堆疊荒雲衲半肩

小住閑庭數歸鳥從教人作畫圖傳
寂音閑殺益風流寒涕垂膺懶更收得失是非都放却
死生窮達信緣休湘中戲劇三千首海上歸來十二秋
齋罷展單吾自課暮年眠食更何求
霜鬢黧面老垂垂瘦搭詩肩古佛依滅跡尚嫌身是累
此生永與世相違殘經倦讀閑凭几幽鳥獨聞常掩扉
寢處法華安樂行蕩除五十二年非

石門文字禪卷十二終

石門文字禪卷第十三

宋釋德洪覺範著

七言律詩

元正一日示阿慈

季眞少儼三十歲儼入新年五十三疑我滿懷揣佛法
解腰抖擻破裙衫大瞻終老同香火小朗平生共石巖
深炷鑪香待清旦偶聞殘雪落高杉

上元夜病起欲寫法華安樂行品無力呼阿慈爲錄作此

重城車馬氣成霧隔水巖叢冷欲冰昨夜窺窗先有月
今宵對語偶無僧臘高鶴骨柴崖露病起霜鬢逐旋增

欲寫寶書驚力乏阿慈能爲掃寒藤

上元後候季長不至作此寄之

和風凍雨上元後斷岸橋洲春水生村寺獨歸江路熟
竹籬誰繫小舟橫偶成詩句長哦罷謾折梅花一嗅清
想見連牀成夜語此篇先慰遠來情

夏日偶書

草樹扶疎夏簟清夢驚鬭雀墮空庭過墻雌竹已數子
出屋毿蕉終百齡雷後怒雲魚尾赤林梢剩水鴨頭青
都無伎倆酬閑寂謾搭伽棃自誦經

與忠子晚步登臺有作

僧殘寺僻游人少草滿池塘筍過籬蘆橘帶酸春去後

榴花出葉雨晴時一年事辦秧齊徧連日江寒水退遲偶上高臺成遠眺茲游更得子追隨

和人牓字

劃然斜去和天曉夜火相驚事已虛春信寫來無欵識東君胸次亦恢疎最難讀似成文蠹不亂行如水上魚勿訝羲之筆神駿換鵞瘞鶴是臨書

大雪

今年未雪今日雪地迥眼新人不囂永巷掃除聞屐響暮林翔集看鴉嬌韻高雅下應難畫興發山陰未覺遙想見茅齋已摧壓曲肱清夢到山椒

宣和四年十二月二十四日大雪珠禪客忽至渠

以谷山退院來審是否作此示之

翻空漸密呵不止刷我當門螺髻峯銀椀滿盛談類墮
徑松深覆示藏鋒因徒逃去甯知禍顯自何來不見蹤
獨擁衲衣成坐睡地鑪瓶泣伴疎慵

題鹿苑虎岑堂

平生文彩照諸方暗谷行藏草木光要使叢林想高韻
故將名字挂虛堂笑拈倚壁過頭杖閒坐當年折脚牀
進步竿頭如不薦草深門徑未相妨

次韻湖山居士見過

平昔雲岑在懷抱而今懷抱在雲岑聞泉偶爾成詩句
班草相看坐木陰古鼎自然無俗韻朱絃眞是有遺音

羊欣不肯踏城市背郭江村獨見尋

題使園眄柯亭

叓散東園勝踐多落花起舞鳥能歌故應毛潁曾同泛不獨龍文慣自磨弄影風枝空掩冉困人天氣近清和倚欄欲去猶囘首奈此宵晴月色何

題翠靄堂

虛簷碧瓦臨無地吐月吞風六月寒簾捲煙光搖戸牖雨餘嶽色墮闌干侍兒自炷真龍腦座客同分小鳳團誰謂太平本無象規模堪入畫圖看

迎爽樓

危樓華構倚青冥卷盡晴嵐獨自登去鴈橫斜紛點點

好峯青碧露層層勝游與客同清賞佳處題名在翠筠凭檻不堪衰眼力候船津渡見歸僧

送太淳長老住明教

三玄三要古難分劈破從教剔突崙父母未生前一笑言詮不到處重論椎開臨濟百年意推出汾陽六世孫何用老婆更饒舌暗中五色自成文

送英長老住石谿

三玄三要沉埋久正令重煩振此宗陷虎機關須毒手活人眼目貴藏鋒眞誠莫負叢林志大願當追佛祖風覆頂把茅休取相同安曾著老黃龍

次韻李方叔水宿

高視世波增眼寒公如砥柱捍驚湍市中一虎成三口
醉裏扁舟過百灘佳處每煩詩句寫勝游宜作畫圖看
遙知二老相逢處拾得風前一笑懽

次韻曹彥清教授見寄

泮宮授道最馳名想見經筵玉麈橫學問有源堪景仰
行藏無地受譏評門前江浪銀山攧醉裏詩篇錦段明
遠宦不須嗟白眼只今臺閣半書生

胥啓道次韻見寄復和之

少年翰墨擅時名老愛江鄉翠巘橫聞道異書常自校
近來佳句與誰評幽尋湘水映衣碧小寢晴窗潑眼明
寄我三詩爭妙麗疑公曾夢筆花生

寄黃龍來道者

問訊黃龍來道者，住山況味定何如。齒牢未怯和沙飯，眼倦應嫌夾注書。但見衣勝寒薜荔，不妨心賽白芙蕖。都疑生近楂田市，時覺淮南語未除。

禪首座自海公化去，見故舊未嘗忘，追想悼嘆之情。季眞游北，游大梁，聞其病，憂，得書輒喜。爲人重鄉義，久要不忘。湘西時訪史資深，亦或見尋，此外閉門高臥耳。宣和二年三月日，風雨，有懷其人，戲書寄之

前時無際曾入夢，近日眞游又得書。一味歲寒甘淡薄，十分懽喜說鄉閭。閑尋老儼臺南寺，更過史髯湖上居。

想見朝來閉深閣臥聽簷雨滴堦除

次韻閻資欽提舉東安道中

父老扶攜看使華那知勳業在咨嗟人生安得顏長少
歲暮今驚日欲斜謾有清詩敵風雨空餘醉墨走龍蛇
應憐妙語如芝菌不吐青林吐臥槎

次韻遊福嚴寺

下臨煙雨凭危欄游客新辭禁從班露濕衣巾近雲漢
風吹笑語落人間曾聞詩律如彭澤想見風神似曾山
何日三人成品坐夜窗參論到更闌

次韻甯鄉道中

夾道傳呼部曲犇遙知秋色動吟魂黃柑綠橘平蕪路

剩水殘山夕照村似鏡此心清自逈如雲往事去無痕鐘聲有寺藏煙翠忽見林間窈窕門

次韻題雲峯齊雲閣

綠玉霜筇喜自提芒鞵初試得攀躋欲窮深谷一區勝更上齊雲百級梯物外名山長好在人間樂事自難齊遥知太息出山去一笑無人悟過谿

次韻題必照軒

曈曨曉日出蒼涼草木欣欣露葉光千里穠纖上眉睫一區形勝發天藏有詩摹寫江山美無計遮欄歲月忙韻險暗驚才力短坐令毛穎禿鋒芒

宿資欽楚山堂

故人持節在三湘白首相逢話更長挂錫曾憐道林寺攜衾來宿楚山堂意消忽覺風敲竹夢斷空驚月轉廊常恨出門無所詣敢辭跱此夜連牀

次韻資欽元府判見寄

茗盌閑窗不厭過暮年歸計定如何我思杖屨游嵩少公輩家山近洛河具茨功名關意少潁皐邱壑賦情多二詩俱可鑴崖石乞與雲煙相蕩摩

次韻王覺之裕之承務二首

問法能來渾聖凡毗耶丈室未曾關解分鉢飯如摩詰欲散天花欠阿蠻屬稾新詩追鮑謝抗行醉墨似楊顏遙知穿市聽歸馭及我昏鴉落照閒

兄弟令人眼倍明六經心醉幾時醒韻高山嶽横南極機妙鯤鵬化北溟麗句重逢天下白俊才今見海東青數篇秀色凌千嶂來慰摧頽病掩扃

宣和五年四月十二日余館湘陰之興化徐質夫自土山來一昔夜語甚傾倒且曰前嘗夢見東坡今復見子何清事相聯耶吾所居有亭名閑美嘗有白燕巢梁間屢見鶴翔舞於層霄囑予爲詩紀其事質夫大梁人賢而有文佳公子也

徐侯官舍土山邊頗爲看書廢晝眠偶見畫梁巢雪乙更驚雲漢舞胎僊致坡入夢殊堪紀與儼忘形亦自賢聞道小亭時縱目江山信美似斜川

送丕上人歸黃檗

萬身馬鬣轉龍腰，十里風聲捲海潮。翠靄晴時飛畫棟，蒼崖斷處見朱橋。老驚鄉井心空在，說著巖叢意已消。慚愧東風知此恨，夜來吹夢到山椒。

同希先遊石鞏

良辰美景古難并，且趁身閒稻雨晴。鳥語猿歌留我在，水聲山色益人清。得幽詩句聊題壁，遇好峯巒卽住程。回首十年塵事裏，與君今日夢魂驚。

題胥大夫欣欣堂

議郎粹和色無求，繞屋江山秀氣浮。弱柳嬌眠禽喚起，異花含笑草忘憂。閉門不放青春去，解榻長令佳客留。

摹寫高情無好句謾橫詩眼付冥搜

次韻嘉言機宜

幽尋野外興何如蠶市村囂憶故墟煮繭生涯春老大餉田時節意蘇舒吹開麥浪南風至落盡花房小雨餘暫借僧窗聊假寐夢驚身世兩蘧蘧

玉池禪師以紙衾見遺作此謝之

紙衾來自玉峯前旋坼封題一粲然便覺室廬增道氣不憂風雨攪閑眠就牀堆疊明如雪引手模蘇軟似綿擁被並罏和夢暖全勝白氈紫茸氊

立秋日偶書

秋入紗廚夏簟空頹然瘦坐一衰翁聲涼亂葉紅蕉雨

香暗分叢紫菊風清境淨緣慚獨享幽懷佳句與誰同平生垢習消磨盡只有文章氣吐虹

游太平古寺讀舊題用惠上人韻

步盡長廊覺倦遊叢蕉出屋小軒幽壁間詩在紅埃滿窗下香殘碧縷浮喜有繩牀容我借更因茗盌為君留忽驚林杪湘山露誰作江天數筆秋

歲窮僧衆米竭自往湘陰乞之舟載夜歸宿橋口寒甚未寢時侍者智觀坐而假寐作此詩有懷資欽提舉

老去生涯無窖子隔城荒寺到人稀歲窮百里扣門乞夜棹孤舟載米歸隅坐小僧寒附火聯拳羸僕睡和衣

故人醉裏聞薌澤應背銀缸照翠幃

正月一日送璿維那之新昌乞食

春水初生湘岸邊陰晴城郭上元前暖消積雪成簷滴火烈殘香發篆煙念舊十年鄉井夢試新一首送行篇翛然路入江南去想見歸時及社鵑

二月二十一日奉陪季長遊嶽麓飯罷登法華臺賦此

法華臺上凭欄久吹鬢東風晚雨晴斷岸平橫千雉堞道林遠在一牛鳴喜餐水餅清明近開徧山茶杜宇聲想見京塵遮便面應思攜手此中行

送與上人之歸宗

紫霄峯下鸞谿上幻出寶坊金碧開沃野不辭常自獻暮雲無事解歸來永懷香火三生舊想見松風萬壑哀阿上笑中如問我爲言詩膽尙崔嵬

贈道禪者

大河卷浪雪翻風橋壓千艘臥彩虹岱嶽煙雲連絕域北門樓閣凝層空浪游荆楚重湖外更在潙源疊嶂中水餅槐芽動鄉思近來歸夢與誰同

周庭秀愛湘中山水之勝定居十餘年宣和五年夏五月忽思吳中别余於湘上作此送之

詞刃平生工斫伐探懷每欲取公侯搨來世事懶經意醉看湘山不轉頭忽憶歸吳泛千里偶然盡室載孤舟

却將揮翰風雷手且釣華亭萬頃秋

題悟宗壁

到寺回身望衆峯一堂疎快萬緣空栟林曲折通幽徑蓮蕩凋零退晚紅師已灰心增夏臘我今霜鬢撒秋風亦知旁舍多佳士香火他年願此同

過陵水縣

白沙翠竹並江流小縣炊煙晚雨收蒼蘚色侵盤馬地稻花香入放衙樓過廳客聚觀燈綱趁市人歸旋喚舟意適忽忘身是客語音無件始生愁

夜歸示卓道人

心知家本住仇池傲倪人間老變衰兩鬢京塵初邂逅

一尊川語問歸期勸沽何處禽知我含笑誰家花隔籬
天水蓴胡鱸風作夜歸江路月相隨

雪詩

千巖雨雪黃昏後一室香燈一寢餘此夕鄉關入歸夢
明朝雲物記曾書地鑪不獨聞瓶泣山果時驚落屋除
清境鼎來勞應接暮年生計未全疎

題王教授艤齋

宴居端若寄虛舟三峽詞源日倒流慣與衣冠游泮水
坐看圖史認瀛洲胸中耿耿觀瀾術物外悠悠涉世謀
莫謂縱横止容膝濟川林葉此中求

吾山風物如故園而甚僻余居月餘愛之將此卜

居二首

此生於世已無求況有村原事事幽乞谷住山眞素志
栽田博飯是良謀別坡筍蕨春兼採遶舍桑麻歲倍收
强健自能營飽暖塵埃回首謾悠悠

風物淳眞似故邱茅茨結處自深幽竹西隣舍頗相近
客至須供良甚謀燈火夜窗衣自補豐登秋畝稻重收
安閒有此支餘歲更欲驅馳亦謬悠

送楞嚴經珣維那

尸羅清淨心清淨寄迹南臺亦偶然室掩香燈見行道
壁懸巾屨伴孤禪寶書獨欲煩君誦法力眞期逭我先
細味此詩如實錄他年僧史定須編

謝嶽麓光老惠臨濟頂相

瘦骨孤標韻絕倫傳聞宗派出雲門收藏畫裏三玄老
分付湘中十世孫罵佛風神疑正怒打僧氣宇尚驚羣
能言滅却正法眼不負灘頭毒手恩

送珠上人泐潭拜塔

泐潭臥龍今不見空有遺珠留世間圓轉自然離鑛穢
光明聊復祕形山隨師受嚫前身事披掌猶存此日還
言不走盤無影迹方知生死不相關

題龍王枯木堂

異種靈苗著四方謾將名字掛虛堂道林可惜昏嵐掩
枯木那知在處芳韶石曾聞傲煙瘴焦山今已飽風霜

陽陂且喜根株茂雪裏花開爛熳香

送海印甄老住東林

湘容嶽色中秋後古寺閑房小寢餘掃徑箒粘新落葉
開窗風掩讀殘書吹雲又作他山去種漆何時伴我居
洞上閑名猶在世未應容易與人除

余至清修别希一禪師津發如老媪扶女外車其
義風可以起頹俗將發作此

驚風急雨中秋後回首長沙杳靄間迎送初辭大藩府
逍遥來看小廬山故人情義千鈞重行客生涯一葉閑
明日旅亭勞晝夢孤峯標格不容攀

題壓波閣

雪玉在躬賢令尹江山約束入宏規驚波濺岸憑凌
傑閣控雲彈壓之霧斂塵清閑縱目蜂爭蟻分想當時
邦人準擬朱欄外安著他年惠愛碑

次韻賈令尹題裴公亭

獨凭危欄眼力窮當年勝踐想遺風歌喉雲杪殷餘韻
笑靨尊前發醉紅世相難逃朝夕改山容不老古今同
議郎筆力回春色摹寫都藏畫牒中

余往漢上清修白鹿二老送至龍牙作此別之

因法相逢亦一時雲泉所至共娛嬉恠君追送不辭遠
知我從來未有期醞造離愁成獨笑欺凌秋色有新詩
閻浮掌上訶黎勒去住休纏愛見悲

雪夜至明教寄王路分舍人

雪夜山中還獨宿地鑪深煖紙窻明百年有限身今老一枕無求夢自清弟子分燈成保社故人持節頗江城瘴痾疎快諸緣淨臥聽擢簷瀉竹聲

訪雙池老不遇其子覺先求詩爲作此

芒鞵竹杖快新晴天迴游絲百尺輕沃若柔桑連野綠烱如白鳥照溪明逢山有寺幽欣集對客開軒午夢清曦竟未回凭閣久忽聞高柳子規聲

寂音泉

水靈有源不知處但見方沼供無窮俯波下看遠山色卷霧忽驚清鏡空危亭快若望霜曉江岸　陰風

宜呼此泉作檀越歲致萬斛無凶豐

燈禪師出蜀住此山十年爲作南食且約同住作此以贈

少年出蜀今耆艾十見襄陽浩蕩春山近京畿看愈好食兼膚饌味尤真君今避世成深隱我欲移庵結近隣相對無嫌太岑寂待添明月作三人

襄州亂後逢端州依上人

漢上相逢兵火後耆顏華髮兩摧頹塵清霧歛閒身在螘分蜂爭一笑開志捍叢林山剔卓義規朋友玉崔嵬尾精決舌休皮相曾見淄州古佛來

和濟之通判日夜懷祖顗諸公

才高自是萬夫望語妙人疑錦繡腸新事驚嗟入詩律
故交契闊付淒傷開書想見湖山好他日懸知夜語長
獄屋豈能埋寶劒斗牛長覺射龍光

送勻上人謁蔡州使君

淮西氣宇蓋三軍絕似平原舊使君今日孤城獨堅守
疾風勁草昔傳聞龍蛇戲下唯呼姓翰墨場中亦策勳
想見棠陰談我處笑持茗盌辯如雲

寄盛韋玉

平生翰墨到精微盛氏諸郎最白眉氣許曾窺豪士賦
初交先和野僧詩謾勞清夢思相識那料孤蹤晚見知
君看臨危用心處何殊晏子解驂時

十二月十八夜大雪注蓮經罷有僧來勸歸廬山

僧去作此

煙凝生怕席簾開快煖偏宜榾柮柴夜久飢鼯嗅空案

夢驚鬬虎墮層崖優曇花偈餘殘紙薝蔔杯香自滿齋

折脚鐺安莫嫌穩地偏人懶遂幽懷

雪中

勢密連空若推下隨風起舞不容追門閑走犬無深巷

樹暗棲鴉有剩枝旋撥地鑪通宿火却呵凍手寫新詩

軒窻秀發驚清晝萬壑春歸說向誰

再會莊德祖大夫

平昔才名似孟宗暮年一鉢並巖叢交朋半在青雲上

意氣都消白眼中龐老尚餘靈照在伯鸞應許孟光同
君看張東之爲相不害荆州秃鬢翁

與蔡揚州

五馬東來數月間十州人物帖然安池邊芳草新吟罷
樓外遥山晝臥看鈴閣蠟煙秋色晚譙門銅漏夜聲寒
雖然自是雲林客猶把風流作話端

唐生能視手文乞詩戲贈之

草無門徑過從少那料秋來夜話同屋漏移牀時發笑
粥稠當飯巧於窮我留癡絕傳身後君見平生似掌中
明日渡江應轉首數峯無語晚連空

贈麻城接待僧勝上人

綠髮凋零白業增住庵隨分有規繩爲分一邑人家飯
普供十方雲水僧掃徑客來圓笑屬開軒雲破露寒層
君看擊桶金牛手坐續山頭柏子燈

夏日同安示阿祟諸衲子

老眼揭來驚節物閑同諸子話江鄉試茶正要旋烘盞
煮餅且令深注湯忽憶海山餐荔子更思湘水擘蓮房
夏休便可車輪去菌簟秋肥趁及嘗

三月二十八日棗柏大士生辰六首

深觀諸佛刹那際三世十方無遁形巳盡凡情不顛倒
如除目翳自光明意俱大地山河喪心與空花夢幻生
垂手過緣攜法界美髯跣足散衣行

二天給侍慈忍象一虎橐經常寂光意處世間離生滅
夢中塵劫浪遮藏卽真不必冠巾毀絶染何妨棗柏甞
提起超情無比句夜來山雨落花香
青春徑去不小住天逈游絲增眼寒想見手提大千界
倏然身現一毛端若存情見智山隔但斷攀緣業海乾
面目分明今日是敢將棗柏薦盤餐
生死鶻崙無背面摩挲把玩久嗟咨悟明必藉戒定慧
隨順差成老病衰淨意卽空艮顯泱色身對現出思惟
千烹萬鍛知恩德敢忘摩尼在鑛時
眼蓋人寰撚美髯年年相見晚春前摸蘇緣妄心俱盡
指拭鮮陳念巳圓指下琴方纔發越眉間毫相見無邊

微塵劫海依今住生死何勞較後先
一刹那際入正受互參三世妙難思有情夢境依此住
無量劫海不移時任運行藏難掩覆隨疑語默出思惟
大哉無比金剛句世罕知之我獨知

十世觀音生辰六月二十六日二首

十世爲僧皆姓楊死生游戲自隋唐鐵身自倒汝邪
寫字無爲我道場異迹著於無量壽慈風不滅普昭王
兩川顯化人皆識今日全身不揜藏
曇相禪師第二身蟬聯十世姓楊人女兒慧辯成勍敵
弟子悲欣記夙因解使邪迷知有佛自呼名字凜如神
平生接物多方便何似今朝一句親

蔡藏用生辰

非煙雲子釀新晴，爭看麒麟墮地行。悉達已聞今日誕，
優曇知復爲誰榮。已驚久視方瞳碧，更覺藏年玉骨清。
曾伴麻姑家法在，願隨風馭到蓬瀛。

八月二十三日蔡元中生辰

纔過中秋今幾日，夜來海月上三更。夢魂傳得天書至，
窗戶俱明廐馬驚。骨相終當爲國器，兒聲初已識人英。
明年慶節山中友，金屋憐君夜直清。

劉彭年知縣生辰

清規懿德古難陪，秋盡民歌慶節來。瑞應草餘雙莢在，
優曇花適一枝開。鶯嬌妙管傳佳句，玉膩新糕獻壽盃。

慈母千齡何所願早看賢子踐三台

中盧趙令生辰

孟夏南風草木薰民歌慶節喜傳聞今朝雪乙呈雙瑞
後夜冰輪滿九分材業牛刀試小邑家聲天派落層雲
吞舟豈久容涔足禁殿論思政要君

寄黃嗣深使君二首

江夏家聲世所聞無雙千頃典刑存肅嚴郡邑霜分曉
照映簪纓玉粹温棲迥峴雲供醉望夜晴漢月洗吟魂
行將補衮調羹手却執元圭侍至尊
身世浮雲偶尚存白衣蒼狗與誰論夢中不記金門宿
醉裏曾看玉海翻尚有驚魂纏瘴霧已甘華髮老江濱

枯荄欲藉陽和暖催發新來雨露恩

李道夫母挽辭

縉紳家法想清規平昔高風此一時居約雲山夫有道客陪房杜子無疑九原淚濕老萊袂千字碑傳幼婦詞他日欲尋賢母墓北山松雨路人悲

鄧循道父挽辭二首

苦冰潔檗是行藏一節無求老更剛好在縉紳師儉德尚餘閭里説謙光陰功隱秘天應錄遺訓丁甯世共傷勿謂不身嘗報施故應遺澤在諸郎

一生純德無遺恨千字埋名有逸辭墓隧潄泉誰種玉書齋子硯自生芝音容巳作終天痛歲月真成罔極悲

擁鼻功名知不免空將淚眼看風枝

代人上李龍圖并廉使致語十首後三首慈及二子附

竊以引而不發射失中則反諸身安則慮危國雖治而不忘武顧將揖讓而就列當踏規矩而效能凜乎有櫜鞬之儀形望之入麒麟之圖畫白衣自表定三矢於天山錦帽突前靡萬人於沙漠自昔聞無雙之伎迄今見逸羣之材恭惟判府安撫龍圖忠孝傳家文章命世開畫戟之幕府集珠履之鵷鴻英聲震於九垓和氣浹於千里奉御廉使大夫忠誠許國文武兼資冠縉紳之才能受廟堂之眷倚偃戈臥鼓屬疆場之久空講武開尊適郡庭之無事某等當結髮而

工騎射要唾手而取功名幸對華筵敢呈口號

射圃閑亭酒半醺手柔弓燥氣超羣已驚百步穿楊葉
會看雙鵰落塞雲且集旌旗森畫戟未輸文字飲金樽
治朝文武須兼用萬壽稱觴祝至尊

太平無象樂年豐況值疆埸久已空賓主獻酬成雅集
江山談笑助清風良辰美景開金罍緩帶輕裘控角弓
鼙鼓急摧齊指目大侯的處中飛鴻

雨後園林花木新傳聞千騎出城闉異能未中侯中鵠
佳氣先浮盞面春畫鼓繡韉筵奏曲紅粧細馬地無塵
長沙萬古民爭說賓主人英伎絕倫

聞道長沙賢太守漆瞳玉頰照衡湘訟庭散後賓朋集

民瘼蘇來禮樂昌且展綺筵陪勝餞何須檀板鬧紅妝
曉無探騎稀邊檄願獻君王萬壽觴
細柳成陰花滿徑晚來鉦鼓導朱輪河東鸑鷟三英傑
天上麒麟兩俊人閑裏笑談清似玉盃中賢聖韻如春
引弓一箭驚穿札堵立懽聲快吏民
繡衣天使志澄清五馬賢侯見典刑公退鉦聲聞射圃
日高槐影覆閑庭共看酒螘浮瓊斝不廢花輪遶畫屏
銀燭紅紗侵夜色醉歸明月淡疏星
隴西家世到仍雲許國清忠蓋代聞有道風流賢太守
無雙才氣舊將軍整弦使者情和易承附諸郎藝逸羣
便好畫圖收拾取要傳盛事滿湘濱

如雲旌騎照湘江千里農桑楚大邦中鵠才高今有武射鵰伎巧古無雙錦袍雅稱黄金帶瓊液尤宜白玉霜笑挽雕弓如滿月萬人驚懾已心降

無雙自昔擅家聲春色都還細柳營中的聊爲萬人傑飛觥要使百壺傾三湘父老傳風化十郡兒童識姓名武緯文經俱不乏桑弧蓬矢見平生

畫鼓曉晴三擊罷如雲兵騎整全威俄聞畫角胡笳斷忽覺華堂羽箭飛一百步中精力巧數重圍内見心機風流太守兼文武扶路爭看踏月歸

代夏均甫宴人致語一首 并序

竊以帶分楚水流萬古之雲濤壁立峿臺上千尋之

煙雨號稱雄文妙墨棲宿之地是亦詞人遷居感嘆之墟野迥天多塵清霧斂方羣木落盡之景望四山之蒼然送萬里獨歸之蔌慶一尊之偶爾恭惟某人碩大而德貴魁磊而材高以忠義自結主知故姓名長簡睿想立於縉紳之上可謂萬人之英論於君臣之間亦曰千載之遇念故都之下吏實恩館之陳人有一掬之歸心餘滿簪之華髮嗟孫寶曾為主簿容朋宣獨至後堂受知不減古人報德尚慚今士敢陳末札少駐行旌玉人成市座之花輪瓊液薦滿湘之春色相逢一笑不醉何歸

九齡風度照晤臺宴寢香凝畫戟開歸國巳傾天下耳

駐軒宜舉故人盃青天白日心常在附驥攀鱗志未摧
累足待公成相業更隨風馭看蓬萊

石門文字禪卷十三終

石門文字禪卷第十四

宋釋德洪覺範著

五言絕句

余在制勘院晝臥念故山經行處用空山無人水流花開爲韻寄山中道友八首

山帔蒙霜頂跏趺巖石中夜寒虎痾痒林靜月升空

掃徑偶停箒幽懷凝佇間蘿樵迷向背餘響答空山

數峯横杳靄空翠疑有無落日誰同看啼猿我欲呼

新晴收雨脚宿霧隔花身睡美不知曉啼禽解喚人

舍南一曲溪春漲半篙水去作落崖聲雪花濺山翠

墮薪行且拾愛此林徑幽偶坐欹斜石忽逢清淺流

明白庵前路辛夷樹已花竊香知犯律匹練墨翻鴉
棐几自香滑寶書時一開道根九連絡清境更壅培

病中寄山中故舊八首

室空無侍者唯置一匡牀萬事俱衰落但餘常寂光
身心俱寂滅想念亦紛紜此是維摩老無生不二門
我心若有生夢境堪把玩目前今洞然底處藏憂患
雲門達法空玄沙見根蔕兩翁脫生死一味多爽氣
心光本無礙慳貪空蓋纏一切但仍舊自然常現前
靈源坐癡兀萬事付天眞何事禪和子相逢礙塞人
臨濟十世孫泐潭克家嗣一唱主中賓不容留意地
本色出家兒機輪盤珠走須學老華亭用處無滲漏

明白庵六首

如來功德力，內外悉清淨。念起勿隨之，自然心無病。

形與佛祖等，道致人天護。戒淨福人天，心空同佛祖。

石火機鋒上，那容著意根。透情名出世，離念是知恩。

瑞鹿吾所慕，勇決敢不勉。夜來歸夢清，疑在啼猿巘。

老去一庵深，聊將自淨心。要當酬佛祖，終不負叢林。

歸路山花發，欣然折一枝。動容揚古路，不墮悄然機。

粹中自郴江瑩中與南歸時余在龍山容眠齋爲誦唐詩入郭隨緣住思山破夏歸之句爲韻十首

哀蟬滿風聽，草樹初茂密。空齋有奇事，屋角寒藤入客來理清言，客去依蒲褐。道鄉知不遙，髣髴見城郭。

希夷登嶽頂，與子相追隨。天風落笑語，想見對談時。

子從兩人傑，此遊眞勝緣。他年傳故事，一葉共湘川。

遙知歌座中，隨意吐十住。海門妙蓮華，應逐談詞吐。

我庵無量相，泯迹變清思。覺範如新故，空華今盛衰。

松下揭來見，依然冰雪顏。未須驚世故，且復臥看山。

高誼今照人，劇談舊驚座。別來如許久，一見千愁破。

無生師子窟，僧寶光照夜。我如龜六藏，一庵聊作夏。

千峯夕陽外，空翠搖煙霏。終古無求處，相看一笑歸。

和昭默堂五首

相見自完全，分明透語言。衲僧猶聽梵，入戶不知門。

道骨清如玉閑拳瘦策時鈍根并鶻眼到此自分歧
此堂常說法亦是主中賓無地容啗啄緣渠徹骨貧
睡餘供漱盥齒頰帶茶甘兄弟知家法從教鶩子慚
倦依蒲褐坐脫體露全機曲篆風窗細煙横一縷微

又次韻五首

擬心成剩法況復更隨言試凭堂中几閑看窈窕門
智識不到處言詮路絕時欲藏還露骨叶帶更多歧
瘦容無住著舉手評來賓不是無言說雖窮不諱貧
夢裏尋音響教休定不甘忽知眉蓋眼開著替人慚
言語皆爲病全提却物機更無遮掩處兀坐笑微微

李成德畫理髮搔背刺噴玥耳爲四暢圖乞詩作

此四首

經月得樓颼頭懶垢不靧樹間一梳理道與精神會
痒處搔不及賴有童子手精微不可傳齬齒一轉首
呿口眼尾垂欲噴將未發竟以紙用事快等船出閘
耳痒欲拈去猛省須用明注目深探之疎快滿鬢髮

余所居竹寺門外有谿流石橋汪履道過余必終
日既去送至橋西履道誦笑別廬山遠何煩過
虎谿之句作十詩以見寄因和之

披雲斷奇峯稍稍墮危峭百年能幾何萬事付一笑
方經脫手春又復送餘熱懸知到故山定與秋風別
故山久不歸田園廢耕鉏但餘玉澗碧依舊繞吾廬

吾廬亦何有草屋八九間牀頭挂瀑水枕上見他山
夫子固真亮剛勁如何遠玉骨定含秋出語便清婉
西齋君去後別緒亂於莎乃知長笑語始奈客愁何
我詩水清淺隻鵠浴不煩君才正豪邁霜足擁華軒
門前短石橋日日送君過歸來院落間還作北窗臥
一從秃毛髮萬事成乖阻貪食等飢鷹酣眠如飽虎
與君游戲處箇中無悟迷冰華來脉正不獨是曹谿

履道書齋植竹甚茂用韻寄之十首

君家清灑生風姿極孤峭我欲爲傳真世豈無笑笑
笑笑解衣處酒後耳先熱筆端走精神葉葉無差別
汪郎工筆耕萬卷供犁鉏我方買牛具賃屋隣子廬

胸中有奇趣詩成談笑間往來無一事城郭似居山
曉庭蒲葉翻天涯歸夢遠尚記泊舟時隔水桑婉婉
月華潑空壁露顆壓庭莎哦詩欲仙去無計奈君何
雖住城隍寺而無迎送煩清風如有素時復到南軒
南軒絕低小亦無佳客過相看兩無言徑作對牀臥
詩狂欲發言因此難韻阻君看短後兒掉臂搏怒虎
暫借人間路未達忽如迷石門端不遠歸思亂筠谿

履道見和復答之十首

怪君歸如山詩句最奇峭此篇如縛鬚爲作陸雲笑
君馭秋風來破我殘夏熱方欣對榻眠遽作虎谿別
曾約還康山披蓑共春鉏東林縛我屋西崦置子廬

百年駒過隙世事撚指間誰能脱禿帽從我歸故山

公詩如淵明語直氣益遠此篇猶可人幽趣更清婉

佳人如美玉華裾似春莎百年被束縛奈此青山何

所居遠城市已絶送迎煩賴有隔橋子時來過小軒

靜門閴牛犇閙數羣螘過秋風拂庭槐枕書欲酣臥

與君居相連長恨笑談阻作詩歌追蹤人笑學畫虎

思澀不自勝援筆眞欲迷那堪屋漏雨供此不盡谿

登控鯉亭望孤山

大江自吞空中流湧孤山欲取藏袖中歸置几案間

因事

太平無事僧死時是今日逢緣不借中無間功不立

叢秀軒

幽軒如鏡淨峯好彈雲鬟不用稱叢秀爲君名照山

次韻曾侯贈庵僧

野僧自是閑不復知閑味譬如庵中人不見庵外事

次韻履道雨霽見月二首

昨夜中庭樹陰寒葉上稠今宵掃疎影寫出十分秋

雨洗詩魂健梅梢月色新遙知愁絶處對影只三人

次韻資欽提舉二首

雅志在邱壑不甘絲竹圍摩挲林下石忽憶釣魚磯

爽氣諸峯曉閑心古井波小樓新得句清絶似陰何

和珣上人八首

生死鏡中像非面亦非鏡像既無起滅心豈纏垢淨

不了號無明了知名眞智如人因地倒而起亦因地

木頭與礫磚拋出無巧妙無實法於人即是我綱要

句下無活路知渠見處偏君看珠走地不定始知圓

萬法如有功夢事應存體但知一月眞常許墮非是

既了超四句自然絕百非電光石火上不許更追惟

毀譽不入念方知心已空魔宮并虎穴還與道場同

問訊跛挈師汝今亦知有棒打不回頭乃爾能挈肘

六言絕句

夏日睡起步至新豐亭觀雲庵壘妙與僧坐松下作五詩明日阿振試沐華矮牋請錄之因序焉

五月十六日大熱亭上忽雨如翻盆枕書而寢乃覺日向夕隔墻荷氣俱風而至臥見窗間遠峯點點可數爲之詩曰

疎牖自分山翠矮墻不隔荷香睡美不知雨過覺來一有微涼

要阿振出門山已暝而煙翠重重一抹萬疊秀峯缺處日脚横度紅碧相通餘暉光芒倒射作虹霓色微風忽興新秧翻浪如卷輕羅坐新豐亭流目而長吟讀雲庵老人戲墨爲詩

壁上龍蛇飛動坐中金玉鏘然起望微雲生處一聲相應殘蟬

扶杖而東渡五位橋曲折而北松下逢道人賢公喜爲之詩曰

賢也嶔嵌歷落軒然頤頰開張松下偶然相值立談愛子清狂

乃相與濯足于落澗泉語笑不相聞於是聽其聲于習觀亭爲之詩曰

臥聽石間流水起尋洞口歸雲但願一生如此閑游更復同君

須臾月出疊石峯側散坐於知隱橋以遲之余謂二子曰茲遊也與存谿輩何遠所恨偪强嗟不及耳乃詠而歸鐘已絕而廊廡寂無聲爲之詩

曰

月在留雲峯上人行落澗聲中歸去般牀鐘歇滿庭風露濛濛

登控鯉亭望孤山

水面微開笑靨山形故作横陳彭澤詩中圖畫爲君點出精神

悼山谷五首

蘇黄一時頓有風流千載追還竟作聯翩仙去要將休歇人間

人間識與不識爲君折意消魂獨入無聲三昧同聞阿字法門

自顧面無四目何止心雄萬夫和得靈源雅曲繡襦更綰流蘇

鬚鬢滄浪夢幻江湖厭飫平生一旦便成千古壞桐絃索縱橫

平昔馭風騎氣如今夜雨荒邱欲動西州華屋空餘南浦漁舟

李端叔自金陵如姑谿寄之五首

東坡坐中醉客讓君翰墨風流爲作羊曇折意莫年淚眼山邱

老去田園可樂秋來禾黍登場相見雞豚社飲諠譁暖熱谿堂

數疊夕陽秋巘雨餘眼力衰時可是招要歸思故應醞造新詩

月下一聲風笛尊前萬頃雲濤玉堂他年圖畫臥看今日漁舠

舉世誇君筆語霧豹渠知一斑莫問人閒非是且看醉裏江山

戲呈師川駒父之阿牛三首

今代南州孺子要是萬人之英安得際天汗漫著此海上長鯨

風鑒晴雲霽月衣冠紫陌黃塵勿笑鐸驄長臥起來便自過人

阿牛骨相似舅多文章定能世家差勝宗武不韤猶作添丁畫鵶

陳瑩中居合浦余在湘山三首寄之

心在青牛城下身行白鶴泉西何日相逢一笑看君飽食蛤蜊

海門何啻千里行人替我生愁遠爾妄生分別閻浮等是一漚

聞道希夷處士今居訶梨仙村要看筆端三昧重談醫國法門

寄巽中三首

屋角早梅開徧墻陰殘雪消遲簾卷一場春夢窗含滿

眼新詩
文章風行水上歲月舟藏壑中自怪頂明玉鉢人疑筆
夢春紅
鼻相決予十　塵埃羡子清閑孤坐定非禪病剃頭猶
有詩班

送實上人還東林時余亦買舟東下四首

世事但堪眼見此生何殊夢游未倩青山掩骨且牽黃
衲蒙頭
有客惠然過我踈眉秀骨巖巖且復柔搓湅耳聽君放
意高談
說盡廬山勝處寂然相對無言東崦峯頭月出依約如

聞白猨
我已作成行計喜君亦有歸期何日虎谿松下却說江
海別時

余游鍾山宿石佛峯下因上人自歸宗來贈之六
首

曾共故山寒食忽驚廬嶽重陽想見洞庭橘柚纍垂又
出青黃
世議嗟嗟迫隘白頭相視如新只有淵明似我逢人故
面成親
君住青鸞谿上我留石佛峯前捉手粲然一笑秋容
更撐天

却度來時危徑斷崖落照孤烟分手更無可奈相看只有凄然

已是浮雲身世更餘一鉢生涯是處青山可老何妨乘興爲家

西風夜吹客夢霜清更入鍾山且作跳魚縱壑會看倦鳥知還

和人春日三首

冰缺涓涓嫩水柳渦剪剪柔風滓色盡情澄曉游絲放意垂空

暖壓催花小雨晴宜到面和風鶯舌管絃合調蘭芽雪玉分叢

攬衣欲起還眠杜宇一聲春曉家童走報新事山茶昨夜開了

山居四首

深谷清泉白石空齋棐几明窗飯罷一甌春露夢成風雨翻江

鍊盡人間機巧却能隨處安閑雲深舊迷歸路木落今見他山

讀書不求甚解偶爾會意欣然點筆疾書窗紙倚蒲却看鑪煙

負日自然捫蝨看山不覺成詩快暖啼禽歸去受風林影參差

夏日三首

鳥啼不妨意寂日長但覺身閒掃地要延遺照掩扉推出青山

軒借誰家脩竹簟留滿眼清秋手倦抛書枕臥一聲殿角風颸

掩卷高眠客去望雲乞食僧歸秋近柳陰低瘦年高瘠髮能稀

和人夜坐三首

句好眞堪供佛泉幽欣更同僧閑塵自横涼簟飛蚊故遶篝燈

行道疾於轉馬坐禪危若蹲鴟瓜皮能作地獄荷香解

破毗尼
忠子定應詩瘦隆禪甘作書癡兩客絕無消息千峯見
我棲遲

即事三首
目誦自應引睡手談聊復忘紛一曲青林門巷數聲白
鳥江村
茶味尚含春意鳩鳴忽覺村深掃地風能施手過門月
解論心
妙語欲澆舌本故人忽到眉尖雲薄茶煙索石涙寒竹
色侵簾
用高僧詩云沙泉帶草堂紙帳卷空牀靜是真消

息吟非浴肺腸園林坐清影梅杏嚼紅香誰住

原西寺鐘聲送夕陽作八首

江素塵泥疎遠泉清晝夜澄明氣入茅堂蕭爽潤滋草
木鮮榮

松榻獨安枕簟紙幃長隔埃塵輝映夜窗明月下藏夢
蝶幽人

煩擾自茲深隱寂寞相與沉冥淡泊既諧真性恬頤復
順生經

風月冥搜秀句詩家肺腑同期自古人間俗物此心雖
死奚知

舍後樹林深秀日中陰影繁濃宴坐時來有籟炎威欲

入無從

杏實殘籠金色楊梅爛染臙脂氣味新鮮可口清甘喉舌多時

源塢似甘西畔精廬於此相隣迎接喜能忘我住山知是何人

林外鳴鵶零亂山頭落日微紅樓臺迥然暝色谷幽已答疎鐘

臨清閣二首

泯泯下窺軟碧洞洞忽作驚湍時看稚子對浴少陵詩眼長寒

邑勢自然藏勝江空表裏含秋夜棹近人明月襄陽應

在漁舟

贈珠侍者二首

我是布毛侍者解藏陷虎鋒機勘破諸方歸去一藤深
鎖煙霏

一等心華自照不煩春色須開安用翻瀾千偈却輸枯
木寒灰

誠上人試手游方二首

隨處千巖萬壑一鉢雲行鳥飛歲月却還驚浪蒙頭破
衲同歸

迹要風蟬蛻殼道愧泥龜六藏面上唾痕莫拭自然知
見含香

拄杖寄子因二首

百節紫藤風骨得自泐潭石門不受雲居句絡定知臨濟兒孫

作伴經游已徧佳山尚存典刑寄與毗耶作戲當場擷出驚人

分韻得風字

鷗寒爭浴暮雨舟閑放縱江風一幅花光平遠誰藏覺範詩中

歸九峯道中

四五疊峯深處歸去開荒南畝是非不得扶犂春曉一蓑煙雨

贈誠上人四首

熅火扶持津埦篝燈點破黃昏湅耳欣聞軟語冷齋忽
變春溫

衝雪來尋覺範思時山說靈源此夕蔣陵二老畫出韋
郎五言

覓句初聞試手吐詞果復驚人夜覺千巖晝永曉看萬
瓦生春

對書只圖遮眼題詩何必須編且看無情說法羣山雪
盡蒼然

書阿慈意消室

風過淵明臥處林間子厚來時睡起一杯春露壁間數

句坡詩

　　愿監寺自長沙遊清修依元禪師興發復入城余

　　　口占四首贈之

過江問大溈路失脚到小廬山慚愧沒箇虜子滿堂都是鄉關

自笑乾陪奉漢人誇熱肺腸僧飯了脫剃打睡椎門擊摵不應

秋來又入重城滿腹憨腮鬱人只欠一箇布袋便是彌勒化身

閑裏雖無白業笑中自有丹沙啜我同遊蓬島箇中棗大如瓜

答慶上人三首

連日顛風斷渡一番花信催春殘夜華鯨吼粥夢回窗
月窺人

米嶺脊吞西嶽筠谿尾插漳江興發扁舟尋子夜晴風
揭篷窗

雨後哦君佳句華氣如川方增石出水生微渚雲閒山
露寒層

贈潙山湘書記二首

山學春愁眉黛水如含笑花香睡起憑高凝睇淺紅數
筆殘陽

住山心已老大看雲情轉虛閑東華軟紅縱好無因飛

到窗間

偶書

屋破不至露寢食乏不至餐氊此身投老未死萬事一切隨緣

登洪崖橋與通端三首

行盡幾重添秀雷犇響落晴空散坐煮茶爲別雲間一徑微通

雜聲亂人語秀山色涴我衣裳洗盡人間熱惱還君坐上清涼

同到洪崖橋上水光射著山寒爲君更吐妙語乞與西山老端

湘山偶書

暖壓催花小雨晴宜到面和風鶯舌管絃合調蘭芽雪
玉分叢

和人二首

玉骨解藏歲月飢膚不受塵埃落筆驚鴻掠紙延僧春
露浮杯

寂寥空山獨夜蕭條古木清秋風月誰家搗練江頭何
處釣舟

石門文字禪卷十四終

石門文字禪卷第十五

宋釋德洪覺範著

七言絕句

讀古德傳八首

閑房古寺陳尊宿對石談經生法師萬壑松風一軒月冷齋清夜想丰姿

石門塚木圍雲雨偶愛車輪烟翠深火種刀耕期飽暖問心求法謾追尋

夜塚髑髏元是水客杯弓影竟非蛇箇中無地容生滅笑把遺編篆縷斜

糞火但知黃獨美銀鈎那識紫泥新尙無心緒收寒涕

豈有工夫問俗人

瘦行清坐老垂垂粟色伽梨取次披巖壑形骸雖可畫

煙霞痼疾不須醫

閑中不省歲月改但見四山青又黃指客却隨流水去

笑渠世路未全忘

車輪峯作碧螺旋不用招邀自滿軒等是世間無用物

故宜相對兩忘言

絕知名蹟能妨道正恐師承亦累人問法沙彌莫饒舌

百年逆旅要同塵

讀法華五首

在宅覓車猶是欲出門露坐始無依載行一獸無名字

但愛雪山香草肥
火宅縱橫皆暗弊化城觸處是光明子爭狂走欲方熾
寶所依然念不生
塔解聽經無兩耳佛稱全體有分身寶書讀罷驚清晝
葉葉花花總是春
慈和自是山林服知見長凝宴寢香要與如來同止宿
却須常拂法空牀
阿字義深當自讀般舟行苦與誰行人言成辦須三世
我欲圓成在此生
贈誦法華僧
生存異夢傳書鎮骨冷青蓮出瓦棺試看法華精進力

兩翁先已爲開端

合妙齋二首

雨過東南月清亮意行深入碧蘿層露眠不管牛羊踐
我是鍾山無事僧

未饒拄杖挑山衲差勝袈裟褁草鞵吹面谷風衝虎過
歸來松雨撼空齋

讀大智度論

眼不自見甯見物去來不見甯見今萬物只今全體露
鏡裏有空無路尋

注十明論

了知無性滅無明空慧須從戒定生頻呼小玉元無意

只要檀郎認得聲

汾陽十智同真二首

十智同真面目全於中一智是根源如今要見汾陽老
劈破三玄作兩邊

十智同真選佛科汾陽佛法本無多愛心竭處尋真智
面目分明會也麼

袁州聞東坡歿於毗陵書精進寺壁三首

濁世肯留竟何意玉芙蓉出淤泥中誰謂秋來亦零落
病收衰淚泣西風

姓名自可磨千古文字收藏付六丁唾霧珠消君勿笑
夢回比物鎮長靈

才疎意廣孔文舉身健長貧白樂天一代風流今已矣
三吳雲水固悠然

無盡居士以峽州天甯見邀作此辭免六首

吹毛用了急須磨鐵脊師兄舌太多祖佛命根俱截斷
笑中驚倒老維摩

維摩願力元無盡重現真州宰輔身舌本雷槌烹佛祖
筆端和氣活生民

四夷八蠻想風采竈婦乳兒知姓名寄語袖中調鼎手
未容扶杖獨經行

五達衢頭梵刹新著書來喚住山人折松慣掃和雲石
披衲難隨沒馬塵

亦欲便隨流水出重惟我法付王臣回看坐捶橫眠處
折脚鐺兒解笑人
龜毛索子衲僧寬闊角闕西亦被穿小犢鼻頭無覓處
聽渠露地且閑眠

初到善谿慧照庵寄張無盡五首

明月洲頭一笛風暮雲滅盡水吞空倚笻笑語無人問
疑是西湖落夢中
山勒同流作屈盤翠蘿縮帶結鴛鸞故應此境幽難畫
乞與庵僧自在看
形勝迴分千里遠地靈還受眾峯朝從來慶澤流無盡
異事先看繼八蕭

世辯不妨無骨舌，好山難絆自由身。從教折脚鐺兒笑，且欲南來識鳳麟。

公有自然台輔望，與民同樂亦同憂。我慚雅思非支遁，亦伴東山爛熳游。

無盡見和復次其韻五首

謾說毗耶問疾風，主賓信手畫虛空。爭如快活月洲老，萬事收藏一笑中。

窗外雲閒如去鶴，門前山好似翔鸞。此時更有疑情在，試借疑情面目看。

一邱一壑思迢迢，莫把山林較市朝。江上相逢兩無語，夕陽衰草暮蕭蕭。

公是匯龍今縮首我如江月且分身人間一戲成何事
塚外君看半臥麟
雖然無證復無修撲破虛空亦可憂欲識老龐端的處
飯餘摩腹且閒游

又次韻答之十首

金篦抉膜去重重露出當時晦昧空撥轉上頭關棙子
莫教更墮有無中
晚來妙語逼人寒逸氣翩翩棲鳳鸞珍重平生造物手
十分拈出與人看
擁衾睡美無人喚閑憶當年趁早朝今伴赤松聊卒歲
後來功業付曹蕭

衆生煩惱亂如塵共現如來智智身自笑露腮狂寶誌
識公天上石麒麟

樓閣不勞彈指入衆魔相顧忽驚憂回光却復思初友
從此南詢可罷游

此法從來妙莫窮何須凝坐學觀空劈開結角羅紋處
攝入圓伊三點中

法本無差須揀擇楚雞元不是青鸞當機一鏃三關破
覿體分明箭後看

雲林一塢正寥寥不把清閒負聖朝歲晚追隨真可畫
行人明日馬蕭蕭

我亦從來徹骨貧誰知徧界不藏身住山鉏斧勞收取

不是青源眾獸麟
一笑相看萬事休公無榮辱我無憂挂名入社非難事
圓寂光中不厭游

孫侯見和復次韻五首

仙郎齒頰嚼松風吟處晴巒翠倚空佳句興來渾不惜
一時傾出錦囊中
我亦聞絃知雅曲松風聲不類鳴鸞相逢意氣須傾寫
一任旁人冷眼看
歷世興亡皆可數昇平不復似今朝野居興味應無限
小字明窗拔二蕭
未展事功扶聖世幅巾林下且收身善谿廣坐看談笑

駿氣駸駸地上麟

我固浮雲輕俗眼君真萱草可忘憂婿翁一室藏沙界
與發時來把臂游

再和答師復五首

愛君道骨有仙風人品渾如月在空清論不窮霏鋸屑
故應雲夢吐胸中

牛渚笑中曾捉月道山歸去亦乘鸞人間尚有餘緣在
又把塵編倒摺看

吾道如山欲撼搖羣兒毀譽漫前朝冷看狂罵黃冠奕
却笑辛酸合爪蕭

有味新詩名不得正如仙爪爲爬身此時風味無人會

想見麻姑擗脯麟
八瓊洞口桃花笑失却塵寰半世憂聞道客亭炊未熟
坐看湅蟻夢中游

天覺以雲庵畫像見寄謝之

老師面目無尋處藏在毗耶丈室中乞與盤山狂弟子
背抛筋斗撒顛風

次天覺韻二首

欲振雲庵出格風直教魔界化成空此邦已屬張無盡
二佛難同一化中
百千萬億恒沙佛正眼觀來總是空縱有毗耶方丈子
爲渠權置睫眉中

余嘗問無盡居士曰往問悅公參素侍者有何言句無盡居士曰見悅說昔素問無爲如何說悅擬開口素大笑悅當有省宣師爲侍者余於叢林三見之矣政和元年又會于顯忠寺且欲歸江南作三偈送之

青山自在人情外白業空消埣土中歲晚一帆江海去羣飛爭看刺天鴻

素公死後閑名在末後句如黃石書殺盡英雄人不見子房兩眼似愁胡

無爲兩字如何說開口知君病轉深試問舊時宣侍者不言不語笑吟吟

次韻曾直寄靈源三首

一觥春色紅鱗動數筆海山青玉開耳熱浩歌無說處却將佳句寫歸來

已作閉門稀識面千金爭購暮年書空餘脩水連天碧白鳥時來烱自如

閱世竟爲蝸角事不妨閑作虎頭癡平生筆語難傳處獨許靈源大士知

了翁謫廉欲置華嚴託余將來以六偈見寄其略曰杖頭多少閒田地挑取華嚴入嶺來次韻寄之

十方刹海毫端具一念交參無別路妙明廓徹不依他

當念無來亦無去
妙極玄微亦昧機須明句裏電光飛眼開做夢圭峯老
笑倒鹽官百衲師
平生百事耳邊風儘聽人嘲詐啞聾跌著起來還一笑
何須半夜上孤峯
覰遲牛兒亦久如于今正好撫憐渠但能收放知時節
吒吒常教旁屋廬
因法相逢一笑開俯看浮出過飛埃湘南嶺外休分別
圓寂光中共往來
根機饒我三千倍純熟輸君一百籌誰似夢中憂患裏
飯餘要睡即齁齁

寄華嚴居士三首

仰惟陛下實英主鑄印消印如沛公補天正賴女媧手

萬物吐氣思春風

文章日月不能老忠義姦邪膽自磨公能一念了萬法

奈此功名未放何

謝公捉鼻知不免整頓乾坤民望深勿嗔禿頭預世事

我是同時支道林

瑩中南歸至衡陽作六首寄之

同鴈峯前醉眼醒臥看波影蘸空青起來一笛春風晚

萬里無雲月滿汀

醉裏南游亦偶然歸來客舍夢初圓袖中滄海傾頻出

要看毫端浪拍天

喧熱婆羅大火聚，無厭足王刀鋸場。聞道飽參俱透過，來尋初友見清涼。

爭道頭陀再應緣，那知南畝不陳鮮。君看提起超情句，馬得幡竿尾指天。

禮拜起來無伎倆，拈花笑裏有精神。何如眼倦抛書睡，一枕雷霆撼四隣。

笑看癡蠅遭唾涴，絕憐香象截流過。歸來見女團圝坐，贏得心如古井波。

李光祖自了翁法窟來訪余於鍾山留十日方知鼻孔大頭向下既行作六首送之

應思靈鷲多年别來作鍾山十日留一句鶻崙難劈破
風泉松月夜堂幽
南畝頭陀施毒手北山道者起慈心解於糞掃堆頭笑
拾得茸穿穴鼻針
六根清淨精進力二熱消亡法供真舌本青蓮香不歇
色身三昧現塵塵
分身可集呈真偽寶塔能言透死生佛眼尚難窺向背
謾煩機巧並頭爭
一切女人皆障道十分厚味最傷生登牀未敢期穿屨
見慢須防起現行
履稀瘦處却知肥間物須防獄治之虎穴魔宫同止住

寒灰枯木是男兒

寄石頭志庵主

世途巇嶮鼻先酸折脚鐺尋穩處安誰見睡餘閑振策松風吹耳夜濤寒

石頭庵主居南嶽僅三十年忽思還江南龍安作此寄之三首

厭看瀟湘萬頃山江南歸去臥龍安只將一味無求法留與叢林作樣看

龍安聞說好巖叢瘦坐孤行兩頰紅剩得清閑無著處一時排遣笑吟中

閙中抛擲亦奇哉句裏藏身活路開生鐵心肝含笑面

不虛參見作家來

聞志公化悼之三首

去年曾陟白雲巔投老相逢亦偶然蟬蛻君今成貼葉
春蠶我已作三眠
生死已將同夜旦閑眠行樂不相妨遥知此日龍安寺
蛛網高人夢蝶牀
捍衮未滅春鑪煖丈室偏宜道骨寒擺手便行呼不應
閑名在世試除看

次韻超然洞山二首

洞山正似鍾山塢慙愧新詩寫得真欲喚定林閑相國
要看清散岸綸巾

油然無定似雲閑今在江南盡處山膚寸顧吾眞可庋

奇峯如子未容攀

寄嶽麓禪師三首

數筆湘山衰眼力一犂春雨隔清談遥知穩靠蒲團處

碧篆香消柏子庵

飽參衲子一千指古格叢林二十年想見升堂提祖令

道容冰雪照人天

湘南道價獨驚羣知是黄龍的骨孫本色住山何所有

白鷗春水自當門

示禪者

能回箭鋒射自已方肯竿頭進步行道得未生前一句

始信虛空解講經

書太平庵

興工願力經營地樓閣咄嗟金碧開滿院青春人不管
一庭蒼蘚客閑來

余將經行他山德莊自邑中馳書作詩見留是夕胡彥通亦會二君手談達旦不寐明日霜重共讀蔡德符兄弟所寄詩有懷其人五首

蹇驢尋我亦乘興秋潑空山煙翠時脫帽不知誰主客
一燈相對夜彈棊
風徑霜清拾墮薪野炊童子解經營翛然放著秋窗晚
籬落淒清屋角晴

精麤一飽隨緣去林壑諸方到處鄉去住了知無可揀
謾煩辭錦照人光

旁舍潛夫十年舊會茶時復坐僧氊愛將夷甫雌黄口
解說定林文字禪

蔡家兄弟好兒郎骨秀同熏知見香好在緑楊隄上路
幅巾來往自相羊

上李大卿三首

臨濟三玄劈不開近來金鏁轉生苔喜公袖手通關棙
同在靈山見佛來

與人實法土難消道火何曾口被燒拋出秦時䡰轢鑽
突圞如斗兩頭搖

不犯鋒芒平正偏分明有語是無言尋思絕處一句好
咬破方知百味全

與韓子蒼六首

雖赴來機少異之箭鋒相直出思惟訥庵言下瞠雙目
孔子元來是仲尼
從來未悟不曾迷一見庵僧更不疑脫體現前無覊避
鼻頭向下少人知
盤珠走處無留影百計推尋摸意根酬汝欲心顛倒見
哆啝元不是無言
但識綱宗無實法爲君拈却眼中塵鴛鴦繡出從教看
莫把金針度與人

收得訥庵末後句，羅敷種性覺風流。海壇馬子似驢大，失曉山童不褁頭。

百年應盡便應盡，坐脫立亡誇小兒。酪出乳中無別法，死時何苦欲先知。

寄道鄉居士三首

知有道鄉何處是，個中歸路滑於苔。萬機罷後見城郭，一念不生金鏁開。

抽身世路崎嶇處，掣肘功名逼逐人。勿謂老來無伎倆，絕蹤跡處解藏身。

丹霞未見龐居士，已有言詞滿四方。何似他時親識面，未勞語默强遮藏。

謁準禪師塔

同條生不同條死覷露全機譏後先一句鶻崙難劈破一時乞與子孫傳

兩僧相繼而化有感二首

叢席凋零空歛眉爭鋒唇吻鬭輕肥歎無老宿提綱要時有亡僧爲發機

賓朋鴛鷺門如市聲價靈延一世驚只有片時人看好死生那解替人行

次韻誼叟

擇乳鵞王非鴨類影鞭良馬本龍媒正中妙叶無人會句裏空驚法眼開

雪後寄荷塘幻住庵盲僧四首

靈光寂照神通藏意地經營幻住庵已喜眼根今現證
何妨要耳作同參

表裏洞然無量相晦明無計掩藏伊庵中但見人孤坐
門外從教事不知

荷塘寺後千竿玉折脚鐺中五合陳静裏笑看垂釣者
夜深方見把針人

簷日未通孤坐暖雪雲都放九峯青空堦夜滴聞鈴響
臥學荷塘耳誦經

送覺上人之洞山二首

正中妙叶諱當頭洞水從教向逆流唱起新豐舊時曲

要看躍浪鬬泥牛
八角適紅鐵彈丸衲僧未嚼齒先酸笑中抛擲尋常事
石火敲時著眼看

謝保福寄蜜

蜜脾新滿割山房都是諸花知見香味絕中邊深爲有
待將無舌爲君嘗

太平有老僧頊見大本禪師掩門久不出乃書其
壁

跛脚阿師六世孫毗陵古寺獨關門也知祖是陳尊宿
平昔高風宛尚存

宿慈祥室

行智慧心名解脫絕荆棘地號慈祥煙消火冷諸緣盡
憎愛化爲平等光

撫州北景德寺不見古畫第五尊羅漢

十八聲聞解倒根少叢林漢亂山門知他何處擺齋去
不見堂中第五尊

留題覺軒

自笑忍飢空畫餅誰期擊竹喪全身休誇魏藥能起死
須信金塵解翳人

大風雪中廸吉老尋余鍾山二首

風聲卷地犇萬馬雪花連空若推下道人軒渠何所來
笑裏丹沙不知價

萬事信緣安樂法一身隨分實頭禪不知影草聲前句
何似和衣粥後眠

背塵軒

思慮不及猶爲物分別未忘都是夢阿難樹見竟難分
曹谿風幡元不動

次韻廓然送珣上人

營辦勝緣真戲事臨平此偈亦逢場妙無影迹如龍句
應笑癡人戽夜塘

遊南禪

智光廣大精進力化作人間釋梵宮我亦生涯無一鉢
伴公他日聽樓鐘

十世觀音生辰燒香偈示智俱

十世爲僧生復死今朝生死不相干從來被眼常遮盖
不信如今借汝看

題自肯庵

諸方說禪炙手熱此庵默坐如冰冷美食不中飽人餐
他人不肯我自肯

與朱世英夜論玄沙香嚴雲庵宗旨三首

子母俱忘脫體看纖毫纔動被渠瞞若非竪亞頂門眼
那辨紅鑪點雪寒

言下百骸俱脫盡更無一法覆藏伊亡僧對面分明看
却是禪和眼搭凝

睡美春來常失曉日高衾暖懶翻身戲將古寺閑房趣
誇與鬧中無事人

立上人北遊五頂南還畫文殊雲間之相余政和
年秋遊翠巖立持以展洪崖橋上時山雲廓清
萬峯劍立谿轉雷驚行人悚動忽瞻瑞相如見
於岱嶽時余聞文殊爲根本智智無不立豈獨
現於五頂耶

稽首一切智成就譬如一月落萬水乃知洪崖橋上看
不離文殊一月體

題永安居士軒壁

謾說難酬彼上人上人言語未全真世間所有皆虛幻

何獨芭蕉可喻身

出山寄詮上人

孤筇冒雨出山去應與道人增笑聲永愧蕭蕭碧巖下衲衣清散自經行

送一萬回

當年隨我出西州到處雲山共勝游那料秦淮烟雨裏倚筇看子上孤舟

道逢南嶽太上人游京師戲贈其行

野外相逢一笑新十年峯頂臥雲人却將南楚登山脚去踏東華沒馬塵

僧從事文字禪三首

中郎書異爲忠孝右轄詩清付水雲林下一燈長到曉
此生真復是知聞
一麟衆角失精彩尺璧千巖發耿光借面北人無四目
獨餘方寸是慈祥
三多授予文章法壞衲酬吾老大心簾卷暮涼煙翠重
一聲雲斧覺山深

金陵獄中謝人惠茶

寶公關鏁尋常事諗老家風氣味長十載故人情外意
一杯今日雨前香

隨與珉秀七八衲子爲辦寒具

幽人十月猶絺綌萬疋霜清木葉號賴有西隣念衰冷

夜窗叢手辦衣袍

寄道夫三首

卧誦故交風雨散忽驚時序歲時同遥知吏散無餘事只有花枝遶郭紅

石渠天祿略上口長嘯簿書欺得人龍卷大身藏一髮見曹聊爾與相親

昭默老禪最高遁孤風聞說不容攀煩君倒用彭澤印折簡招之應出山

會廣南因上人

我昔南游跨海還夢中常憶海邊山匡廬忽見山中客果笑人間是夢間

超然在東華作此招之

芒鞋踏破成何事坐榻塵埋只汗顔齋鉢生涯唯澗飲

結茅終待老鍾山

時余適金陵定居定林超然將南歸從余游以爲

詩讖也復次其韻

袖手對君增白業照溪嗟我減朱顔遥知歲晚歸心急

不爲江南卧看山

圓上人覓詩

平生百態不掛眼倚杖看雲慵解包湘水叢林多古格

何妨一鉢穩安巢

至邵州示胡强仲三首

平生厭飫水雲間，老境優游剩得閑。遠謫瘴鄉君勿歎，天教更看海南山。

情緣不斷自消滅，浮念欲生無起因。多謝鍊磨金出鑛，敢辭枷鎖夢中身。

盧能嶺上容君看，彌勒樓前借汝觀。成佛捷逕當舉足，不須平地致艱難。

書資國寺壁

行藏獨許青山見，議論猶容亂石聞。勿謂衲盲貧勝我，谿分明月谷量雲。

送圓監寺持鉢之邵陽

叢林職似鶩羣鴈，供給情如反哺烏。梅蘂犯寒持鉢去

山茶出屋得歸無

贈欽上人

嫩日柔風春恰曉花光醉人濃可鼎到山不必問老師春色爲儂都說了

與法護禪者

手抄禪林僧寶傳暗誦石門文字禪揀得湘西好三角春風歸去弄雲泉

示觀上人

觀公短小精悍色試手來參五味禪挂起北窗都會取湘江雲水自連天

在百丈寄靈源禪師二首

暗中樹影平生意，水底魚蹤病後機。想見道容無住著，
倚藤閑看暮雲歸。

平昔追隨骨海心，暮年粥飯並叢林。揭來萬事撩人笑，
此去青山爲我深。

次韻兀翁

漁人寄語兀翁道，出沒煙波各有由。死見鑊湯如擲浪，
愛魚心在未甘休。

次韻空印遊山九首

法真有子是彌天，派出南屏共一源。會鈍經旬陪夜語，
浪持短綆汲深淵。

危徑盤空一線微，游人舉足已先疲。大圓光透難遮掩

不學龍牙眼似眉
騰騰兀兀地行仙依約曾參蜆子禪古廟紙錢堆裏睡
從教歲月自推遷
萬層翠巘玉崔嵬獨自凭闌日幾回知有芙蓉更深秀
振錫何幸獲追陪
凝佇殘陽眼力微孤雲偶伴野僧歸形容萬古潙山色
正賴晴嵐與夕暉
蟠龍不許在層淵一句全提賴發宣慚愧兒孫家法在
未施聲色透重玄
寶塔當煩妙語傳要令此地福人天個中已有全身見
何用分身徧大千

未言酬倡多佳句半月游山亦自賢我亦生涯無窖子

願陪香火餞餘年

大潙願力有誰同貫日精神吐白虹我酌軾公泉歎息

此源有盡水無窮

宗上人求偈之江南

川舌一從嘗虜饌山衣三載濕湘雲挑包又過江南去

鷓鴣遙知半路聞

送範上人乞食

衆魔不敵精進力萬行難過平等心持鉢莫辭穿聚落

道人隨處是叢林

濟上人求偈二首

圓通撾碎牢關後古鏡發光金石開穩坐龍安今七日
從教山路滑於苔

李珣骨已成邱壟仲遜身猶占水雲扶策南來山滿眼
實頭鄉話與誰論

芭蕉

鳳尾爭高照映人玉芽明潔出埃塵也知欲救衆生病
共現如來智智身

次韻無諍見懷三首

韻傾瘦字試烏絲苦語偏多別後思青嶂君能容易去
白鷗愧我負幽期

數篙雲碧卷晴空無數巖花落醉紅滿袖東風疎雨後

却欣春露一甌同

老眼慵看讀過書十年心迹更誰於青松我欲追三徑白髮誰令繼二疏

三月二十日夢人持獼猴見贈乞詩口占

長臂幽姿要性靈寫經欣得爾添瓶不須睡著惺惺著窗外聞人喚便譍

三月二十三日心禪餉余新麪白蜜作二首

三月東莊新麥熟碾遲羅細玉塵香要看十字開籠餅寄與庵頭老儼嘗

老儼年來百不忺最嫌苦淡不嫌甜蜜中有味中邊絕莫笑山居世味添

與謙知藏二首

老懶叢林四十年平生跛挈但隨緣未言親見雲居老
只識歸言亦自賢

諸方法席慵撞眼懶慣成羣妬忌深此老把茅如覆頂
却能努力捍叢林

木上人久游歸宗贈之二首

熏烝聞見有源流詩學寒谿老比邱勿訝談禪太文彩
從來虎穴不生彪

擕詩過我亦翛然百孔寒光壞衲穿日與盧山對酬酢
故應妙語嚼芳鮮

游跫然亭

道火何曾燒著口問透法身藏北斗當時我若見雲門一杖打殺乞與狗

臨濟大師生辰

靖康二年四月十眼見耳聞信不及三玄三要都揭開露出法身赤吉力

瀟湘八景

山市晴嵐

朝霞散綺仗天容無際山嵐分外濃風土蕭條人跡靜林蹊花木自鮮穠

洞庭秋色

秋霽湖平徹底清滄浪隱映曜光輪寒光烱烱爲誰好

倚岸凭欄興最清

江天暮雪

長空暝色黯陰雲六出飄花墮水濱萬境沉沉天籟息
溪翁忍凍獨垂綸

瀟湘夜雨

嶽麓蘢蔥莽蒼莽中蕭蕭江雨打船篷一聲長笛人何去
蒻笠蓑衣宿葦叢

漁村落照

目斷青帘在水湄臨風漠漠映斜暉漁郎笑傲蘆花裏
乘興囘家何處歸

遠浦歸帆

水國煙光映夕暉誰家髣髴片帆歸翩翩鷗鷺西風急凝盼滄洲眼力微

煙寺晚鐘

輕煙羃暮上黄昏殷殷疎鐘度遠村略彴横溪人迹静幡竿縹緲插山根

平沙落鴈

寂寞蒹葭亂晚風江波瀲灩浸秋空横斜倦翼歸何處一點漁燈杳靄中

石門文字禪卷十五終